定年オヤジ改造計画

垣谷美雨

祥伝社文庫

目次

定年オヤジ改造計画

1

今まで長い間、本当によく頑張ってきた。

いつだったかマラソン選手が、「自分で自分を褒《ほ》めてやりたい」と言っていたことがあったが、今の自分は、まさにそんな気持ちだ。

大学を出てから三十八年間、大日本《だいにっぽん》石油で働いてきた。楽しいこともあったが、つらいことや苦しいことも多かった。反《そ》りの合わない上司に仕え、優秀な部下からの突き上げに遭《あ》い、我儘《わがまま》な顧客に対しては作り笑いでやり過ごしてきた。自分に対する会社の評価が納得できなくて徒労感に見舞われたこともしばしばあったが、それでも歯を食い縛り、家族のためにと頑張ってきた。

きっと、どこのサラリーマンもおおかた似たようなものだろう。

自分の稼ぎで妻子を養い、無事にここまでこられたのも、忍耐と努力の賜物《たまもの》だ。娘も息子も特に大きな問題もなく育ち、それぞれに大学を出て就職した。三十歳の息子は結婚して既に二人の子持ちになっている。残るは、三十三歳の娘を嫁にやるだけだ。

庄司常雄《しょうじつねお》は目を細め、カーテンの隙間《すきま》から見える真っ青な空を、清々《すがすが》しい思いで眺めた。小さな庭に面した窓を開けると、冷んやりした朝の空気が頰《ほお》に触れ、厳《おごそ》かな気持ちになる。長かったサラリーマン生活から解放されたと思うと、一抹《いちまつ》の寂《さび》しさもあるにはあるが、やはり嬉《うれ》しさの方が勝る。天下晴れて自由の身になったのだ。

今後も規則正しい毎日を送ろうと心に固く決めていた。先に退職していった先輩たちの、自堕落《じだらく》な生活ゆえの不健康を耳にすることがあった。中でも酒好きな先輩は、朝から酒を飲み、とうとう肝臓を壊してしまったと聞いている。ほかにも、暇を持て余してテレビの前から動かず食べてばかりで体重が増え、高血圧や糖尿病になってしまった輩《やから》も少なくない。

決してああはなりたくない。三度の食事をきちんと決まった時間に摂《と》り、適度な運動をし、残りの人生を健《すこ》やかに有意義に過ごしたいものだ。

「おい、お茶をくれないか」

またもや返事がなかった。

「おーい、十志子《としこ》、いるんだろ？」

首を伸ばして台所の方を見てみるが、静まり返っている。

「十志子、どこにいるんだ？」

そのとき、背中側のドアがバタンと閉まる大きな音がした。

驚いて振り返ると、娘の百合絵《ゆりえ》が立っていた。

「父さん、朝っぱらからデカい声出さないでくれる？」

上下ともにグレーのスウェットスーツを着て、ぼさぼさの頭を掻《か》いている。

「せっかく寝てたのに、もうっ」

口を尖《とが》らせる姿は、まるで不良の男子高校生のようだった。どうしてこういう娘に育ってしまったのだろう。中学から桜花《おうか》女子大付属に入れた結果がこれだ。良妻賢母を育てる学校として大正時代からの名門なのに、これでは息子の和弘《かずひろ》の方がよほど上品ではないか。和弘は中学受験に失敗して公立校に進んだというのに。

「百合絵、会社には行かなくていいのか」

「はあ？　今日は土曜日だけど？」

「あっ、そうだったか」

退職して二、三週間くらいまでは、仮に会社から緊急要請がきたとしても、問題なく現役復帰ができる心身の状態を保っていた。だが三週間を過ぎたあたりから動作が緩慢《かんまん》になり、曜日の感覚さえなくなった。

「こっちは残業続きで疲れてんのよ」

「それは悪かった。ところで百合絵はいくつになった？」

そう尋ねると、胡散臭《うさんくさ》そうに眉間《みけん》に皺《しわ》を寄せ、こちらを睨《にら》む。

「確か三十三歳だよな」

返事をしない。

「お前はどうして結婚しないんだ。この先、どうするつもりなんだ」

またもや答えないまま、「コーヒーでも飲も」と言いながら、よれよれのスウェットの後ろ姿を見せて台所へ向かう。カウンターを通して見える後ろ姿がだるそうだった。

「百合絵はこの先もずっと一人で生きていくつもりなのか」

「だったら何？　悪い？」

「悪いに決まってるだろ。ちゃんと結婚して子供を産んでこそ一人前だ」

そう言うと、百合絵はやっと振り返った。

「それ、マジで言ってる？」

馬鹿にしたようにニヤリと笑う。

その顔を信じられない思いで見つめた。いつからこうなったのだろう。妻の十志子は楚々《そそ》とした大和撫子《やまとなでしこ》で、その妻がきちんと育ててきたはずだ。子供の頃は、「お行儀の良いお嬢さんですね」だとか、「おっとりしておしとやかですね」などと褒められることが多かった。いったい、どの時点で変わってしまったのか。思い出そうとしても、まるで記憶にない。なんせ自分は仕事が忙しすぎた。結婚当初から定年まで長年に亘《わた》り、家庭を顧《かえり》みる余裕のない生活を送ってきたのだから無理もない。

「学生時代の友だちはみんな結婚したんじゃないのか？」

「みんなのわけないでしょ。半分くらいだよ」

「だって、もう三十三歳だろ」

「今はそういう時代なんだってば」

「高校の同窓会には行かなかったんだろ？」

「だったら何？」

冷蔵庫を開けようとしていた百合絵がカウンター越しにキッと睨みつけてくる。

「父さんはコーヒーに牛乳入れる人だっけ？」

「え？」俺の分もコーヒーを淹《い》れてくれようとしているのか？

殺伐《さつばつ》としていた部屋の空気がいきなり柔《やわ》らかくなった気がした。

そんなことぐらいで嬉しく感じるのは、退職して家にいるようになってから、妻にも娘にも邪険にされて寂しくてたまらないからだ。

「俺のはブラックで頼むよ」

百合絵はマグカップを両手にひとつずつ持ってリビングに入ってきた。

「はい、どうぞ」

目の前に置かれたマグカップから、インスタントコーヒーの香りが真《ま》っ直《す》ぐ鼻に立ち昇ってくる。

だが百合絵は、ここで一緒に飲むつもりはないらしく、自分のカップを持ったままリビングを出ていこうとしている。だから慌《あわ》てて話しかけた。

「なんで同窓会に行かないんだ」

そんなことは本当は訊《き》かなくてもわかっていた。三十三歳ともなれば、子供がいる女性も少なくないだろう。特に女子校となれば、そういった勝ち犬負け犬の神経戦が水面下で行われるのではないか。

自分は男だし、田舎育ちで男女共学の公立校にしか通ったことがない。だから私立の女子校など全く知らない世界だが、それでも想像くらいはつく。

「去年は行ったのよ。そしたら赤ん坊を連れてきたのが二人もいてさ、泣き声がうるさくて話もできなかった。会場がよりによって高級ホテルでさ、会費が八千円もしたのに、だよ。帰り道、金返せってみんな言ってたよ」

「それは少し狭量じゃないのか」

「は？　何言ってんの？　同窓会に赤ん坊を連れてくる方が非常識でしょ」

「見せびらかしたかったんだろ。やっぱり女子校だと幸せ自慢の場になってしまうのかな。そういうときは……」

独身の女はさぞかしつらいだろうなあ、という言葉を飲み込む。

「酒の席に赤ん坊を連れてくるのなんて日本人だけだと思うよ。場所を弁《わきま》えてほしいわけ。もちろん、誰にも預けられない状況には同情するよ。まさにワンオペ育児だよね」

「ワンオペっていうのは、深夜の外食チェーンやコンビニなんかの一人勤務のことだろ。何もかも一人でやんなきゃいけないからトイレにも行けない過酷な労働環境のことだぞ」

「そうだよ。だからね」と言いかけて、百合絵が軽蔑《けいべつ》を含んだような目でこちらをチラリと見たのが気になる。そのうえ溜《た》め息混じりだ。

「一人で仕事も家事も育児も、全部回していかなきゃなんない母親のことよ。夫や家族の助けが全くないの」

「だったら、同窓会に連れてくるのもやむを得ないじゃないか」

そう言うと、百合絵がじっとこちらを見つめてから、ふっと目を逸《そ》らした。それはまるで、話の通じない人間をこれ以上相手にしても仕方がない、とでも言いたげだった。

「夫婦って何なの。年に一回の同窓会のときでさえ子供の面倒を見てくれない夫って」

「男には仕事があるだろ」

「同窓会は日曜日だったんだよ」

「そうは言っても、サラリーマンは休日には身体《からだ》を休めないとな」

「子持ちの彼女らも働いてるよ」

「えっ、そうなのか？」と訊いた途端、百合絵は、これ見よがしかと思うような大きな溜め息をついた。

「赤ん坊や幼児がいるだけで同窓会の雰囲気が台無しなのよ。ほかのみんなは『可愛いわねえ』なんて無理して微笑《ほほえ》んじゃってさ、その引き攣《つ》った顔を見るのだって鳥肌もんだったよ。八千円も払ってんのに、そんな演技まで強要される身にもなってみなよ。まっ、私は赤ん坊なんか完全に無視してやったけどね」

「百合絵、それは勘ぐりすぎだよ。みんな心から可愛いと思ったんだよ。女性には母性本能ってものがあるんだからさ、赤ん坊を見れば自然に顔がほころぶものなんだよ」

「キモ」

「えっ？」

驚いて百合絵を見ると、本当に気持ち悪くなったような顔をしている。まるで今にも吐きそうという表情だった。

　自分が定年まで勤めていた会社にこんな無礼な女性社員は一人もいなかった。みんなお嬢さん育ちで男性社員を立ててくれたものだ。どうして百合絵は、彼女らのように清らかで優しい女性に育たなかったのだろう。どこで間違ってしまったのか。

　思えば、いつの頃からか家庭内で会話がうまくいかなくなった。中学生になった百合絵は非難がましい目を向けるようになり、ほとんど口を利《き》かなくなった。思春期の娘と父親との関係など、たいていはそういうものだろうと、そのときはあまり気にしなかった。妻はといえば、もとは明るく大らかだったが、中年以降は表情が暗くなり、口数も少なくなった。

　息子とはどうだったか……。もともと会話は少なかった。男同士だし互いに無口な性格でもあり、大学卒業後は就職と同時に家を出ていったから、親子といえども疎遠な関係だった。

「ちょっと、待ちなさい」

　百合絵が自分の部屋へ行こうとしているので、またもや呼び止めた。

　退職してやっと時間ができたのだから、今度こそ家族と真摯《しんし》に向き合いたいと考えていた。世間では、子供が成人したり大学を出て就職したら、それで親の役目は終わったと勘違いしている輩も多い。しかし親であるならば、結婚するまで見届けてやるべきだと自分は思う。

「俺の何がどう気持ち悪いんだよ。ハハハ、ひどい言いようじゃないか」

笑いながら尋ねてみた。

穏やかな笑顔を見せ、部下が意見を言いやすい雰囲気を作る。長年のサラリーマン生活で培《つちか》ってきた技のひとつだ。上司にはおべっかを使うくせに部下をないがしろにするヤツラをたくさん見てきた。ご機嫌取りをする部下だけを可愛がる上司も少なくなかった。だが、自分だけはそういった人間には絶対にならないぞと、若い頃に心に誓って以来、その考えを貫き通してきたつもりだ。

「ごめん。気持ち悪いなんて、確かにひどい言い方だったかもね。でも、うまく説明できない。めんどくさいし」

「そうか、せっかくの休みだもんな。だけど……」

「早い話が、父さんて常識がないんだよね」

「えっ？」

びっくりして我が娘を見た。

常識がない？　この俺が？

自分は長年、大企業に勤めてきた。男性社員のほとんどが高学歴で、入社当時、女性社員は高卒か短大卒で、全員が自宅通いで育ちがよくて気立てもよかった。男女雇用機会均等法ができてからは、大卒の女性総合職が入社してきたとはいうものの、みんな三年もしないうちに辞めていった。やっと根づき始めたと思った頃には、一般職の女性社員が派遣社員に切り替わり、男性社員の年功序列も少しずつ崩れていった。

妻の十志子と結婚したのは、女性総合職のいない時代だ。女性社員の全員がお茶汲《く》みやコピー取りをし、男性社員の補佐役に徹していて、決して出しゃばることはなかった。だからこそ会社全体が温かみのある家族的な雰囲気を醸《かも》し出していた。あの古き良き時代が今でも懐《なつ》かしく思い出される。十志子とは表向きは社内恋愛となっているが、本当は上司の口利きで知り合った。同僚の多くが似たような形で結婚した時代だった。

あの職場は上品な人間の集まりで、非常識な人間など一人もいなかった。自分は東北の寒村育ちだが、都会的で教養のある人々が集《つど》う会社にすんなり溶け込めた。それというのも、元来穏やかな性格で真面目《まじめ》で無口でもあるせいで、悪目立ちしなかったからだろう。

社外とのつき合いもそれなりにうまくやっていた。顧客との交渉事はもちろんのこと、接待もしたりされたりして、それほど大きなミスもなく世間を渡ってきた。つまり、常識人に囲まれて長年働き、社会で揉《も》まれてきたというのに、家庭内ではまるで頭のオカシイ人間みたいに扱われるのは到底納得できない。

「俺に常識がないっていうのは、例えばどういうことで百合絵はそう感じるのかな？」

なんとしてでも会話を続けたかった。百合絵が呆《あき》れたような顔でこの場を立ち去るのを想像しただけで虚《むな》しくなる。

百合絵はふうっと溜め息をついたが、ドアの所から引き返してきて、向かいのソファに座ってくれた。話につき合ってくれる気はあるらしい。いちいち娘の顔色を見て安堵《あんど》したり落胆したりして神経をすり減らす日が来ようとは、退職前には想像もしていなかった。

「父さんて、神話の世界に生きてるよね」

「シンワって？　神の話と書く、あの神話か？」

「そうだよ。人は結婚して子供を産んで一人前だとか、女には母性本能があって当然だとか」

「なるほど。俺が古い人間だと言いたいんだな。だけどな百合絵、そういう類《たぐ》いのことは世の中がいくらコンピューター化されたとしても、人間も所詮《しょせん》は動物だから基本のところは変わらないんだよ」

百合絵はお嬢さま校と言われる付属の女子大学には進学せず、城南《じょうなん》大学を卒業して帝《てい》都《と》物産に総合職として勤めている。既に勤続十一年になり、ディレクター・ナントカといって、つまり昔で言うところの係長クラスの役職についている。中学高校時代から学業は優秀だったが、やはりまだまだ未熟だ。人間としてどう生きるべきかというような本質的なことは教えてやらないとわからないらしい。それとも、情報過多の世の中に生きていると、人はみな大事なことを見失ってしまうのだろうか。

百合絵の将来が心配だった。良縁に恵まれるまで目を離すわけにはいかない。

「私ね、父さんのことを古いとは思ってないよ」

「そうなのか？　だって今……」

「父さんはついこの前まで第一線で働いてたんだから、古いわけがないんだよ」

「そうか、そう言ってくれると嬉しいが」

「父さんはね、古いんじゃなくて間違ってるんだよ。神話の中に生きてるんだってば」

百合絵はコーヒーを一気に飲み干すと、さっと立ち上がった。

「ちょっと待てよ。俺のどういうところが間違ってるんだ？」

「だから、アンタの考えはみんな神話なんだよ」

苛々《いらいら》してきたのか、「父さん」が「アンタ」に変わった。いつからそうなったのか思い出せない。自分が定年退職して家にいるようになってからは、百合絵は面倒臭そうにではあるが、ときどきは口をきいてくれるようになった。考えてみれば、同じ屋根の下に住む我が子でありながら、空白の期間が二十年近くもあったことに暗澹《あんたん》とする。もしかして自分は取り返しのつかないことをしたのではないか。アンタ呼ばわりされるたびに、たった一度きりの人生を台無しにしたような気になってつらくなる。

「もう一杯コーヒー飲も」

そう言って百合絵は台所へ入っていく。自分の部屋へ引き上げるわけではないらしいことがわかり、ホッとする。

「ところで百合絵は結婚したいとは思わないのか？」

「友だちを見てるとさ」

百合絵は水道の蛇口《じやぐち》を捻《ひね》ると、流水音に負けまいとカウンター越しに大きな声で続けた。「婚活のあとはすぐに妊活、妊娠したら保活なんだって。そりゃもう大変らしいよ。息つく暇もないんだよ。いつまで経《た》っても将来が心配なわけよ。ああいうの見ているだけで、こっちがしんどくなってくるよ。羨《うらや》ましいなんて全然思わない」

婚活という言葉は、もちろん知っている。ニンカツというのは、不妊治療のことだろうか。だが、ホカツとは何だろう。訊きたかったが、また馬鹿にされそうなのであとでパソコンで検索してみることにしよう。会社でもそうだったが、相手に基礎的な知識がないとわかった途端、話を続けるのが嫌になったものだ。

流水音が止まった。

「それと……私は父さんみたいな父親を見て育ってきたからさ」

しんみりと言い、百合絵は言葉を切った。

マグカップをスプーンでかき回す金属音だけが響いてくる。

「それはどういう意味だ？」

思いきり柔らかな声を出した。ショックを受けていたからだ。父親が忙しすぎて家庭を顧みなかった。そんな夫不在の結婚ならしたくないと言いたいのだろう。本当は尋ねなくてもわかっていた。

「ううん、なんでもない。今の、忘れて」

マグカップを持って、ソファの背を横切ろうとしている。今度こそ自分の部屋で飲むつもりなのだろう。

娘だけじゃない。妻の十志子にも避けられるようになった。あからさまではないが、あまり長くは話したくないと思っているのが日常的に見てとれる。

定年退職してから初めて気づいた。自分が家族から浮いていることに。

そして、妻も娘も話をすぐに切り上げて自分の部屋へ逃げようとすることに。

「百合絵、はっきり言ってくれよ」

「そう？　そこまで言うんならはっきり言わせてもらうよ。私は父さんを見て育ってきたから、結婚はしたくないと思ってる」

わかってはいても、衝撃的な言葉であることは間違いなかった。

「あっ、ごめん。やっぱり言いすぎちゃったね」

立ち止まって振り返り、こちらが傷ついていないか顔色を窺《うかが》っている。自分もとうとう娘に心配されるような年寄りになったということか。

「百合絵、それはちょっと違うんじゃないかな？」

またもや穏やかな笑みを作ってみた。「忙しすぎたのは事実だけど、でも俺と母さんは喧嘩《けんか》したこともないし、オシドリ夫婦っていう評判だぞ」

知らない間に早口になっていた。冷静ではいられなかったのだ。

次の瞬間、百合絵は噴き出した。

「オシドリ夫婦？　いったいどこで評判なの？　父さん一人がそう思ってるだけでしょ。やっぱり救いようがないね」

耐えられなくなってきたから話題を変えた。

「それより、母さんはどこに行ったんだ」

「メゾン・ドルチェだよ」

「またか」

メゾン・ドルチェというのは、駅を挟んで反対側にある七階建てのワンルームマンションのことだ。十年ほど前に、五階の一室を資産運用のために購入したのだった。管理は不動産会社に任せている。最初のうちは順調に借り手が見つかったのだが、去年の暮れに空き部屋になり、いまだ次の借り手が見つかっていない。不動産屋に何度かせっついてはみたのだが、近所に最新設備の洒落《しゃれ》たワンルームマンションが林立したせいだろう、家賃を下げても借り手がなかなか見つからなかった。

十志子は空き部屋を掃除に行くと言い、足しげく通うようになった。リフォーム業者を呼んで棚を新しく設置したり、壁紙を張り替えたりしたことは聞いている。だがそのあと十志子は、少しずつ私物を運び入れ、最近はそこで過ごすことが多くなっている。

「どうして母さんは何度もドルチェに行きたがるんだろう」

「父さんと一緒にいたくないからじゃないの？」

「そんなこと……あるはずないだろ。母さんは病気になってからは確かに気分が定まらないようだが」

百合絵は、可哀想《かわいそう》な小動物でも見るような目でこちらをじっと見つめた。何か言うかと待ってみたが、何も言わない。

「母さんがお前に言ったのか？　父さんと一緒にいたくないって」

「まさか、あの人は子供の前で父親の悪口を言うような人じゃないよ。なんせ絵に描いたような賢夫人だからね」

「……そうか」

「ああいうタイプの女の人は何でもかんでも溜め込んじゃうんだろうね。自分さえ我慢すれば丸く収まると思っているから、結局はああなっちゃう」

「ああなるって、どうなったんだ」

「明らかに夫源病《ふげんびょう》だよね」

「フゲン病？」

これもホカツと同じで知らない言葉だった。あとで調べようかとも思ったが、病気の名前を知らないのは別に恥ずかしいことではない。ホカツとは違い、流行遅れとは別次元の話だ。だから、尋ねてみた。

「それはどういった病気なんだ？　普賢岳《ふげんだけ》と何らかの関係があることは察しがつくが」

「父さん、夫源病も知らないの？　東北大を出てるんじゃなかったっけ？」

百合絵はそう言うと、軽蔑したような目でこちらを一瞥《いちべつ》してからくるりと背を向けて、さっとドアを開けると、声をかける暇も与えず、とうとうリビングから出て行ってしまった。

廊下《ろうか》を歩く足音が遠のくと、今度は階段を上る音が聞こえてきた。

そして、二階のドアを開ける音、すぐに閉める音……。

それきり音がしなくなった。リビングの中も静まり返った。

たまらなく寂しい気持ちになった。

この家庭はいったいどうなってしまったんだろう。

温かいと思っていたのは幻だったのか。

会社の先輩たちが、退職後は酒浸《さけびた》りになったり、一日中テレビを見てゴロゴロしたりする噂《うわさ》を耳にしても、全くの他人事《ひとごと》だと思っていた。自分は決してそうはならない自信があった。しかし現実は、朝から酒こそ飲まないものの、何もしないであっという間に一日が過ぎていく。

やっと時間ができたのだから、百合絵の今後も心配してやらなきゃならないと思っていた。そのことを妻にも何度か言ってみたのだが、ひどく気怠《けだる》そうにしていて生返事しかしなかった。そのうえドルチェに行きっ放しだ。まさか、あの歳で男ができたわけでもあるまいに。

そのとき、ふと嫌な予感がした。もうすぐ六十歳になろうとする女に近寄ってくる酔《すい》狂《きょう》な男もいるのではないか。金目当てということだってあるし、昨今では熟年になってから結婚する人間も増えていると新聞で読んだばかりだ。

今すぐドルチェに行って、この目で確かめてみた方がいいんじゃないのか。

この瞬間も、ロクでもない男と二人きりで過ごしているのではないか。

想像すると、いてもたってもいられなくなった。

急いで着替え、家を出た。


マンションに着いてチャイムを押すと、すぐにドアが開いて、十志子が顔を見せた。

「どうしてわざわざ？　用があるなら携帯に電話してくだされればよかったのに」

いつも通りの柔らかな物言いで、安心感が広がった。

やはり、よそに男を作るような女ではない。育ちもいいし、教養もあれば品もある。

「入っていいかな？」

そう言いながら奥を覗《のぞ》いてみる。ワンルームだから、ベランダに面した窓の所まで全部見通せた。

「ええ、まあ……いいですけど」

あまり嬉しそうでないのが気になるが、かまわず靴を脱いで上がった。

部屋の中はガランとしていた。十志子が持ち込んだ小さなテーブルが部屋の真ん中にポツンとあるだけだ。テーブルといっても、段ボール箱の上に布をかけただけのもので、ままごと遊びでもしているようだった。

「一人でここで何をしてたんだ？」

責め口調にならないよう、笑顔を添えた。

妻は少し前から体調を崩して病院に通っている。検査の結果、どこも悪くはないということだったが、一応は「不定愁訴《ふていしゅうそ》」と病名がつけられた。病院からもらう薬の中には、睡眠導入剤や精神安定剤も含まれていると聞いている。

「何をしてるってこともないんですが……読書とか」

テーブルの上には分厚い単行本が載っていて、その横にはやりかけの刺繍《ししゅう》がある。丸い盆《ぼん》に載せられた、薄い紅茶の入ったティーカップもある。

「借り手が見つかるまで、私の趣味の部屋ってことにしたいんですけど」

十志子は刺繍を手に取り、針を刺した。

「それはこの前も聞いたよ。別にかまわんが……でも家にも部屋はあるんだし、何もわざわざここに来なくてもいいんじゃないかな」

「気分転換にはちょうどいいのよ。お隣の前田《まえだ》さんだって八ヶ岳《やつがたけ》に別荘を持ってるのよ。

お向かいの大内《おおうち》さんのところは、ダンナさんが農村で暮らしたいとかで、黒姫《くろひめ》に畑付きの農家住宅を買ったんですもの」

「つまり、ここが十志子にとって別荘なのか？　うちから歩いて十五分なのに？」

「ええ、まあ、そういうことね」

「小さな別荘なら買ってやれないこともないぞ」

思いつきで言ってみたのだが、夫婦で田舎暮らしをするのも悪くはないと思えてきた。大自然の中で暮らせば、十志子の病気もよくなるかもしれない。農家の縁側で、夫婦仲良くスイカを食べる風景が頭に思い浮かんだ。

地球温暖化とコンクリート化で都会の夏は年々暑くなってきている。そう遠くないうちに、夏は四十度を超えるのが珍《めずら》しくなくなるだろうと予測する専門家もいる。だったらこの際、避暑地として信州あたりに小さな家を買うことを検討してみるのもいい。バブル期には想像もしていなかったが、昨今では三百万円も出せば、そこそこの物件が買えるとテレビの特集番組で見たばかりだ。

「そうだ、十志子、この際、思いきって買おうじゃないか。最近の農村は、どこもかしこも過疎化が進んで、畑付きの大きな家でも捨て値だと聞いてるぞ」

本来の十志子は、細やかな気配りのできる愛想のいい女で、昔から誰にでも好かれる。

きっと近隣の人たちとも仲良くなれるだろう。そうなれば、自分も自然とその輪の中に入れるはずだ。これまでの近所づき合いもそうだった。性格のいい女と結婚して本当によかったと思うのはこんなときだ。

信州で野菜作りでもしてみようか。自分の実家は農家で、幼い頃からよく草取りをさせられた。高校生になると、稲刈りの時期には学校を休んで手伝った。それを思えばズブの素人《しろうと》というわけでもない。

広々とした畑の真ん中に立ち、土の香りを嗅《か》ぎ、見渡せば南アルプスの山々……想像しただけで心が浮き立ってきた。

「そういえば百合絵が言ってたけど、十志子は普賢岳に関係する病気なんだってな。原因はなんなんだ？」

百合絵には訊けなくても、十志子には何でも訊ける。決して人を馬鹿にしたりしない女だ。

「普賢岳？　さあ、意味がわかりませんが」

「最近の若いもんの言うことはよくわからんな。それより何か飲むものはないか？」

以前は、催促しなくてもすっとお茶が出てきたものだが、十志子も歳を取ったのか、気が利かなくなった。

「すみません、何もないんですよ。カップもひとつしかないですし。なんならマンションの一階に自動販売機がありますけど」

「そうか、じゃあ緑茶でも買ってきてくれるか」

「すみませんが、ご自分で買ってきてもらえませんか?」

「今日も体調が悪いのか?」

「ええ、少し」

確かに顔色が悪いようだ。動悸《どうき》や目まいがすることもあるらしい。とはいえ、医者からは特にどこも悪くないと言われているし、血圧や血糖値も正常だと聞いている。

「飲み物はやっぱり要らないよ。特に喉《のど》が渇《かわ》いているわけでもないし」

「そうですか」

十志子は澄《す》ました横顔を見せて、見覚えのある古いラジオのスイッチを入れた。いつの間にか、自宅にあったラジオを持ち運んだらしい。

短い音楽のあと、FMニュースが流れてきた。

——先週、新宿《しんじゆく》区のアパートで二十代の母親が幼い子供を……。

「またあの事件か」

幼い子供を家に閉じ込めて、母親は男と遊び歩いていたというニュースがもっぱら世間を騒がせている。近所の人の通報で、幼い姉弟は間一髪《かんいっぱつ》で助け出され、救急車で病院に運ばれた。栄養失調と脱水症状で衰弱していたが、手厚い看護のお陰か今は元気になったという。

「全く最近の母親ときたら、どうなっちゃったんだろうなあ」

「どうなった、とおっしゃいますと？」

「母性をなくしてしまったのかね」

「さあ、どうでしょうか」

「信じられない世の中になったな」

「そうですか？　私にはこの母親の気持ちが痛いほどわかりますけどね」

驚いて十志子を見る。相変わらず澄ました横顔を見せて刺繍の針を刺している。

「十志子、冗談だろ。こいつは鬼のような母親なんだぞ」

「私はそうは思いません。ほとんどの女性がこの母親に同情していると思いますよ」

十志子の頭は変になってしまったのだろうか。

――先生方に原因を究明していただきたいと思います。なぜ母性は崩壊してしまったのでしょうか。

ラジオからアナウンサーの声が響いてきた。

――本日のコメンテーターは三人の子供の母親でもある参議院議員の川口明子《かわぐちあきこ》さんと、『最近の母親はダメになった』のご著書がある、小児科医の大河内明彦《おおこうちあきひこ》先生をお招きしています。それでは先生方、どうぞよろしくお願いいたします。

――世も末ですねえ。最近の母親たちに異変が起きているようですね。私は子供を三人育てたことで、人間的にも大きく成長しました。その経験を国政に生かしたいと考えて国会議員になったんです。

――川口先生は立派なお母さんでもいらっしゃるんですよね。古き良き時代の日本の母といった感じがします。

「何を言ってるんだか」

十志子がいきなり言った。「子供を産まない女は半人前だと言っているのも同じじゃないの」

「俺も半人前だと思うがな」

「それは巧妙な差別ですよ」

「差別とは、ちょっと大げさじゃないか？」

「百合絵はどうなるんです？　あの子は人の痛みのわかる立派な大人に成長していますよ。それに、この人は子供の人数が一人より二人、二人より三人と、多い方が選挙に有利だと思っている。子供のいない女を見下すなんて、いやらしい特権意識でしょう。子供を産んだだけで威張るなんて単細胞にもほどがありますよ」

「だが子供の人数が多ければ多いほど、包容力のある母性を感じるがね」

「母親になると、我が子が可愛いあまりにエゴもしっかり身につくものですよ。どんな経験でもプラスになると思ったら大間違いです」

呆気《あっけ》に取られて十志子を見た。

定年退職してから、十志子に驚かされることが多くなった。最初からこういう性格の女だったのだろうか。常に控えめで自分の意見を強く主張しない女だと思っていた。結婚して三十年以上になるというのに、十志子という女がどんどんわからなくなってくる。

——小児科医の大河内先生はどうお考えでしょうか。

——母性というのは生まれながらにして女性に備わっているものなんです。母親であれば誰しも上手に子育てができるはずなんですがね。最近の女性には困ったものです。

「ゲストが小児科医っていうのがいいよな。しかもベテランとなると、数えきれないくらいの子供を診《み》てきたんだろうからさ」

十志子は横顔を向けたままで返事もしない。

——私はね、子供を診察する前に、必ず母親を観察することにしてるんですよ。昔と違って、おしゃれな母親が増えました。やはりその手の母親は少しアレですね。オカシイです。それにね、母と子の会話やしぐさを見ているだけで、過保護か放任かもすぐにわかります。昔のように、我が子に真の愛情を注《そそ》いでいる母親が、昨今は少なくなったように感じますね。

——さすが先生はベテランでいらっしゃる。

——小児科医を五十年もやっていれば、誰だってそれくらいわかりますよ。

ハッハッハと、明るい笑い声がラジオから流れてきた。

「くだらない」

突然、十志子が吐き捨てるように言った。

「何がくだらないんだ？」

「赤ん坊や子供をたくさん診てきたといっても、所詮は診察室でのことよ」

「そりゃあ、そうだろう。それがどうした？」

「一日二十四時間ずっと赤ん坊と一緒に過ごした経験なんてただの一度もないのよ」

「当たり前だろ。医者として忙しく働いているんだからさ」

「一週間でいいから、誰の力も借りずに赤ん坊の世話と家事を一人でやってみてもらいたいもんだわ」

「そりゃ無理だよ。一日中暇を持て余している主婦とは違うんだから」

十志子がいきなりラジオのスイッチを切った。

どうしたのだろう。怒ったのか？　だとしたら、何に対して？

十志子の横顔からは何も読み取れない。

「十志子、どうかしたのか？」

「子供が元気に育っている間はいいけど、病気になったり不登校になったり脇道に逸れたりした途端に、何でもかんでも世間は母親のせいにするんですよ」

「当たり前じゃないか。子育ての方法に原因があるんだから、全面的に母親に責任があると俺は思うがな」

ほんの一瞬だったが、十志子は黒目勝ちの大きな瞳でこちらを見た。

怒りではなく、絶望的な目の色に見えたが錯覚だろうか。

嫌な感じの沈黙が流れていることに気づき、慌てて言った。

「百合絵のことだけど、そろそろ結婚しないとマズイんじゃないか？」

「どうしてです？」

「どうしてって、百合絵はもう三十三歳だぞ。もっと焦《あせ》った方がいいんじゃないのか？」

「そうは思いませんけど。今の時代は無理に結婚しなくてもいいんじゃないですか？　百合絵は頭もいいし、しっかりお勤めもしていますから」

「男ならまだしも、子供を産むことを考えたらのんびり構えていられる年齢じゃないだろ」

「子供なんて産まなくてもいいんじゃないですか？　百合絵には自分の生きたいように生きてほしいです。誰の犠牲になることもなく自分自身の人生を。あの子は私の自慢の娘ですよ」

なんだか、更に沈鬱《ちんうつ》な空気になってきた。

だから言った。「小腹が減ってきたな。そろそろ帰ろう」

「そうですか、わざわざご苦労さまでした」

十志子の顔がパッと明るくなった。

「えっ、十志子は一緒に帰らないのか？　まだここにいるのか？」

「刺繍が一段落したら、本の続きを読みたいと思いますから」

そう言って、十志子は刺繍をテーブルに戻して本を手に取った。

「本なんか家で読めばいいじゃないか」

「この部屋の方が頭にすっと入ってくるんです」

「今すぐ読まなきゃならないような重要な本なのか？」

「いいえ、ミステリー小説ですよ」

「だったら別にここで読む必要なんてないじゃないか」

十志子は溜め息をつきながら本を閉じ、返事をしないまま窓の外をぼうっと見つめた。

「昼飯はどうするんだ」

「私はすぐそこのコンビニでサンドイッチか何かを買ってくるつもりですけど」

「この部屋で食べるのか？」

「ええ、そうですけど」

「だったら俺もそうしようかな」

「あなたはダメですよ」

「どうして？」

「あなたの分は家の冷蔵庫に入れてありますから」

「何が入ってたっけな」

「ピザトーストを作ってラップしてあります。オーブントースターで焼いて召し上がってくださいな。それと、レトルトの南瓜《かぼちゃ》のポタージュもありますから」

「そうか、いや、だけど、十志子はコンビニで買ってくるんだろ？」

「はい、そうですが」

「だったら、やっぱり俺もここで食べるよ」

「せっかく作ったピザトーストが無駄になるのは悲しいですわ」

十志子は本当に悲しそうな目をした。

「わかったよ。だったら家に帰って食べるよ」

「そうしてくださいな。そろそろお昼ですよ。もうお帰りになった方がいいわ」

「だけど、いま来たばかりだしな」

「退職後も、三食きちんと決まった時間に食べるっておっしゃってませんでした？」

「そうだった。家にいてもだらしない生活にならないよう、時間を守るんだった」

「それが健康の源ですわ」

「そうか、そうだな。じゃあ帰るとするか」

そう言うと、十志子は待ってましたとばかりに、さっと立ち上がった。

玄関まで送ろうとしているらしい。やはり育ちのいい女は心遣いが細やかだ。

「十志子、今日は家には何時頃戻ってくるつもりだ？」

靴を履きながら尋ねた。

「そうですね、あの本を読み終えた頃ですかしら」

「だいたい何時頃になる？」

「たぶん夕方くらいだと思いますけど」

「そんなにかかるのか？」

「そりゃあ一冊全部読むんですから時間はかかりますよ」

「何も今日中に読み終える必要はないだろ」

「ミステリーですから最後まで読んでしまわないと、途中でやめたら先が気になって落ち着きませんから」

「そんなに読み続けたら、目が疲れるだろう」

「大丈夫ですよ。それじゃあ、お気をつけて」

なんだか釈然《しゃくぜん》としないまま、エレベーターに向かった。

一階に降りて、通りを歩いていると、「ウォー」と腹の底から唸《うな》るような声が上の方から降ってきた。そのすぐあとに「しつこいっ」と叫ぶ声が聞こえた。十志子の声に似ているような気がしたが、まさか、それはないだろう。

それにしても、十志子は一人になって寂しくはないのだろうか。

自分は一人になるのがこんなにもつらいというのに。

それとも十志子は、本当は寂しくて夫婦で一緒にいたいのに、素直になれない何かがあるのだろうか。

きっとそうなのだ。強情を張っているに違いない。だとしたら、やっぱり自宅に帰ったりせずに、十志子と一緒にマンションにいてやった方がよかったのではないか。

ポケットからスマートフォンを取り出して、十志子の携帯にかけてみた。

——何ですか？　忘れ物ですか？

「やっぱりそっちに戻ろうかと思ってね」

——こっちにですか？　どうしてです？

寂しいんじゃないかと思ってね、という言葉を飲み込む。

——もしもし、何でしょう。

十志子の声が苛々している。

「十志子が一人で大丈夫か心配でね」

——は？　私は大丈夫です。もう私のことは気にしないでください。切りますよ。

すぐに電話が切れた。

もしかして十志子は俺を嫌っているのか？

まさか……。

絶対にそんなことあろうはずがない。十志子という女は、常に夫のことを一番に考えるタイプなのだから。

真っ直ぐ家に帰るのも虚しい気がして、小さな児童公園に寄ることにした。

ベンチに座ってボーッとしていると、赤ん坊連れの母親たちが、こちらをチラチラ見ているのが視界に入った。まさか、変質者か誘拐犯にでも見えるんじゃあるまいな。

昼間から男が一人でベンチに座っている光景は、確かに怪《あや》しいかもしれない。歳の割には髪が多い方だから、定年退職後には見えないかもしれない。古今東西、若く見られたいと願う人間が多いらしいが、こういうときは老けて見られる方が便利だ。勤めていた頃なら上質のスーツが身を守ってくれたが、今はポロシャツにジャンパー姿だ。ロクでもないオヤジに見えるのかもしれない。

普段着をあまり持っていなかった。この前、十志子に買ってきてくれと頼んだのだが、体調が悪いので自分で買ってきてくださいと言われてしまった。デパートに行ってみると、平日の紳士服売り場は閑散《かんさん》としていて、すぐに店員が寄ってきた。あれやこれやと熱心に勧めるので、何も買わないのも申し訳ない気がして、とりあえずポロシャツを一枚だけ買って帰ろうとした。だが、値札を見て驚いた。想像していた価格の何倍もした。

――いま家内がデパ地下で買い物しているから、あとでまた一緒に来るよ。

我ながらうまい嘘《うそ》だったと思う。

その夜、面白おかしく十志子に聞かせてやった。

——やっぱり十志子が買ってきてくれよ。なんなら一緒に行ってもいいし。

そう言うと、十志子は言った。

——ポロシャツならユニクロがいいですよ。最近の私は人混みの中にいると閉所恐怖症になるので、お一人でお願いします。百合絵が言うには、ネットでも買えるらしいです。

妻の変わりようは病気が原因なのだろうか。こちらを見る目つきが以前とは違う気がする。冷たいとまでは言わないが、親しみの籠《こも》ったものでなくなったのは確かだ。

妻や娘の視線や言葉の裏をいちいち詮索して、深く傷ついている自分がいる。今までこんなことはなかった。忙しすぎて考える暇も余裕もなかった。

気づいてみれば、寄る辺《べ》のない自分がいた。六十歳を超えた男が言うのも恥ずかしいが、ふと心細くてたまらなくなる瞬間がある。人間は何歳であろうが男であろうが女であろうが、心の底に孤独を抱えているものなのかもしれない。忙しさに紛《まぎ》れてしまっていたが、暇になると孤独というヤツはひょっこり顔を出すらしい。

そのとき、ブランコの方から、赤ん坊の泣き声が聞こえてきた。

若い母親が「どうしたのよ」と言いながら、ベビーカーを前後に揺らしている。だが、どんどん泣き声は大きくなる。

赤ん坊の泣き声を聞いたのは久しぶりだった。やはり世の中は少子化なのか。

子供たちが学校帰りに縦笛《たてぶえ》を吹きながら歩く姿も見なくなった。グーはグリコ、チョキはチョコレートなどと遊びながら下校する子供たちを最後に見たのはいつだろう。

「抱っこすると腰が痛くなるから勘弁してほしいのよねえ」

母親がうんざりした顔で、ベビーカーから仕方なさそうに赤ん坊を抱きあげた。

「ミルクはさっき飲んだばかりなのに」

「オムツが濡《ぬ》れてるんじゃないの？」と、あまり若くない母親が問う。

「家を出てくる前に替えたばかりよ。もうやんなっちゃう。昨日の夜中もこんな感じで眠れなかったのよ」

「うちもそう。ほんと大変よね。何もかも放り出して遠くへ行きたくなっちゃう」

「わかる、わかる」と、美人の母親が言う。

「私、伸びてないお蕎麦《そば》が食べたい」

「あーそれそれ、わかるう。私は冷めていないお味噌汁《みそしる》を飲みたいと思うもん」

「育児に振り回される生活ってつらいよね」

「自分の時間がない生活ってホント苦しいよ」

「私も気が変になりそうだよ。どうしてこうも赤ん坊って泣いてばかりいるのかしら」

三人の母親は、しきりに頷《うなず》き合っている。

全く最近の母親ときたら、いったいどうなっているのだろう。我が子が泣いている原因がわからないとは、なんと情けないことだろう。

そのとき、今朝の百合絵の話をふと思い出した。同窓会に行ったとき、赤ん坊の泣き声がうるさかったのだと。男が言うのならわかるが、女がうるさいと感じるとなると、人類はどこへ向かおうとしているのか。滅亡の危機ではないか。考えるだに空恐《そらおそ》ろしくなる。最近の若い女は母性という本能をなぜ兼ね備えていないのか。それに比べて、故郷のお袋は母性の塊《かたまり》だった。

——母さんは夜なべをして手袋編んでくれた……

この歌を思い出すたびに涙が滲《にじ》む。四人の子供を育て、舅《しゅうと》や姑《しゅうとめ》に仕え、横暴な夫に耐え忍び、経済的にはお世辞にも豊かとは言えない中、末っ子の自分だけは秀才だからと大学へ行かせてくれた。六年前に九十二歳で亡くなったときは、「大往生《だいおうじょう》だからめでたいくらいなんだ、そんなに泣くな」と兄や姉に言われたが嗚咽《おえつ》が止まらなかった。

それなのに……今の若い女たちはどんどん間違った方へ向かっている。

百合絵にしてもそうだ。百歩譲《ゆず》って学生時代は少しくらい男勝りでも微笑ましいが、大学を出て就職したら適齢期を迎えるのだから、少しは女らしくなるのではないかと期待していたのに逆だった。年齢とともにオバサンぽくなるのならまだしも、立ち居振る舞いや服装も、どんどんオヤジっぽくなっていく。

ふうっと息を吐き、何気なくポケットに手を突っ込むと、指先がスマホに触れた。

ふと思い出し、「フゲン病」で検索してみた。

あ、「夫源病」と書くのか……。

夫が原因の病気という意味らしいが、これに似た病気なら以前から知っている。週刊誌か何かで「主人在宅ストレス症候群」について書かれているのを読んだことがある。夫が定年退職後、家にいると妻が病気になるというものだ。それまで夫は家には寝に帰るだけだったから、夫が早朝に会社に出かけたあと、妻には自由時間がたっぷりあった。特に子供が独立したあとは、楽しい生活を送っていた。それなのに夫が家にいるようになると、昼食を毎日作らなくてはならないし、暴君に豹変《ひょうへん》する夫も少なくないらしい。そのせいで、妻は十二指腸潰瘍《かいよう》になったり、ストレスによる肝機能悪化もあるというから深刻だ。

だが、自分は決して暴君なんかではない。威張り散らしたこともないし、一度だって暴力をふるったことはない。昼食にしたって、簡単なものでかまわない。

どう考えても、自分はそれほど嵩高《かさだか》い亭主ではないと思うのだが。

ふと、公園のぐるりに植えられた桜の木を眺めた。蕾《つぼみ》が膨《ふく》らみかけている。こうも四季が巡《めぐ》るのは早いものだったか。となれば、月日の経つのが早くても仕方がない。

定年を迎えたのは、六十歳の誕生日だった。

あの日は、部内で挨拶《あいさつ》をして花束をもらった。部下が困らないようにと、半年前から少しずつ引き継ぎ資料を整理し、ひと目見てわかるようにと、索引なども工夫して段ボールにきっちり納めた。それでもまだ不明な点があったら、遠慮なく電話してくるよう部下たちに伝えると、「本当にいいんですか？　じゃあちょくちょく電話させてもらいますよ」と嬉しそうに言った。そして、「いつでも会社に遊びにきてくださいね、ご指導の方もお願いしますよ」とまで言ってくれた。だが、その後一度も電話はかかってこなかった。それどころか、健康保険の手続きか何かの用事で本社へ出向いたとき、段ボールが一度も開けられた形跡もなく会議室の隅で埃《ほこり》をかぶっているのを発見したのだった。

退職日は、自宅に帰ると十志子が花束を持って出迎えてくれた。添えられたメッセージカードには感謝の念が綴《つづ》られていたものだ。百合絵も豪華なケーキを奮発してくれたのではなかったか。退職したとはいえ、翌月から下請け会社に嘱託《しょくたく》として週四日の勤務が決まっていた。だが、働き始めてたった三ヶ月で倒産してしまい、その後は家にいるようになった。もしも倒産しなければ、十志子も「主人在宅ストレス症候群」とは無縁でいることができたんだろうか。

あのあとも、再就職先を探すべきだったのか。だが倒産の知らせを受けた時点で、もう働く気にはなれなかった。現役時代に比べるとあまりの給料の安さに嫌気がさしていた。コピーも自分で取ったし、雑用も進んでやったが、決定権が何もないのがつらかった。自分よりずっと年若い上司の許可なしには、クレーム処理ひとつでも自分の裁量を発揮できなかった。再就職しなくても、贅沢《ぜいたく》さえしなければギリギリ食べていける預金もあったし、期待していたのよりずっと少なかったが退職金も少しはあり、六十五歳になれば年金が入る。それを考えて、もう働くのは辞めたのだった。

家にいるようになってから、十志子は冷たくなった。

ああ、虚しい。

家族のために四十年近くも働いてきたというのに。

定年後は、十志子と美術館や博物館を巡ったり、鎌倉《かまくら》を散策したりするつもりだった。旅行は海外から攻めようと計画していた。まだ元気が残っている六十代前半のうちに欧米を回り、六十代後半からはアジアを回る。盆正月や連休を外せば格安ツアーがたくさんある。そして七十代半《なか》ばを過ぎたら、体力との兼ね合いを考えながら、ゆったりした日程の国内旅行を組む予定だった。その日のために、今まで一度も行ったことのない名所旧跡をノートに箇条書きにしてある。北方領土が望める納沙布岬《のさっぷみさき》、有馬《ありま》温泉に出雲《いずも》大社、そして西表島《いりおもてじま》……数え上げたらキリがないが、それらは全部、夫婦で行くつもりだった。団体ツアーに参加するにしても、十志子と一緒に申し込もうと思っていた。大きな喧嘩をしたこともないから夫婦仲がいいと思っていたのは自分だけだったのだろうか。十志子と一緒に行けないとなると、もうどこにも行けない気がした。他に一緒に行ってくれそうな人間などいない。百合絵を誘っても即座に断わられるに決まっている。なんてつまらないんだろう。

今後もずっとこういう生活が続くのだろうか。

死ぬまであと何年あるのだろう。

ベンチから立ち上がり、とぼとぼと家に向かった。

四十代半ばくらいから、早く定年にならないかなあ、自由になりたいなあと切望してきたのに、今となっては会社員生活が懐かしくてたまらない。

2

今朝は冷え込んでいる。三月といえども春は名のみだ。

図書館が見えてきた。

まだ開館の五分前だが、玄関前のベンチには、自分と同年配の男性たちが座って待っていた。いつもと同じ顔ぶれだ。目で数えてみると、自分を入れて七人だった。

門が開くと、一斉《いっせい》に閲覧室へ向かう。全国紙とスポーツ紙を合わせると、ちょうど人数分に行き渡る。あぶれる日は、週刊誌を読むことになる。

尋ねてみたわけじゃないが、みんな自分と同じで暇を持て余した定年退職組だろう。六十代前半なら雰囲気でそれとなくわかるが、七十歳近くになると、もとは勤め人だったのか自営業だったのかがわからなくなる。定年後十年も経つと、サラリーマン臭のようなものが消えてしまうらしい。

それにしても、まさかこんな生活を送ることになろうとは考えてもいなかった。

一日二十四時間、何をして過ごしてもいいなんて、想像しただけで心躍《おど》ることではなかったか。これほどの自由を手に入れたのは、幼稚園入園前以来だ。幼稚園から小中高大、そして就職。その間、窮屈《きゅうくつ》なルールに縛られ、人間関係に左右され、小刻みな時間に拘束されてきた。

今や何ひとつ自分を縛るものはない。

まだ体力もあるし、頭も働く。

それなのに……。

ぼんやりと新聞記事の字面《じづら》を眺めた。

そのときだった。いきなりジャンパーのポケットに入れておいたスマホがけたたましく鳴った。最近は誰からも電話もメールも来ないから、マナーモードにしておかなかった。

しんと静まり返った部屋の中では音が大きすぎた。

大きなテーブルを取り囲み、それぞれに新聞を読んでいた男性たちが一斉に顔を上げてこちらを見た。ほとんどが顰《しか》めっ面《つら》だった。

「申し訳ない」

小さな声で言い、急いで閲覧室を出て小走りになり、建物の外に出た。

「もしもし、どうしたんだ？　荒木《あらき》が電話くれるなんて珍しいじゃないか」

――庄司、元気でやってるか？

「ああ、なんとかな」

――実は同期会をやろうと思ってね。再来週の金曜なんだが、お前、空いてるか？

俺はいつだって空いてるよ、暇で仕方がないんだ、寂しいんだ、とは言えなかった。

「その日は、ええっと、どうだっけな」

手帳を見てスケジュールを確かめるかのような間を空けた。

ケチなプライドなど持ち合わせていないと、長年に亘って自負してきたはずなのに。

「その日は空いてるよ。うん、なんとか大丈夫そうだ」

――よかった。時間と場所はあとでメールするよ。じゃあ、よろしくな。

電話を切った後、腹の底から力が湧《わ》き出てきた。

同期会という、たったひとつの約束ごとが、これほど気分を上げてくれるとは。

現役時代には頻繁《ひんぱん》に飲み会や会合があり、それらを面倒に思ったり、またかとウンザリすることも多かった。だから、きっちり手帳に書いておかないと忘れてしまう恐れがあった。だが、今度の同期会は違う。その日が来るまで一日たりとも忘れはしないだろう。

図書館に戻ったが、新聞を読む気は失《う》せていた。同期会のことで頭がいっぱいだった。

今日はもう帰るとするか。

新聞を素早く、だができるだけ静かに畳《たた》み、元の場所に戻した。何人かが、「もう帰るのか」とでも問いたげにこちらを見ている。もしかして、用事ができたことが羨ましいとでも思っているのだろうか。

ここのところずっと、一日おきくらいに図書館に通っている。そして一時間以上はいる。全紙に目を通したいわけじゃない。だが朝起きてやることがないと、朝食後に再び寝てしまうようになった。二度寝から起きると、漫然とテレビを見る。そして、あっという間に夕方になる。このままだとまずいと思った。だから、どこでもいいから午前中に外へ出ることを自分に課すことにしたのだ。

暇は精神衛生上よくないとよく聞くが、本当にその通りだと今頃になって実感している。やることがないと、十志子の健康状態や百合絵の結婚のことばかりを考えてしまう。そして、良いアイデアを思いついて提案するたびに、彼女らの眉間の皺が深くなる。

――余計な口出ししないでちょうだい。何もわかってないくせに。

十志子の薄い微笑みの下には、そういった気持ちが隠れているようで気になる。

――ウザいんだよ。時代遅れの年寄りのくせに。

百合絵の眼差《まなざ》しが心臓に突き刺さる。

そのたびに気づく。提案などというのは口実で、妻や娘とつながっていたいがために、共通の話題を持とうとしていたのだと。ああ、愚《おろ》かな自分。

最近は四六時中、妻や娘のことを考えているが、会社に勤めていた頃は、ひとつのことをずっと考え続けることはなかった。デスクの電話が鳴ったり、上司からの指示や部下からの質問が飛んできたりで、考えごとは途中で遮《さえぎ》られるのが常だった。今となっては、それがいかに精神衛生上よいことだったかがわかる。そして昼前には腹ペコになり、昼食を誘い合って社員食堂へ行った。春や秋の爽《さわ》やかに晴れ渡った日には、部内の仲間と、近所でうまいと評判の蕎麦屋やとんかつ屋に行ったりもした。それが今では、「小腹が空く」のを満たすために一日中ちょこちょこと煎餅《せんべい》や甘い物を食べているせいで、腹ペコ状態がどんな感覚だったかも思い出せない。

幼い頃からずっと痩《や》せ型のままだが、そんな自分でも微妙に腹が出てきた気がする。今のところ体調は良いが、間食は控えた方がよさそうだ。

閲覧室を出るとき、何気なく振り返ってみた。

そこには六十代と七十代と思《おぼ》しき男性ばかりがいる。会社には若者から年配者までがいた。そんなことは、当たり前すぎて殊更《ことさら》意識しなかったが、もう二度とそういった場所に身を置くことはできない。そう思うと、世間から置き去りにされた気がした。

ああ、虚しい。

そういえば、昨日の午前中に行ったハンバーガーショップも、年配の男たちばかりだった。そこでもみんな新聞を読んでいた。暇を持て余して毎日のようにコーヒーを飲みに行くことを思うと、百円という値段は有り難いし、長居しても文句を言われないので助かる。みんな考えることは同じだ。自分のように、まだ六十五歳に達せず、年金をもらう前となれば尚更だ。

つまらない毎日だが、今しばらくは、再来週の同期会を楽しみに生きていこう。

その夜も十志子は風呂から上がると、さっさと二階へ行こうとした。和弘が結婚前に使っていた部屋を自分の寝室として使うようになったのだ。

「一階の和室で寝ればいいじゃないか」

「前にも言いましたでしょう？　あなたの鼾《いびき》がひどくて眠れないんです」

本当だろうか。鼾をかくなんて、誰からも言われたことはないのだが。

「それに、和室に蒲団《ふとん》を敷いて寝るよりベッドの方が好きなんです。和弘の部屋にはベッドも机も本棚もあるからちょうどいいの」

「だけど、夜中に急に具合が悪くなるかもしれないじゃないか」

「具合が悪くなる？　誰がですか？」

「俺だよ、俺」

「どうしてあなたの具合が悪くなるんです？」

「俺ももういい歳だからさ。脳梗塞《こうそく》だとか心筋梗塞だとか、色々あるだろう。お前が隣で寝ていてくれると安心なんだよ」

「どうして安心なんですか？」

「すぐに気づいて救急車を呼んでもらえるからに決まってるじゃないか。翌朝になって、いつまでたっても起きてこないから見に行ってみたら、既に死んでたって、よく聞く話だろ？」

「私なら中途半端に発見されて後遺症で寝たきりになるよりは、そのまま死んでしまいたいですけどね」

「え？」

何だろう、この違和感。

暗い闇のようなものに心を四隅《よすみ》からじわじわと侵食されていくような嫌な気分。

「あなたが羨ましいですわ」

「俺の何が羨ましいんだ？」

「あなたには専属の家政婦がいるけど、私にはいないんですもの」

「いったい何のことを言ってるんだ？」

「とにかく私は二階で寝ます。あなたの鼾がひどくて寝不足で日中つらいんですから」

そう言って、リビングを横切ろうと足を速める。

「だったら昼寝すればいいじゃないか」

それには答えず、十志子はこちらを振り返り、いつものようににっこりと笑った。「じゃあ、おやすみなさい」

そう言ってドアノブに手をかける。

「おい、十志子、これからもずっと二階で寝るのか？」

「そうですよ」

十志子の後ろ姿を見送りながら、自分は一階奥の寝室へ向かった。

蒲団に入り、釈然としないながらも、規則正しい生活を送るためにリモコンで電気を消した。

暗闇を見つめる。

十志子は何が言いたかったのか。

俺には家政婦がいるけど十志子にはいないとはどういうことなのか。

俺が寝たきりになったら十志子が面倒を見てくれるが、十志子が寝たきりになったら面倒を見てくれる人間はいないということか。そんなことはない。ヘルパーを雇うなり、施設に入るなりすればいい。もちろん男の俺には介護なんて無理だ。そんなことは十志子にもわかっているはずだ。

心の中がまだモヤモヤする。

十志子はもっと肝心《かんじん》なことを言ったはずだ。

はて、何だったか……。

あ、そうだ、寝室を別にした場合、夫の身体の異変に気づかないことを、それほど重大なことだと考えていなかった。つまり早い話が、定年退職後の夫には用はないということか。朝になってから夫が死んでいるのに気づいたとしても一向にかまわない、その方がいいくらいだ、ということなのか。

夫のすぐそばで眠り、異変があればすぐ気づいてあげたいとは、決して思っていない。少しでも長生きしてほしいだとか、後遺症が残って手がかかるようになっても、生きていてくれるだけで嬉しい、というような愛情は全くないということなのか。

まさか、十志子に限ってそんなはずはない。

十志子はそんな女じゃない。

たぶん自分は十志子が言うように、大きな鼾をかいているのだろう。

今まで実家で寝泊まりしたときや社員旅行や出張などでも、誰からも鼾のことは指摘されたことはない。だが、歳を取ってから、かくようになったのかもしれない。だから十志子は二階で寝る。うん、ただそれだけのことだ。暇を持て余しているから、何でもかんでも勘ぐりすぎるきらいがある。

もう眠った方がいい。

目を閉じて羊を数えよう。

五匹目の羊のとき、「ウォー」という叫び声が、どこからか聞こえてきた。

「しつこいっ」

いつだったか、どこかで聞いた声だが、すぐには思い出せない。

3

久しぶりに、息子の和弘が会社帰りに我が家に寄るという。

息子家族は同じ市内のマンションに住んでいるが、十志子が孫を連れて遊びに来るよう何度もせっついて、やっと重い腰を上げるといった具合だ。最近の嫁というのは、夫の実家とは関わり合いたくないとでも思っているのか、嫁の麻衣《まい》は滅多《めった》に顔を見せない。

和弘が来るという連絡があったのは今朝だが、そのときから十志子の精神が更に不安定になったように見えた。ドルチェには行かず、台所をウロウロしている。

「どうしたんだ？」

「和弘に夕飯を作ってやろうと思うんですが、何を作っていいかわからなくて……」

「ヤツはうちで食べるのか？」

「和弘がそう言ったわけじゃないんですが、もしもお腹《なか》を空かせていたら可哀想だし」

「孫たちも一緒に来るのか？」

「さあ、どうでしょうか。平日だから、和弘一人だと思いますよ」

「何しに来るんだ？」

「何も言ってませんでした。でも平日の夜に来るなんて珍しいから、何かあったのかも」

「夕飯がいるかどうかは、電話して訊いてみればいいじゃないか」

「会社にいるのに、ですか？」

「いや、それはやめた方がいいか」

「あの子も忙しそうですから、何時頃なら電話してかまわないのかわかりませんし」

「だったらメールすればいいんじゃないか？」

「あの子は返信をくれるのがいつも翌日ですし、忙しかったら悪いですし」

「……そうか」

「でも……一応メールだけでもしてみようかしら」

十志子は変わった。

以前はテキパキと家事を取り仕切り、料理も上手だった。だが心療内科に通い始めたあたりから簡単な物しか作らなくなった。煮物は鍋に大量に作って、何日も同じものが食卓に並び、揚げ物は買ってくるようになった。出汁《だし》巻き卵は茹《ゆ》で卵になり、それも絶妙な半熟じゃなくて完璧な固茹でで、白米でさえレトルトのときがある。医者から無理をするなと言われているらしい。だが最も不満なのは、食事の内容よりも、十志子自身は食欲がないと言って一緒に食卓につこうとしないことだ。

――あとで何か簡単な物を食べますわ。あなた一人で召し上がってくださいな。

テレビを相手に一人で食事をするのは、何とも侘《わび》しい。

和弘からメールの返事はなかなか来なかった。十志子は冷蔵庫のドアを何度も開けたり閉めたりしていたが、そのうち何かを作り始めた。何時に来るかわからないから、冷めたらまずくなる天ぷらはやめて、ささみのフライにしたという。それと豆腐とネギの澄まし汁と、ほうれん草のお浸《ひた》しを作るらしい。

十志子が家で揚げ物をするのは久しぶりだった。亭主なんかより息子の方が大切だと言われている気がした。

七時半を過ぎても来ないので、「あなた、先に召し上がってくださいな」と、テーブルに一人分だけ並べて、十志子は二階へ上がってしまった。

百合絵もまだ会社から帰ってこないので、テレビを見ながら一人で食べた。いったい自分は一日に何時間テレビを見ているのだろう。退職前にああはなりたくないと思っていた先輩像になりつつある。このままでは糖尿病や高血圧になるだけでなく、早々に認知症になってしまいそうで怖くなる。

「ただいま」

百合絵の声が聞こえてきた。

「あっ、いいな。ささみのフライか、私も食べたかったなあ」

そう言いながら、コンビニの袋から弁当を取り出した。

「お前も母さんが作った夕飯を食べればいいじゃないか」

百合絵が黙ったままこちらをじっと見る。

「母さんは私の分は作ってないよ。父さんの分だけだよ。母さん自身は食欲がないからって夕飯はヨーグルトとバナナしか食べないし」

「そうだったのか、それはいつからだ?」

「もう何年も前からだよ。知らなかったの?　なんだ、ちょっと安心した」

そう言いながら、百合絵は台所に入って流しで手を洗い、スーツ姿のまま向かいに座ってコンビニ弁当を開いた。「安心したっていうのは、どういう意味だ?」

「母さんが体調悪いのに、よくも自分のためだけに夕飯を作らせて平気な顔してるなあって、人格を疑うところだった。でも知らなかったんなら許す」

「母さんもそれならそうと言ってくれればいいじゃないか」

「言わなかった母さんが悪いってこと?　いつも母さんが悪者だね」

「そんなことは言ってないさ。ただ男ってものは細かいことに気づかない動物だから、言ってくれないとわからないんだ」

「ほお」と馬鹿にしたようにニヤリとする。

「たとえ夫婦といえども口に出して言うことが大切なんだ。そんなのは最近では世間の常識だぞ。お前もいつか結婚したときのために覚えておいた方がいい」

「バッカみたい」

「どうして？ また俺のこと古いって言いたいのか」

「この前も言ったけど、父さんは古くないよ。この前まで現役で働いてたんだから」

「そうか、古くないか、そりゃありがとう」

「父さんは古いんじゃなくて間違ってるんだよ」

「この前も確か、そう言われたんだっけか」

「私はいつもコンビニ弁当を食べてるし、母さんはそこのソファでヨーグルトを食べてるじゃないの。そんなことといちいち言われなくたって見てたらわかるじゃない」

「そう言われたらそうかもしれないが……」

「見えてるんだよ。アンタ、しっかりその両目で見てるんだよ」

また「父さん」が「アンタ」に変わった。この前と同じで、この瞬間から目に嫌悪感が宿っているように見える。

「それなのに、口に出して言ってくれなきゃわからないだとか、コミュニケーションが大事だなんて、ちゃんちゃらおかしいよ。アンタの言い方だと、まるで世の中の男はみんな周りが見えてなくて鈍感《どんかん》ってことになるよ。そんなのありえないでしょ。繊細《せんさい》な心の動きを描く男の小説家とか、いっぱいいるじゃん」

「小説？　いや、それとこれとは……」

娘に責められるとつらくてたまらなくなる。だから話題を変えた。

「それにしても和弘は遅いな。もう十時になるぞ」

「そんなことより父さん、自分の食器くらい洗ったら？」

百合絵がテーブルに置かれたままの汚れた皿を指さす。

「母さんの仕事を奪っちゃ悪いじゃないか」

「それ、本気で言ってるの？」

「母さんは精神的に参っているようだから、身体を動かした方がいいんだよ。それに、母さんはもともと家事が好きなんだ」

「はあ⁉　母さんは病気なのよ」

「心の病気は身体を動かして忙しくしていた方が治りが早いんだよ。暇だと人間はダメになる」

そう言いながらも、それは今の自分にも当てはまるのではないかとチラリと思う。

「父さん、もしかして家事というのは楽なもんだと思ってる?」

「そりゃあ会社で働くことに比べたら段違いに楽ちんさ」

「マコのダンナと同じこと言うね」

「マコって?」

「私の同級生のマコだよ。知らないの?」

考えてみれば、百合絵や和弘の同級生の名前など、一人もわからなかった。お袋は子供が四人もいたのに、それぞれの友人のことをよく知っていた。だがオヤジは興味もなかったようだから、やはり男親というものは、それでいいのだろう。

「マコの愚痴《ぐち》を聞いてるとさ、結婚したくなくなるんだよね。体調が悪いときに、料理するのがどんなに大変か、父さんにはわかんないでしょう。経験がないんだろうからね。本当にアンタ、すべてにおいて経験不足なんだよ」

吐き捨てるように言うと、百合絵は猛スピードで弁当を食べてからデザートの抹茶《まっちゃ》ババロアを数秒で平らげ、空き容器を次々にレジ袋に突っ込んでいく。

この俺が経験不足だって?

人生経験が足りないだって?

いったい何を言っているのだ。

「俺は長年会社に勤めてきたんだぞ。組織の中で働くっていうのが、どんなに大変なことか、お前には……」

「一応わかってるつもりだけど？　私だって勤続十年を超えたしね。それどころかアンタの方がわかってないよ。男社会で女が総合職で働くとなると、セクハラやら女をナメきった上司やら同僚にどんだけ我慢しなきゃならないか、屈辱に耐えて働き続けるストレスなんて、アンタには想像もつかないでしょ」

そう言うと、百合絵はさっと立ち上がって台所へ入り、ゴミペールのペダルを勢いよく踏んづけて、ゴミを放り込んだ。

「そんな目に遭っていたのか。だけど、先輩が親切だと言っていなかったか？」

「は？　いつの話よ。それは新入社員の頃のことでしょう？　男っていうのはね、若い女にだけ親切なのよ。そんなことも気づいてないの？　アンタも無意識のうちにそうしてたはずだよ。若くもない女がこの日本で働き続けることが、どれほどのストレスかなんて、わからないんだろうね」

娘にも嫌われている、いや、憎しみさえ抱かれているのではないか。その冷たい目つきに胸を締《し》めつけられた。「百合絵、そうは言うけどな、男と女の間には深い溝があるんだ」

言ってすぐに後悔した。

自分でも恥ずかしくなってきた。これじゃあまるで演歌じゃないか。だが、娘に言い負かされっぱなしというのも父親として威厳がなさすぎる。

「深い溝？」

そう言って百合絵は鼻で笑った。「そんなこと言うのは男だけだよ。今まで女の人がそう言うのを、父さんは聞いたことがある？」

「さあ、それはどうだったか……」

「女は男の気持ちを理解しようと努めるけど、男は女の気持ちを考えようともしない」

「そんなこと言うけど、男に女の気持ちなんてわかるわけないだろ」

「だよねえ。女を別の生き物だと思ってるんだもんねえ。男も女も同じ人間だってことをわかってるのは女だけなんだよねえ」

まじまじと百合絵を見つめた。

知らない女のように見えてくる。

単なる耳年増《みみどしま》ではなく、何人もの男とつき合ったことがあるのかもしれないと初めて思った。女子校育ちだが、大学は共学だったし、スキー部に入っていて頻繁に合宿に出かけていたのをふと思い出した。それまで考えてもいなかったが、男女関係が乱れた生活を送っているのか？　毎晩帰りが遅いのは残業ではなくて、男とつき合っているからなのか。

「お前、大学時代はボーイフレンドはいたのか？」

そう尋ねると、百合絵はいきなり噴き出した。

「ボーイフレンドかあ、懐かしい言葉だねえ。なんだか古き良き時代のアメリカ映画を思い出すよ」と茶化したように言う。

「で、いたのか、彼氏は」

「いたけど？」

恋人の話など、過去に一度も聞いたことがなかった。我が娘の成長過程を把握していたのは、いつまでだったか。小学生のときに何度か算数を見てやったことは覚えているが。

「その男とは長くつき合ったのか？」

「どうだっけなあ。一人目が半年くらいで二人目が二年半で三人目は社会人になってもしばらくつき合ってたけど、それが何？」

「今はどうなんだ？」

「今はいないよ」

「過去につき合った中で、結婚したいと思った男はいなかったのか？」

「また結婚の話？　うんざりだよ。結婚して幸せになった女性が私の周りにはいないんですけど」

そのとき玄関の方で音がしたと思ったら、和弘がチャイムも鳴らさず、自分で鍵を開けて入ってきた。

「遅くなってごめん」

リビングに入ってきた和弘は、細身のスーツを着こなして颯爽《さっそう》としている。最近は男も女も所帯じみるということがないらしい。どこから見ても二児の父親には見えない。

声を聞きつけたのか、十志子が二階から下りてきた。

「和弘、夕飯は？」

「さっき駅前で牛丼食べてきた」

「……そう、だったの」

十志子がこの世の終わりのような暗い表情になる。今にも泣き出しそうに見えた。

「和弘、メールを見なかったのか？　母さんがせっかく夕飯を用意してくれたのに」

「えっ、メール？」

慌てたようにポケットからスマホを取り出した。「ごめん。気づかなかった。忙しくて」

「忙しくてもメールくらいはチェックしろよ。全くお前には思いやりってもんが……」

ただでさえ十志子は体調が悪いっていうのに、いったいお前は何様なんだ。いくらでも言い募りたくなってしまう気持ちを、深呼吸することで抑《おさ》えた。

そのとき、「よく言うよ」とかすかな声が聞こえた。横顔に百合絵の鋭い視線が突き刺さる。

「自分のことは棚に上げて。和弘への説教を、そのまま過去の父さんにお返しするよ」

百合絵は目を逸らそうとしなかった。

「だって俺は……」

そのあとが続かない。確かに百合絵の言う通りだ。家で待っている十志子のことなどほとんど考えたことはなかった。

それも、三十年以上も……。

だけど、忙しかったのだ。日々仕事に邁進《まいしん》していたのだ。

「母さん、なんなら和弘の夕飯は私が明日のお弁当にもらうよ。美味《おい》しそうだし、せっかく料理上手の母さんが作ったんだもの」

「じゃあ、そうしてくれる？」

十志子の悲しみが少し薄まったように見えた。

「最近はまともに料理してないから腕が鈍《にぶ》っちゃってね、あんまり上手にできなかった」

「そんなことないよ。すごく美味しそうだよ」

百合絵は最近とみに母親に優しくなった。母娘の立場が逆転したかのように見えるときもある。

「今日来たのは、ちょっと頼みがあってさ」

和弘が切り出した。「実は、保育園のお迎えをお願いできないかと思って」

「まさか、葵《あおい》を保育園に入れるのか？　まだ三歳だろ」

「麻衣さんがお勤めに出るの？」と十志子が尋ねる。

「麻衣は保活に失敗して泣く泣く会社を辞めたんだよ。あれからまた必死で就職活動して派遣社員として働くことが決まったんだ。めでたく今度の四月から保育園に入れることも決まってね。でも通勤時間を考えると、迎えの時間には一時間ほど間に合わないんだよ」

「延長保育っていうのがあるんじゃないの？」と十志子が尋ねる。

「その保育園は延長保育をやっていないんだ。二重保育をどこかに頼もうかと調べてみたんだけど、それだと色々と大変でね、身内に見てもらうのがいちばん安心だってことになってさ」

「まさか、お前、一歳の漣《れん》も預ける気なのか？」

「そうだよ。当たり前じゃないか。麻衣が働きに出るんだから」と平然と答える我が息子を見て愕然《がくぜん》とした。

そんな小さな子を他人に預ける気がしれない。嫁の麻衣は優しそうな顔をしているのに母性が欠如しているのではないか。

百合絵の鋭い視線を感じていたので口には出しづらく、質問の形を変えてみた。

「そもそも、そこまでして麻衣さんが働く必要があるのか?」

正面に座る百合絵が眉根を寄せたが、かまってはいられない。忌憚《きたん》なく意見を言って、子供たちを正しい道に戻してやらねばならない。普段の子育てなら母親任せでもいいが、イザというときこそ父親の出番なのだ。

「子供が可哀想じゃないか。三つ子の魂《たましい》百までという言葉は和弘だって知らないわけじゃないだろ?」

百合絵が、これみよがしの大きな溜め息をついたが無視することにした。

「あんな小さな子供を他人に預けてまで働く必要がどこにあるんだ?」

「オヤジ、そんなこと言ったって、麻衣が働いてくれないと経済的にも厳しいんだって」

「そんなことないだろ。俺たちの世代は、妻はみんな専業主婦だったんだぞ」

「オヤジ、マジ古い。今どきはね、男の給料だけじゃ苦しいんだよ」

姉弟の意見を総合すると、自分の考えは古いうえに間違っているらしい。

だが、ここで怯《ひる》んではならない。今がイザというときなのだ。父親の出番なのだ。

「何を言ってるんだ。夫の給料がどんなに少なかろうが、節約して乗り切るのが妻の役目ってもんじゃないか。俺だって若い頃は安月給だったけど、贅沢せずにやりくりしたもんだ。母さんだって、自分の物なんか何ひとつ買わなかった。それが何だ、今どきの若い母親は着飾って。そのうえ赤ん坊を抱っこしてるのに髪を長くして、中には爪《つめ》まで塗ってる女もいる。母親としての自覚が足りないんじゃないか？　なんであんなにおしゃれする必要があるのか、俺には全く理解できないよ。いつまでも若い娘に見られたいと思ってると したら、俺は軽蔑するね」

「麻衣ちゃんは何もおしゃれしたいから働くわけじゃないよ」と百合絵が呆れ顔で言う。

「だったら何のために働くんだ。小さな子供を預けてまで」

「将来の教育費や習い事なんかは、俺の稼ぎだけじゃ足りないんだよ。いつかはマンションも購入したいと思ってるしさ。オヤジの世代みたいに年々昇給が保証されてるわけじゃないんだし」

教育費のことを持ち出されると反論はしづらい。大学の授業料にしても昨今は驚くほど高くなった。自分のときは国立大学の入学金は五万円で、授業料は確か年に三万六千円くらいだったと記憶している。

だが……「だったら、せめて下の子が小学校の高学年くらいになってから働きに出ればいいじゃないか」

「金のことだけじゃないんだよ。麻衣は精神的に参ってるんだ」

「精神的に？　何かあったのか？」

「特に何かがあったわけじゃないけど、二人の子供の世話だけに明け暮れる毎日は、頭が変になりそうなんだってさ」

「は？　聞けば聞くほどわけがわからないぞ。母親というものは子供の世話をしているときが最も幸福を感じるものなんだよ」

「それに関しては俺もそう思うんだけど、でも麻衣も相当疲れているみたいだし」

「働いてもいない者がなんでそんなに疲れたりするんだ。一日中家にいて子供と遊んでりゃいい暮らしなんて羨ましいくらいだよ。男にはそういうお気楽な生活は許されてないんだからな」

「その点は俺もオヤジに同意するよ。昼間は公園に行ってお砂場遊びとかしちゃって、何がそんなに大変なのか、正直言って俺にもよくわかんねえよ」

「岩手のお祖母《ばあ》ちゃんはな、四人の子供を育てながら家事も農作業もやってたんだぞ。口うるさい舅姑もいたし、小姑まで同居してた。だけど立派に子供を育て上げた」

「その話は何度も聞いたよ。お祖母ちゃんって、まさに日本の母って感じだね」

「そうさ、俺の自慢のお袋さ」

ふと気づけば、しゃべっているのは和弘と自分だけだった。十志子も百合絵も、すぐそばにいるのに押し黙ったままなのが気になる。

妻と娘が何を考えているのか、全くわからない。賛同していないことだけは表情から見て取れた。もしかして男二人の言動を誤解しているのではないか。そんな不安にかられたので慌てて言った。

「俺は決して男尊女卑なんかじゃないぞ。育児というのは素晴らしい仕事なんだ。男が会社で働くことに引けをとらないくらい重要な仕事なんだぞ」

チラリと十志子と百合絵を見るが、ふたりとも俯《うつむ》いたままで何も言わない。

だから、更につけ加えた。

「女が外で働くことばかりに目を奪われるのは本当に愚かなことだと俺は思う。主婦はもっと世間でも尊重されるべきなんだ。女も子育てや家事にプライドを持つべきなんだよ。とっても大切な仕事なんだから」

「だったら、父さんがやれば？」

「え？」

「そんなに素晴らしい仕事なら父さんがやればよかったんじゃないの？」

「何を馬鹿なことを言ってるんだ。男には仕事があるだろ」

「麻衣ちゃんだって外で働きたいんだよ」と百合絵が自分のことのように訴えかける。

「そんなことより子育ての方が大事だろ」

「ちょっと訊くけどさ、父さんの会社には総合職の女性はいなかったの？」

そう尋ねる百合絵の声が、妙に冷静で気味が悪かった。

「女性総合職なら、うちの会社にもいたさ。ほんの少しだけどな」

「だろうね。父さんの会社はそもそも女性社員が少ないもんね」

「仕方ないだろ。化粧品メーカーや百貨店みたいに主な顧客が女性だったら、会社側もダイバーシティだとかなんだとか言って女性を活用するんだろうけどさ。うちみたいな石油関連の企業は法人向けの事業なんだよ。商習慣は男性中心にできているし、製油所なんかの生産現場は男ばかりで、女性は一般職がほとんどだ。俺の部下も全員が男だったよ」

「女性総合職も少しはいたんなら、育休を終えて会社に復帰してくる女の人もいたんでしょう？」

「ああ、そういう女もいたよ。大きな声では言えないけど、育休明けに戻ってくる女にロクなのはいないっていうのが、俺たち世代の共通した意見だったね」

「はあ？　それ本気で言ってる？」

「もちろん本気だよ」

こういうときは遠慮しないで真実を話した方がいい。男女共同参画だかなんだか知らないが、そんな言葉に踊らされるのはどうかと思う。世も末だ。

「中には是非とも戻ってきてほしいと思う優秀な女性もいたよ。だけどそういう女性に限ってきっぱり会社を辞めて家庭に入ったよ。家庭での自分の立場を弁《わきま》えていたんだな。妻として母としての役割をきちんとわかっていた。だから聡明《そうめい》な女性は産休も育休も取らなかったよ」

「マジ、キモい、キモすぎる」

百合絵は両腕を胸の前で交差して、自分で自分の肩を抱きしめるようにブルッと身体を震わせた。

「鳥肌立っちゃったよ」と言うと、ハアーッと大きな溜め息をついた。

「やっぱりアンタ、死ななきゃ治らない」

「どういう意味だ」

「父さん世代の男たちが全員死なないと日本は良くならないってことだよ」

「姉ちゃん、それは言いすぎだよ」

「あのね和弘、日本は少子化なんだよ。存亡の危機にあるんだよ。そのことが実感できていないんだよね。父さんの世代はそれっぽっちの想像力も働かないんだよ」

「お前だって少子化に加担してるじゃないか。三十三にもなって独身なんだし」

「オヤジも言いすぎだってば。そういうのは三十女には禁句なんだから」

和弘に言われるまでもなく、自分でも言い方がきつかったと、言ったそばから後悔していた。

そっと百合絵の顔色を窺うと、傷ついた表情をしているかと思ったのに、なぜか満面の笑みを浮かべている。こっちこそ「キモい」と言い返してやりたくなった。

「じゃあ、お言葉に甘えて私も子供作っちゃおうかな」

「えっ？　結婚したい人がいるの？」と十志子が驚いた顔で尋ねる。

「結婚はしたくないけど、子供は若いうちに作っておこうかと思ってさ」

そう言って、楽しそうに笑っている。

「姉ちゃん、未婚の母になるのかよ」

「そういうのもアリかなって最近考えるようになったのよ」

「すげえ。カッコいい。姉ちゃんは俺と違って一流大学出てるし高給取りだもんな」

姉弟の話を聞いていると、頭がおかしくなりそうだった。

「あ、ヤバイ」と和弘は壁の時計を見上げた。「もうこんな時間かよ。世間話してる場合じゃなかった。保育園の迎えは頼めるのかな？」

これだけ忠告してやったのに、それでもまだ子供たちを保育園に預けるつもりなのか。

「お前、今までの俺の話を……」聞いてなかったのか。そう怒鳴《どな》りたくなるのをぐっと抑えた。歳とともに気が短くなっている。生まれつき穏やかな性質《たち》だし、退職前は家族を怒鳴ったことなどほとんどなかったのに。

「和弘、本気か？　あんな小さい葵と漣を保育園に預ける気なのか？」

「麻衣の勤め先も保育園も、やっと決まったんだよ。ここまで漕《こ》ぎつけるのだって大変だったんだからね。それに死活問題なんだ。オヤジや姉ちゃんみたいに大企業勤めの人には、俺の安月給の悲哀は理解してもらえないだろうけどさ」

これ以上何を言っても無駄らしい。息子といえども独立した家庭を築いている。子供が二人いるとなれば、立派な一家の主だ。親が口を出すべきではないのかもしれない。そこら辺の匙《さじ》加減が、自分にはさっぱりわからないが。

「どうなんだ、母さん、迎えにくらいは行ってやれるだろ？」

「和弘、ごめんね。悪いけど私には無理だわ。体調がよくないから」

「えっ、母さん、どこか悪いの？」

「不定愁訴っていうのかしら。最近はうまく眠れなくなっちゃって、昼間もぼうっとしていることが多いの」

「それは大変だ。精神的な病気は厄介《やっかい》だって聞くからね。俺の会社でも心療内科に通ってるヤツが増えてきてるし、休職するのもちらほらいるよ」

「何が心療内科だよ。最近の若いもんは、何かにつけて新型ウツだなんだと言って、全くなってない」と口を挟まずにはいられなかった。

　だが、全員に無視されてしまった。

「で、母さん、保育園のお迎えは、どうしても無理なの？」

「さっきから無理だって、母さんがはっきり言ってるじゃん」と百合絵が弟を睨む。

「ごめんね和弘。お迎えは私にはきついわ」

「そこを何とか頼めないかな。毎日タクシーを呼んでもかまわないよ。タクシー代はこっちが持つからさ」

「毎日となると、体力的にも精神的にも……」

「母さん、体調が悪いのにごめん。でもこのままだと麻衣が働けなくなるし、ベビーホテルとの二重保育は避けたいと麻衣とも相談したし……」

　そのとき、十志子がいきなりこちらを見た。

　目を合わせるのはいつ以来だろう。十志子は二人だけで話をしていても、目を合わせようとしなくなった。だから、少し嬉しかった。

「あなたに保育園のお迎えをお任せしますわ」

「えっ、俺？」

「なんだ、オヤジがいたか。そういえば退職して家にいるんだったよね。最近はイクメンならぬ育ジイってのが流行《はや》ってるからちょうどいいよ」

「何がちょうどいい、だよ。俺には無理だよ」

「嘱託で働いてた子会社が倒産して、家にいるんじゃなかったっけ？」

「そういう問題じゃないよ。小さい子供の世話なんて俺にできるわけないだろ」

「どうしてだよ」

「どうしてって、俺が男だからだよ」

「俺たち夫婦のピンチなんだよ。切羽《せっぱ》詰まってるんだよ。なんなら年内だけでもいいよ」

「来年からは当てがあるのか？」

「当てはない。だけど待機児童の少ない地域に引っ越して、延長保育のある保育園に申し込むなり、ベビーシッターの評判を聞いてまわるなりして、策を考えて準備しておくことはできるかもしれないから」

「あなた、和弘の頼みを聞いてやってくださいな」

「そんなこといきなり言われたってなあ。それに、葵や漣だって、俺なんかより母さんが迎えに行ってやった方が喜ぶに決まってるじゃないか」

「母さんは体調が悪いって、さっきから何度も言ってるじゃないのっ」

百合絵の目が怒りに燃えている。

「もしかしてアンタ、母さんの体調が悪いのを仮病と思ってるんじゃないの？」

「まさか、仮病だなんて思ってないさ。だけど、医者に診てもらっても、特にどこかが悪いわけじゃないんだろ？　和弘の会社にも心療内科通いをしているのがいるって話だったけど、昔はそんな人間はいなかったよ。食っていくためには、そんな甘っちょろいことを言ってはいられなかったんだ」

「やっぱり仮病だと思ってるんだ」

「そうじゃないよ。ただ……」

「ただ、何なの？　この際だからはっきり言ったら？　母さんも聞きたいはずよ」

「私は聞きたくない。父さんが私のことをどう思ってるかなんて、もうどうだっていい」

「どうだっていい？」

和弘がびっくりした顔で両親を交互に見る。「俺が就職して家を出て行ってから、家庭内がすごいことになってたんだね。知らなかった」

「何を言ってるんだ。別にどうもなってないさ。相変わらず平穏無事だよ」

「はっきりアンタに訊きたいのは」と百合絵が息を吸い込む。「母さんが病気だって何度も言ってるのに、それでも家事も孫の世話もさせようとするのは、どうしてかってことよ。このままだと人格を根こそぎ疑いそうだよ」

「だって現にどこも悪いところはないって医者に言われたんだろ?」

誰も返事をしない。

「だったら早い話が、怠《なま》け病ってことじゃないか」

十志子が息を呑《の》んだ気配がした。見ると、宙を見つめて固まったように動かない。

和弘までが眉間に皺を寄せてこっちを見る。男同士なのに味方になってくれないとは。いたたまれなくなってきた。この場から消えてしまいたい。

「……信じらんねえ」

「確かに、俺の会社にもいることはいるよ」

和弘が沈黙を破ってくれた。「繁忙期はみんな疲れきってるのに、『精神的に行き詰まった』とか何とか言って、心療内科の診断書を持ってきて一ヶ月も休職するヤツがいてさ、そのときは頭にきたし、そいつはみんなから信用を失ったよ」

だろ? ほら見ろ、と心の中で呟《つぶや》いた。

「でも母さんは違う。風邪引いて高熱が出ても俺と姉ちゃんの弁当は毎日作ってくれた」

「そんなことがあったのか？」

「何度もあったに決まってるじゃないの。ホント、バッカじゃないの？」

吐き捨てるように百合絵が言う。「あのねえ、母さんは何十年もずっと風邪も引かない便利なロボットでございますか？」

急に丁寧《ていねい》な物言いになりやがる。

「別に、そうは言ってないけど……」

「とにかくオヤジ、保育園の迎えを頼めないかな？　お願いしますっ」

和弘が深々と頭を下げた。

――父親のくせに息子夫婦を助けようとしないのか。こんなに困っているというのに。

女二人の冷たい視線がそう語っているのは明らかだった。

耐えきれなくて、思わず目を逸らした。

「そりゃあ俺だって、保育園に迎えに行くだけなら……できないこともないだろうけど」

「やったー、さすがオヤジ」

和弘が満面の笑みを浮かべ、両手を天井に向けて突き出した。

十志子もホッとした表情になった。

まだ引き受けるとは言っていないのだが……。

「でも、迎えに行ったあと、麻衣さんが帰ってくるまで、俺が子供たちの面倒を見なきゃならないんだろ？」

と言いながら、ふといいアイデアを思いついた。

「葵と漣をこの家に連れて帰ってこよう。そしたら母さんがいるからなんとかなる」

そうだ、自分は運転手の役割だけすればいいのだ。あとは十志子に任せよう。十志子は二人の子供を産み育てた経験のある母親なのだから。

「オヤジ、それはダメだよ。この家に漣と葵を連れてきたりしたら、麻衣が仕事の帰りに遠回りして、この家に寄らなきゃならないじゃん。二人を連れて駅まで歩いて、それから電車に乗ってマンションに帰るなんてあり得ない。駅まで行くのだって、『おんぶしてぇ、抱っこしてぇ』って泣かれて立往生するに決まってる」

「それだと和弘のマンションに帰り着くのは夜遅くなるわね。そのあと夕飯を食べさせてお風呂に入れるとなると、夜中になっちゃうわ」と十志子が心配そうな顔をする。

「だからさオヤジ、俺んちのマンションで、なんとか子供の相手をしてもらえないかな。そしたら麻衣も会社から真っ直ぐ帰ってくればいいから、ずいぶん助かるんだ」

「あなた、助けてやってくださいな」

「だったら一日ここに連れてきて、時間になったらマンションに車で送り届ければいいさ。それなら問題ないだろ」

「そんな面倒なこと、オヤジ毎日できるのかよ。思っている以上に体力消耗するぜ」

「そうですよ。それに毎日となれば今の私には無理ですわ」

「父さん、なんとかしてやんなよ。和弘が困ってるじゃん」

「そうですよ。頼まれてやってくださいな」

「オヤジ、頼むよ。この通りだよ」

三人がじっとこちらを見つめている。

断われない雰囲気になってしまった。

「イザというときには母さんも助けてくれるか？」

「もちろんですよ」

「そうか、母さんがそう言うんなら……」

「全く、もう。母さんは人が好すぎるよ」と百合絵が不満そうに言う。

「ああ、助かった、麻衣もホッとするよ」

まだオーケーの返事をしたつもりはないのだが。

「和弘、よかったわね」

「うん、よかった。やっぱり身内が見てくれるのがいちばん安心だしね」

いや、まだ返事をしたわけではないのだが……。

「遅くなるからもう帰るよ。このこと教えてやったら麻衣は飛び上がって喜ぶよ」

和弘は立ち上がり、帰り支度を始めた。

十志子が玄関まで送ろうと廊下へ出たので、自分もそのあとに続く。

「さすが、父さんだね。イザというときには頼りになる」

「そうか、そう言われると俺も……」

「麻衣さんによろしくね」

「母さん、ありがとう。夕飯のことごめんね。細かいことは、あとでオヤジにメールするよ。麻衣が勤めに出るまでまだ少し間があるから、オヤジ、心の準備しといてくれよ」

玄関ドアがバタンと閉まった。

十志子は背後にいる俺を振り返ることもなく、そのまま玄関脇にある階段を上がっていった。その後ろ姿を見上げながら、ふと嫌な予感がした。

イザというときは十志子が手助けしてくれると言ったのは本当だろうか。

イザというときって、どういうときなんだろう。

家庭のことは妻に任せきりだったが、イザというときは父親の出番だと思ってきた。だが、そう思っていたのは自分だけではなかったか。誰も期待などしていなかったのではないか。というのも、イザというときなんて今までただの一度もなかった。そして子供二人はいつの間にか成長して今や三十代になっている。

イザという言葉で大切な何かを誤魔化してこなかっただろうか。「イザ」を振りかざし、面倒なものすべてから免除されてきたのではないか。「イザ」は免罪符だったのか。

リビングに戻ると、百合絵の姿がなかった。自分の部屋に引き上げたらしい。

またポツンと独りぼっちだった。

なんだか騙《だま》されたみたいな気分だった。

4

楽しみだった同期会の日が来た。

同期は全部で八十人ほどだが、今日は三十人くらいが集まると聞いている。

繁華街に出るのは久しぶりだった。金曜日の夜は人で溢《あふ》れかえっていて、居酒屋もレストランもカフェも、どこもかしこも超満員だ。スーツ姿の男女が目の前を横切り、満面の笑みで店へ入っていく。明日から土日だと思えば、解放感でいっぱいなのだろう。

自分はもう二度と、その気持ちを味わうことはない。解放感は多忙とセットになっているからだ。

大日本石油の定年は、六十歳を迎えた年度末ではなく、六十歳の誕生日だ。だから退職日は一人一人異なる。そのうえ、同期といっても高卒か高専卒か大卒か院卒か、はたまた浪人や留年によって年齢は様々で、同期でもまだ定年前の現役社員もいる。だが今日は、既に定年退職した者と再雇用組だけに声をかけたと聞いている。

張りきりすぎて早く着いてしまった。まだ誰も来ていない。

シティホテルの鶴の間は、赤い絨毯《じゅうたん》が敷かれた広間で、天井の高い立派な一室だった。テーブルの配置からして立食パーティーのようだが、年齢を考慮したのか、壁に沿って人数分以上の椅子《いす》がぎっしり並べられている。その中のひとつに腰を下ろした。

天井から俯瞰《ふかん》した自分の様子が頭に思い浮かんだ。広い空間に独りポツンと手持ち無沙汰《ぶさた》にしている。暇を持て余してしょぼくれた男は、まさにこうはなるまいと思っていた姿そのものだ。

駅前のコーヒーショップで時間を潰《つぶ》してくればよかった。

ウジウジした性格ではなかったはずなのに、最近の自分はどうしてしまったのか。些細《ささい》なことにかまっていられなかった忙しい日々が、今では幻のように思えてくる。

どこからか話し声が聞こえてきたと思ったら、数人がドアから入ってきた。みんな揃《そろ》って猫背気味で、現役時代を偲《しの》ばせる潑剌《はつらつ》とした何かが消え失せてしまったように見えた。意気消沈しているのは自分だけではないかもしれない。

久しぶりだな、元気でやってるよとそれぞれ挨拶を交《か》わしているうちに、会場がだんだん賑《にぎ》やかになってきた。

開始時刻になると、幹事の荒木が乾杯の音頭《おんど》を取り、シャンパングラスを一斉に掲《かか》げた。荒木は相変わらずガタイがよくて色黒で声も大きく、いかにも頼り甲斐《がい》のありそうな雰囲気を保っている。学生時代はラグビーの選手だったと聞いている。それに比べ、自分は幼い頃から瘦せっぽちだった。大人になってからもガリガリで、近頃腹回りがやや気になるとはいえ、中年太りとも無縁で胸板も薄いままだ。

あちこちで歓談が始まり、時間が経つにつれ、それぞれに硬かった表情が少しずつほぐれてきた。

「毎日何をして過ごしてるんだ？」

「なんやかやと忙しくてね」

「何かやってるのか？」

「まあ色々だよ」

誰に訊いても具体的な内容がなく、はっきりしなかった。

「俺は釣り三昧《ざんまい》だよ」

「俺はゴルフ三昧さ」

笑顔でそう応《こた》える者も何人かいた。それを嘘臭いと思ってしまうのは、自分の劣等感のせいだろうか。でもやはり、わざとらしい作り笑いに見えるし、みんな肩に力が入っていて、軽い興奮状態にも見える。まるで、久しぶりに人と話したとでもいうような……。

そんな中、例外もいた。

「家内の命令でね、自宅を開放して子供食堂をやらされてる。俺はもっぱら皿洗いだ」

そう言って苦笑した遠山《とおやま》は、落ち着いた雰囲気を醸し出しながらも、現役時代より目が輝いているように見えた。あんなに腹が出ていたのに、すっきりと引き締まり、まるでスポーツマンのようだ。

遠山のように、やりがいを持って生活している同期は何人くらいいるのだろう。

「庄司、元気そうだな」

同じ部署だった山下《やました》が話しかけてきた。酒が入ったこともあるのだろうが、常に寡黙《かもく》な男だったのに妙に明るくて不自然なほどだった。

「山下は最近は何をやってるんだ？」

「町内会の会計監査を頼まれちゃったもんだからさ、忙しくて参ってるんだよ」

「そうか、その仕事はそんなに大変なのか」

そう尋ねてみると、一瞬だが目が泳いだ。なぜだろう。

その後も、それぞれの近況を尋ねたり、会社の噂話をしていると、あっという間に二時間が経ち、お開きになった。

今日という日をあんなに楽しみにしていたのに、終わってみると妙な虚しさに襲われた。こんな気持ちのままで帰りたくなかった。だから、解散後もその場に残って、幹事の後片付けを手伝った。

「荒木、もう一軒行かないか？」

ロビーで全員分の支払いを済ませた荒木の背中に声をかけた。

「そうこなくっちゃ、庄司」

二人だけで小料理屋を覗くと、カウンターは満席だったが、折よく奥が空いた。賑やかに酌《く》み交わしているスーツ姿の背後を通り抜け、座敷に腰を落ち着けた。

「みんな忙しそうで羨ましかった。山下なんて会計監査をやってて暇がないってさ」

思わず本音を漏《も》らすと、荒木は不思議そうに首を傾《かし》げた。「町内会のだろ？　そんなの月に一回くらいだって言ってたぜ」

「そうなのか？　だったら忙しくないじゃないか」

「見栄《みえ》を張ってるだけさ。ほとんどのヤツが、毎日やることがなくて困ってるよ。退職後に手にした膨大《ぼうだい》な自由時間を、いったいどうやって使ったらいいのかわからないんだよ。加藤《かとう》なんて『いちばん自由な今が最もしんどい』なんて言ってたぞ」

「みんなお前には本音を言うんだな」

「そうじゃないよ。今日は全員がカッコつけてたよ。本音を聞いたのは、同期会の幹事四人だけで蕎麦屋で打ち合わせをしたときだ。あの日は俺が初っ端《しょぱな》に弱音を吐いたから、みんな素直な気持ちを話しやすかったんだと思う」

「荒木、お前の弱音ってなんだ？」

「やることがなくてつらかったんだよ。解放感に浸っていられたのは、定年になって初めの一ヶ月だけだよ。でもそれ以降は、家に引きこもってテレビばかり見てたんだ。我が家には猫の額《ひたい》ほどの庭があるんだが、草取りやら植木鉢《ばち》の棚の修理やら、やるべきことが色々あるのに、気力が出ない」

「わかるよ」

「それだけじゃない。家にいられないんだ。俺が毎日家にいることに、カミサンが耐えられないって言うんだよ」

「君江《きみえ》さんが、はっきりそう言ったのか？」

家を買うまでは同じ社宅に住んでいたので、互いの家族とは顔なじみだった。社宅暮らしはいいことばかりじゃなかった。誰それの息子は勉強ができるだとか、意地の悪いA課長は息子の体格の良さばかりを自慢しているが、実はあの息子は頭も悪けりゃ運動神経もゼロだなどという辛辣《しんらつ》な噂も耳に入ってきた。だが人間関係が希薄になった昨今となってみれば、同僚の家族の話を聞いてすぐに顔が思い浮かぶこと自体が嬉しかった。当時はプライバシーを守れないことが鬱陶《うっとう》しかったが、今となっては古き良き時代が懐かしい。互いに家族の歴史を見てきたという意味では、希少な友人関係だ。

「そうだよ。君江は口に出して言ったよ。はっきりとね。だから俺は、いったんは断わった系列会社に頭を下げて嘱託で働かせてもらってるんだ。小遣いも欲しいしな」

「えっ、今も荒木は働いてたのか。知らなかったよ。だったら、やることがなくてつらいってことはないんじゃないか？」

「嘱託といっても週に三日だけだからな。あとの四日はつらい」

「三日でも羨ましいよ。いいなあ、やることがあって。今日も次々に捕まえては何をやってるのかを訊いてみたけど、みんな趣味に忙しそうだったよ」

「本当かどうか疑わしいもんだよ。いつだったか、俺の部署の先輩が言ってたことがあった。釣り三昧の生活を楽しみにしていたのに、いざ定年になってみると、在職中よりも行かなくなったとさ。もう一人の先輩は、ゴルフは以前ほど楽しくはないけれど、月に二回は自分に課していて、まるで苦行だって苦笑いしてたぞ」

「そうか、それを聞いてちょっと安心したよ」

「庄司、お前が嘱託として行った子会社は倒産したんだってな」

「ああ、たった三ヶ月でな」

「そのあとは働いてないのか？」

「ずっと家にいる。嘱託は給料が安すぎるよ。だからもう働くのはやめたんだ。でも今となってはちょっと後悔してる。荒木が羨ましいよ」

「よく言うぜ。俺だって嘱託だから給料は信じられないほど安いんだぜ。それに、今までもう十分働いてきたんだし、この先いつまで健康でいられるかわからないんだから、残りの人生を思いきり楽しみたいよ。会社なんて本当は行きたくないんだ」

「そうだったのか。どっちに転んでもつらいな」

「今日集まった三十人のうち、生き甲斐を持って暮らしているのは、たぶん……」

「自宅を開放して子供食堂をやっている遠山だろ」

「そうだな。それと夫婦で蕎麦屋を開業した田口《たぐち》だ。あとは岡元《おかもと》。ヤツは学生時代のアマチュアバンドを再結成して、無償で老人ホームや刑務所を回る活動をしているらしい」

「それはすごいな。今までずっと仲間と連絡を取り合っていたってことか」

自分はといえば、学生時代の仲間と疎遠になってから、もう何十年も経つ。

「最初は当時の仲間がどこでどうしているのか皆目わからなかったらしいが、SNSで友だちの友だちを辿《たど》っていって、やっと連絡がついたと言ってたぞ」

「六十歳を過ぎてもフェイスブックやらツイッターなんかを使えることが大事なんだな」

「それもある。だけど最も大切なのは、退職する何年も前から準備しておくことらしい。定年を迎えてから慌てて何かやろうったって、なかなかうまくいかないよ。人脈も途切れるしな」

「それもそうだな。今さら後悔したって手遅れだけどな」

「青山《あおやま》を覚えてるか？　あいつは僧侶になったらしいぞ」

「本当か？　青山が坊さんだなんて、全く似合わないよ。あいつの実家は寺だったのか」

「いや、全然関係ないよ。あいつの息子が高校生のときに自殺しただろ？　それもあって、精神的に救いを求めたんじゃないかな。地方には空き寺がいっぱいあるらしくて、住職になったら檀家《だんか》の人も喜んでくれたらしい。経済的にはかなりの持ち出しになっているようだがな」

「そうか、みんな色々だな」

「庄司は恵まれているじゃないか。うちのカミサンと違って十志子さんは優しい人だから、夫婦で旅行三昧の毎日を送ってるんじゃないのか？」

「それが……十志子が体調を崩してるもんでさ」

「十志子さん、病気なのか？　どこが悪いんだ？」

言おうかどうか迷ったが、荒木が腹を割って話してくれたと思うと、嘘はつけない。

「荒木、お前、夫源病って知ってるか？」

荒木は驚いたように「えっ」と言ったまま、口に持って行きかけていた冷酒をそのままテーブルに置いた。

「そうか、あの十志子さんでもそうなのか。どこもかしこも同じような状態なんだな。よかった、俺んちだけじゃなくて」

「おい、おい」

目を見合わせて互いに苦笑する。

「カミサンの不満を解決しないと互いに前に進めそうにないな。何とかして、前向きに楽しくやっていきたいもんだがな」

荒木は真面目な顔で続けた。「これからどんどん寂しくなるぞ。退職したら年賀状もがくんと減るからな」

「……そうなのか、そうだよな」

荒木は大学院を出ているので二年前に定年を迎えている。定年退職後の暮らしを知っているという意味では先輩だった。

「庄司、人生これからが本当のお楽しみタイムだよ。だってそうだろ。自由もあるし、まだ健康だ。会社組織の束縛からも逃れられて、家族の扶養義務も一段落している。時間を自分のために使える人生のラストチャンスだぜ」

「わかってるさ。七十五歳を過ぎたら、健康面に問題が出てくる人が多いらしいってよく聞くから、七十五歳までの十五年間は悔いのないように過ごしたいよ」

「この先自分の時間がどれくらいあるかを計算してみるといいよ。サラリーマン時代は土日祝日と盆正月だけが休みだっただろ。有給休暇もあったけどほとんど使えなかったからな。今のお前は毎日が日曜日だ。同じ十五年間でもサラリーマン時代の三倍近くの自由時間がある。つまり四十五年分だ」

「そう考えると、今後の十五年間はとてつもなく長い時間だな」

「だろ？　それを持て余すか有効に使うかの差は大きいぜ。何もしないでぼうっと過ごすなんてもったいないだろ」

「そうだな。確かに」

第一、自分らしくない。子供の頃から秀才と言われていたが、本当は努力家で試行錯誤を重ねてきたのを自分だけは知っている。それなのに、こんな体《てい》たらくでは若い頃の自分に申し訳ない。

なんとかしなくては。

「俺はあと少なくとも一年は嘱託を続けるつもりなんだ」

そう言って荒木は冷酒をひと口飲んだ。

「週に三日の勤務だから体力的にも楽だし、一応はメリハリのある毎日を送れている」

「それは……」羨ましいという言葉を飲み込む。安月給で働くのは荒木の本意ではない。

「だがな、一年後のことは決まってないんだ。庄司はこの先もずっと予定はないのか?」

「予定というか……実は俺も全く拘束されていないわけじゃないんだが」

「ほう、十志子さんの買い物につき合わなきゃならないとか?」

荒木が羨ましそうな目を向ける。

「まさか、そんなはずないだろ。十志子には避けられてるんだから」

「だよな。女は自分の精神の安定のために亭主を避けるんだろうな。夫源病というのが本当なら、近づかないでおいてあげた方が十志子さんのためになるんだろうから」

「やっぱり……そうなのか」

薄々は気づいていた。だが自分は正反対の行動に出ていた。十志子の役に立ちたかったのだ。十志子の病気を治すために、自分にできることは何かと考え、明るく話しかけたり、様々な話題を振ってみたり、十志子がドルチェに行くと言えば、自分も一緒について行ったりしていた。

そのことを思いきって荒木に話してみると、彼はぴしゃりと言った。

「それはまずい。余計に十志子さんを追い詰めてるぞ。妻は夫といっしょにいることがストレスなんだ。だが男は独りでいることがストレスになる」

「となると、夫婦に接点がないじゃないか」

「もとは他人なんだから、もともと接点なんかないんだよ」

だったら、それまでの生活は錯覚の上に成り立っていたのか。

「蕎麦屋や子供食堂を始めたアイツらはすごいよな。夫婦仲がいいってことだもんな」

「なるほど。定年の何年も前から準備することが大切だという以前に、夫婦仲が良くないと話にならないな」

「そういうことだな」と荒木はぼそっと言い、タコの唐揚げを箸《はし》でつまんだ。

「で、庄司が拘束されるというのは、何のことだ？」

「実は、孫の保育園の迎えを頼まれてるんだ」

「それはいいなあ」

「冗談だろ。俺は赤ん坊なんて、どうやって扱っていいか皆目わからん。お手上げだよ。それともお前は得意なのか？」

「まさか。だけど、この歳になって、初めて挑戦することが目の前に用意されてる。そんなお前が羨ましいよ。俺んちは息子が三人もいるのに孫はまだいないんだし」

「荒木、お前、他人事だと思って。俺は考えただけで憂鬱《ゆううつ》になってるのに」

「それがいいんだよ。会社員時代は憂鬱な会議や、顔も見たくない上司や、胃が痛くなるような仕事が山ほどあったじゃないか」

「だから何だ？」

「そういうのがあったから、俺たちはストレスを感じてた」

「もうストレスとはおさらばしたいよ」

「ストレスは俺も嫌いだけど、それが全部なくなると乗り越えたときの喜びもないし、解放されたときの晴れ晴れした気持ちもないし、終わったあとの達成感も味わえない」

「それはそうだが」

「現役時代ほどの大きなストレスはもう勘弁してもらいたいが、少しならストレスのかかる仕事を抱えていた方がいいんだよ。そうでないと、どんよりしたジジイになって、あとは死んでいくだけだ」

「そんな……」

「だから庄司、お前はラッキーだ。孫の世話を頼まれるってことは、息子夫婦がお前のことを信頼しているってことだ」

「いや、そうは思えない。単に切羽詰まっているだけだ」

「いくら困っても、信用できない人間に大切な子供の世話を頼んだりしないだろ」

「違うんだよ。俺は家族全員に嫌われてるんだ」

他人に言うのは初めてだった。荒木以外のヤツにはとても言えそうにない。

「嫌われているからといって信頼されていないわけじゃない」

「何を矛盾《むじゅん》したことを言ってるんだ」

「矛盾なんかしてないさ。たとえば同期の片岡《かたおか》のことを、庄司はどう思う?」

「あんな嫌なヤツはいないよ。新入社員のときから『俺はお前らとは違う』って匂いがプンプンしてた」

みんなが六十歳で退職していく中、片岡だけは役員として会社に残れたのだった。

「俺だってヤツのことは気に食わなかったさ。だけど、もしもヤツに仕事を頼んだとしたら、どうだ？　ヤツはいい加減な仕事をすると思うか？」

「なるほど。ヤツならきっと……」

「責任感はあるし、どんな困難に遭っても、それを乗り越えるためには何でもする。まっ、それが行きすぎて同期を平気で出し抜くところが嫌われた所以《ゆえん》なんだがな」

「片岡は性格的には難があったが、仕事は常に期待以上のものを仕上げてきた、そのことは俺も認める」

「だよな。庄司、お前は頭がいいし、いいアイデアを思いつくことも多かったし、粘り強くて短気を起こすこともなかった。きっと孫育てにも役立つさ」

「いやに褒めてくれるんだな」

「勤めていた頃と比べて、庄司が暗いからさ。自信を失《な》くしてしまったんだな」

「よくわかるな」

「俺自身がそうだからな。今の褒め言葉は自分自身への励ましでもあるんだ。だって、まだ四十五年分の時間があるんだぜ。お互いに頑張っていこうや」

「ああ、そうしよう。なんだかヤル気が出てきたよ」

「それにしても保育園とはなあ。最近は共働きの夫婦が増えたな。俺たちの同期の中で奥さんが働いていた家庭は確か……」

「三人だけだったよ。小学校の先生と薬剤師と看護師だった」

　そのとき、フフッと荒木は楽しそうに笑った。「同期の中で誰それの奥さんは働いていて、その職業は何かまで知ってるって、今考えてみるとすごいことだよな」

「企業まるごと家族ぐるみのつき合いをしていた最後の世代かもな」

「あの時代に結婚後も働き続けていたのは専門職の女だけで、民間企業のＯＬを続けている奥さんはいなかったよ」

「ＯＬって言葉も今や死語だしな」

「寿退社と言って、結婚したらみんな専業主婦になった時代だったもんな。とはいえ、子供が大きくなってからまた働き始めた奥さんもいたかもしれないけど」

「そうか、そうかもな。そのうち風潮も変わってプライベートなことを互いに話さなくなったから、その後のことはわからないな」

「ところで、庄司の息子の嫁さん、どんな仕事をしてるんだ？」

「あれ？　そういえば、どんな仕事かは聞いてなかった」

「何だよ、それ。仕事内容も知らないのかよ、全く」

　麻衣がどんな会社で何をするのかなど、興味すらなかった。どうせ時給いくらかの、誰にでもできるような仕事に決まっている。仕事内容など何であろうが大差ない。

「小さい子を預けてまで働きたいって気持ちが俺にはわからないよ」

保育園に空きがなく、いったん会社を辞めざるをえなかったこと、そして最近になって派遣社員として再就職することになった経緯を、荒木に話して聞かせた。

「庄司、俺たちはもう時代遅れのオヤジなんだろうなあ」

「それは違うと思う。時代がどんな方向に進もうが、本来あるべき姿を変えちゃいけない」

「庄司の言う、本来あるべき姿って何だ？」

「子供は母親が家で育てるべきなんだよ。少なくとも三歳まではな」

「それは確かにその通りだ。人類の鉄則だろ」

「田舎のお袋を思い出すたびに思うんだ。温かい懐《ふところ》があったからこそ不良にならずに真っ直ぐ生きてこられたんじゃないかって」

「俺もそうだよ。何があってもお袋だけは俺の味方だったからな」

「だよな。いつも子供のことを考えていて、子供の成長だけが生き甲斐だった」

「子供のためには、我が身を犠牲にする覚悟があったよな」

「つらいときでもお袋のことを思い出したら踏ん張れたよ」

「そうだよな。亡くなった今でも心の支えとして心の中で生きてるよ」

「どんなときでも、勇気の源というのかな、原動力になってくれていたと思う」

「全く同感だよ」

話が通じるのは、今やこの世に荒木だけしかいないかもしれない。まともな神経の持ち主に、久しぶりに会った気がした。

「なあ、荒木、今後もちょくちょく連絡を取り合っていこうぜ」

「おう、そうしよう」

そのあとは、自分たちが新入社員だった頃の、懐かしい思い出話に花が咲いた。

5

あのあとも嫁の麻衣とは会わずじまいだった。人にものを頼んでおいて、連絡事項はすべて和弘を通すというやり方が気に入らなかったが、こちらとしても嫁より息子の方が気を遣わなくて済むから良しとした。

夕方六時までに葵と漣を迎えに行き、マンションで一時間ほど面倒を見る。そして麻衣が帰宅したらバトンタッチする。ただそれだけのことだ。落ち着いて考えてみればどうってことはない。

毎日決まった時間に「すべきこと」があるのはいいことだ。ついこの前までは、自由を満喫したいと思っていたが、根っからの遊び人でもない限り、それがいかに難しいかに気づいてからは考えを改めた。

日曜日になると、和弘が家にやってきた。我が家から保育園までの経路と、そこから和弘たちのマンションまでの行き方や駐車場所を教えてくれることになっている。

助手席に和弘を乗せて出発した。

「オヤジ、絶対に六時までに迎えに行ってくれよ。一秒でも遅れたらダメだからね」

「一秒とはまた厳しいな」

「保育士さんたちも自分の子供を他の園に迎えに行くから、遅刻は厳禁なんだよ」

「なるほど、そういうことか、わかったよ」

和弘が案内したのは、歩道が広めにとってある運転しやすい道ばかりだった。

「和弘、もっと近道があっただろ」

「オヤジにはこっちの方が運転しやすいと思ってさ。本当は幹線道路や一方通行の細い道を通った方が早いけどね」

どうやら気を遣ってくれているらしい。いつの間にか年寄り扱いされる年齢になった。十志子や百合絵と意思の疎通がうまくいかないだけでなく、同じ男同士である息子との距離も遠く感じる。

「ところで麻衣さんは何の仕事をするんだ?」

　仕事の内容も知らないのかと荒木に笑われたことを思い出し、一応は訊いておこうと思った。

「通販会社の返品受付の電話係らしい」

「確か以前は、家電メーカーで事務か何かやってたんだったよな」

「麻衣は企画部で消費者動向調査をやってたんだ」

「そう言われりゃそんな感じのヤツだったか。で、そっち方面はもうやらないのか?」

　和弘がこちらに顔を向けたのが視界に入るが、真っ直ぐ前を見て運転を続けた。

「オヤジって、意外と世間知らずだな」

「世間知らずって……俺がか?」

　ついこの前も百合絵にそんなことを言われたばかりだ。

「いったん会社を辞めた女が調査みたいなインテリ仕事に就《つ》けるわけないだろ」

　大日本石油でも、出産を機に会社を辞めていった女性社員はたくさんいた。子育てや家事に専念しているものとばかり思っていたが、麻衣のように、以前とは似ても似つかない仕事に就いている女性もいるのだろうか。

「やっぱり女はパートくらいがせいぜいなのかな」

「ちょっとオヤジ、そういうこと麻衣の前で絶対に言うなよ」

血相を変えているのが、声の緊迫感だけでわかった。

「どうしてだよ、そんなにマズイか？　事実だろ」

「実は俺もそう言ってしまったんだ。そしたら麻衣のヤツ、ブチ切れたよ。そういう社会を作ってきたのは男たちでしょって。男は会社、女は家事育児と閉じ込めておいて、いざ女が働こうと思ったら時給の安いパートしか与えないって。同一労働同一賃金にすべきでしょうってさ」

「そんなの屁理屈だ。子供が何人いても働き続けている女も今の時代はたくさんいる」

「だよねえ。それにさ、百歩譲って男たちがそんな社会を作ったんだとしてもさ、その男たちの中に俺たちは入ってないよ。社会を形作るのは、俺たち小物じゃないだろ？」

コモノという言葉にカチンときた。人生後半戦に入って、息子から小物扱いされるとは。こちらが押し黙ったのに気づいたのか、和弘が慌てたように付け足す。

「だってさ、政府の要人じゃないじゃん、俺もオヤジも」

「……まあな。そういや、離婚して子供を引き取ったのがいたけど」と、当時の同期を思い出しながら話した。「アイツは突発的な残業や出張を断わってたし、保育園の送り迎えや子供の風邪で早退や休みが多くなって、結局居づらくなって会社を辞めてったよ。どこかでパート勤務をしてるって噂だったなあ。あれからちゃんと食っていけたのかなあ。さっさと再婚して家のことは女に任せりゃいいのに、馬鹿なヤツだよ」

角を曲がると、高いビルがなくなり、視界がすっと開けた。

「ほら、向こうに見えるのが葵の通う保育園だよ」

「なかなか立派じゃないか」

しっかりした平屋建築の壁はカラフルで、園庭も思っていたよりずっと広い。日曜日だからだろう、門が閉まっていて、静まり返っていた。

「ここは公立だから広くてきれいだよ。給食も豪華だし清潔感もある。保育士さんたちも公務員で待遇がいいからか、気分的にもゆったりしているように見えて安心なんだ」

車から降りて門の所から中を覗いてみた。

「左から二番目に、黄緑色の下駄箱が見えるだろ？　あれが葵のウサギ組。迎えには祖父が来るって言ってあるけど、一応は免許証か何か証明できるものを保育士さんに見せてくれるかな」

「わかった。それで、漣の部屋はどこだ？」

アリ組と書かれているのはゼロ歳児クラスだろう。隣のヒヨコ組が漣の一歳児クラスか。

「漣はここの保育園じゃないよ」

「どういう意味だ？」

「言わなかったっけ？　定員オーバーで入れなかったんだ。だから認可保育園じゃなくて、認証保育園に通うんだよ」

ニンショーってなんだ？

和弘の話し方だと、知っていて当然の言葉のようで、訊きづらい。

あとで調べることにしよう。

二人でまた車に乗り込んだ。

「おかしいじゃないか。兄弟姉妹が同じ保育園に通えないなんて」

「だよね。送り迎えもひと苦労だよ」

「何かの間違いじゃないのか？　役所に問い合わせてみたのか？」

信号が黄色に変わったので、ブレーキを踏んだ。

助手席の和弘が黙ったままだったので、気になって和弘を見た。

「オヤジって……なんかズレてる」

百合絵には「古いのではなくて間違っている」と言われ、今度はズレているとは。

「オヤジって、テレビのニュースや新聞は見てるよな？」

「ああ、もちろんだ。ニュースは朝昼晩と見てるし、新聞も何紙も読んでる」

図書館で、とはつけ加えなかった。

「待機児童が多いことは知ってる？」

「もちろんだよ」

「でも、あんまり詳しくないだろ」

「……そうかもな」

待機児童が大きな社会問題となっているのは知っている。テレビでも特集番組を組むほどだ。だが全く興味はなかった。だからすぐにチャンネルを変える。

「次の信号を左に曲がったら、漣の認証保育園がある」

「ところでニンショーって、どういう意味だ」

最近は、家族と話していると知らない言葉が次々に出てくる。あとで検索しようと、そのときは思うのだが、時間が経つと、何を調べるんだったかを忘れてしまう。だから思いきって尋ねた。

「認証というのはね、国の基準は満たしてないけど、東京都の基準を満たしている保育園のことだよ。ほら、国の基準は園庭の広さや保育士の数なんかに厳しいだろ」

「ふうん、そうなのか」

「あの手この手で待機児童を失くそうと、自治体も一生懸命なんだよ」

やむを得ない事情で生活に困窮している家庭ならともかく、そうではないのに、どうして母親が働く必要があるのか。再びむくむくと怒りが込み上げてくる。

だが、ぐっと抑えた。ズレているだとか間違っているなどと偉そうに言われたら、もっと腹が立つ。ひとつ確実に言えるのは、古き良き時代が終わってしまい、今どきの母親が誤った道にどんどん入り込んでいるということだ。

二つの保育園を見たあと、車で和弘のマンションへ向かった。

「お義父《とう》さん、この度《たび》はありがとうございます。よろしくお願いいたします」

玄関まで出てきた麻衣は、深々と頭を下げた。

そんなことをされると、悪い顔はできなかった。

「いや、いいんだよ。どうせ暇を持て余してるんだからさ」

「ジイジ、こんにちは」

おしゃまな葵がぺこんとお辞儀をする。三歳なのに滑舌《かつぜつ》がいい。いや、これが普通なのかもしれない。三歳児の標準を知らないから比べようがない。漣はというと、絨毯の上に足を投げ出して座り、車のおもちゃを熱心に動かしている。

なんだ、どちらも良い子ではないか。

孫二人を見ていると、安心感が広がってきた。保育園が二ヶ所に分かれているのは想定外だったが、何のことはない。車で次々に拾ってここに帰ってくりゃいいだけの話だ。

「お茶をどうぞ。お義父さんの好きな和菓子も買ってあるんです」

なかなか気が利く。

十志子が俺の好物の豆大福を買ってきてくれなくなって久しい。

温かい気持ちになり、お茶をご馳走《ちそう》になった。

6

朝から落ち着かない気分だった。

いよいよ保育園に迎えに行く日がきた。とはいえ、夕方六時までに行けばいいので、それまでは暇を持て余していることに、いつもと変わりはない。

だから図書館に行った。

閲覧室で新聞を開いた途端に、ポケットの中でスマホが震えた。静まり返っているからか、振動音が漏れ聞こえ、周りから視線が集まる。

急いで外へ出た。

「もしもし、麻衣さん？　どうしたんだ？」

――すみませんが、十一時までに保育園に迎えに行ってもらえませんでしょうか？

時計を見ると十時を少し過ぎていた。

「えっ、なんで？　お迎えは夕方の六時だよね？」

――そのはずだったんです。でも最初の一週間は慣らし保育だそうなんです。

ものすごい早口だったが、麻衣の声は細くてよく通るので聞き取りやすい。

――一週間の慣らし保育があるのは役所の方から聞いてはいたんですが、三月中に連絡がなかったので中止になったと早とちりしたんです。まさか四月に入ってから慣らし保育をするとは……。今日から勤め始めたばかりなのに、一週間も休ませてほしいだなんて、会社にはとてもじゃないけど言えなくて。

「こっちだって、そんなこと急に言われてもねえ」

「八時過ぎからお宅の方にも携帯にも何度も電話したんです。でも誰もお出にならなくて」

切羽詰まっている様子が電話を通して伝わってくる。水を勢いよく流す音がスマホを通して聞こえてきた。持ち場を抜け出して給湯室か洗面所から電話しているのかもしれない。可哀想になってきた。

「わかったよ。十一時までに迎えに行けばいいんだな」

――お義父さん、本当に助かります。よろしくお願いします。お昼ごはんは冷蔵庫の中の残り物を適当に食べさせてやってください。

閲覧室に新聞を広げたままなのが気になったが、それどころじゃない。放ったらかしのまま早歩きで自宅へ向かった。歩きながら十志子の携帯に電話をかける。

――もしもし、どうなさったんですか？

のんびりした声が聞こえてきた。

「実はたいへんなことになった」

麻衣からの電話の内容をかいつまんで話す。

――ということは、午前十一時から麻衣さんが帰宅する夕方七時まで子供たちの面倒を見なきゃならないってことですか？

「ああ、そうなんだ」

――子供たちのお昼ご飯はどうするんです？

「冷蔵庫の中に残り物があるらしい。できたら十志子も……」

一緒に行ってくれないか、と本当は頼みたかった。だが、どうせ断わられるに決まっている。

「本当か？」

――私も行きます。

――ええ、すぐに支度《したく》します。

十志子の応援があれば心強い。ほっと胸を撫《な》で下ろしていた。

自宅に帰ると、十志子は慌ただしく台所で立ち働いていた。

「葵はもうすぐ四歳ですから何でも食べるんでしょうけど、漣はどうかしら。麻衣さんの言ってた冷蔵庫の中の残り物って何ですか？」

「そこまでは聞いてないよ」

「漣には何か柔らかい物を作ってやらないと」

小鍋を覗いてみると南瓜がぐつぐつ煮えている。もうひとつの鍋には豆腐が入っていた。

久しぶりに十志子に生気が戻ったように見えた。

準備ができると、二人で車に乗って出かけた。気になったのは十志子が助手席でなく、後部座席に座ったことだ。今までにもそういうことが何回かあった。

「こっちに座ればいいじゃないか」

「え？　ええ、ちょっと体調が良くないので」

意味がわからない。後部座席で寝そべっているのならまだしも、きちんと背筋を伸ばして座っているのがバックミラーでも確認できる。

俺の隣に座ることさえ耐えがたいとでも言うのか。

いきなり苛々した感情が突き上げてきた。

――どいつもこいつも俺をないがしろにしやがって。いったい誰の稼ぎで今まで食ってこられたと思ってるんだ。ひとつの会社に四十年近くも勤め続けることがどんなに大変なことかわかっていないだろっ。

本当は大声でそう怒鳴り散らしたかった。

「どうして助手席に座らないんだっ」

穏やかに言うつもりだったのに、思わず尖った声が出てしまった。

「ええ、ですから、ちょっと」

「それじゃあわからないよ。はっきり言ってくれないか」

バックミラーを通して目が合ったが、十志子は言いにくそうに目を逸らした。

「そうですか。じゃあ言いますけど……」

「ああ、言ってくれ」

――俺はお前に憎まれるようなことをした覚えはない。今まで勤勉に働いてきたし、浮気だって一度もしたことがないし、給料の全額を家に入れてきた。それなのに、どうしてそんな冷たい態度を取れるんだ。この感謝知らずの女が。

心の中だけなら、いくらでも悪態をつける。

「息が苦しくなるもんですから」

「は？　助手席に座ると息が苦しくなるっていうのか？」

「はい、そうです」

もしかして俺がくさいのか？

自分の臭いなど気にしたこともなかった。部分入れ歯の臭いかもしれない。それとも、風呂に入っても、チャチャッといい加減に頭や身体を洗っているからか。それとも老臭ってヤツか。いつから臭うんだろう。もしかして、もう何年も前からなのか。だとしたら、もっと早く言ってほしかった。きっと百合絵なら、気がつかない方がどうかしていると言うのだろうが。

十志子が黙っていたのは、きっと俺を傷つけたくなかったからだ。誰しもくさいなどと言われたら落ち込んでしまう。今日の帰りにでも、薬局に寄って、部分入れ歯用洗浄剤をもっと強烈な物に買い替えようか。なんなら、かかりつけの内科医か歯科医に相談してみてもいい。

　車を出すと、十志子は窓を開けた。

「寒くないのか?」

　バックミラー越しに十志子に尋ねる。

「寒いですよ。でも息苦しいですから」

「そんなに俺ってくさいのか?」

「何の話ですか? あなたがくさいなんてことはありませんけど?」

「だったら何なんだ。どうして息苦しいんだよ」

「閉所恐怖症なんです。狭い空間にいると二度とここから出られないような気分になって、苦しくなるんです」

「昨日も車でスーパーに行ったんじゃなかったのか?」

「ええ、まあ」

「どういうことなんだよ。はっきり言ってくれないとわからないじゃないか」

「そうですか、じゃあ言いますけど」

「ああ、言ってくれよ」

　まどろっこしい会話だった。いつからこうなったのだろうか。十志子はどうしてこうも遠慮しているのだろう。

「あなたといるときだけなんです」

「何がだよ」

「ですから、私が閉所恐怖症になるのは、あなたと一緒にいるときだけなんです」

「どうしてだ」

「さあ、どうしてなんでしょう。ただ……」

「ただ？　何だ？」

「お医者様がおっしゃるには、そういう場面を極力避けた方がいいらしいです」

葵の保育園に着いた。

二人でウサギ組まで迎えに行くと、担任の保育士が出てきた。三十代と見える、人懐こい笑顔の女性だ。

「葵ちゃん、お迎えよ」

呼びかけると、葵は、おもちゃを放り出して走ってきた。

「よかったね。おじいちゃんとおばあちゃんがお迎えにきてくれたのね」

「バアバ」

葵は満面の笑みで十志子の腰に抱きついた。

「明日からは主人一人で迎えに参りますので、よろしくお願いいたします」

十志子がそう言って保育士にお辞儀をした。あくまでも、今日だけ特別に手伝うということらしい。

「そのことはお母さまからも聞いています。お顔を覚えておきますね」

そう言って保育士は、こちらの顔を見て微笑んだ。

車に戻り、漣の保育園に向かった。

「ここはずいぶんとこぢんまりしてますね」

十志子が驚いたように建物を見る。「普通の一戸建てと変わらないじゃないですか」

園庭がないので、保育園という感じがしない。

「近くに公園があるらしいよ。天気のいい日は散歩に行くと言ってた」

二十代前半と見える若い保育士が漣を抱っこして出てきた。

「お迎え、ご苦労様です」

漣は十志子を認めると、すぐに両手を伸ばした。

「バアバは腰が痛いの。ジイジに抱っこしてもらってちょうだい」

十志子がそう言うので、仕方なく漣を抱っこした。嫌がるかと思ったら大人しくしている。子供を抱っこするのは久しぶりだったが、漣の方からしっかりと首に手を回し、両足をこちらの腰にからめてきたので、まるで猿が抱きついているような安定感があった。そして温かくて重くて、何とも言えない優しい気持ちになった。

「これ、洗濯物です」

保育士が差し出した布袋を見て、十志子が「えっ、こんなに？」と驚いている。八時から十一時までの三時間しか預けていないのに、この量の多さはいったい何だろう。

「うちの園ではオムツをしないので、洗濯物が多くなるんですよ」

「垂《た》れ流しってことですか？」と十志子が尋ねる。

「園長の方針です。自然児に育てると言いますか、オムツがない方が動きやすいので」

「だけど、それでは衣類だけでなく床や廊下が汚れますでしょう？」

保育士がムッとした顔をした。「その都度《つど》きちんと消毒していますからご心配なく」

「……はあ、そうですか」

十志子は納得できない様子だったが、曖昧《あいまい》に微笑み、「ありがとうございました」と荷物を受け取った。

「明日からは主人が一人で迎えに参りますので、お見知りおきを」

十志子が言ったので、「よろしくお願いします」と隣で頭を下げた。

「おじいちゃん、こちらこそよろしくお願いいたします」

――おじいちゃん。

孫からそう呼ばれるのは一向にかまわないが、他人から言われると嫌な気持ちになる。――お前は大日本石油の販売促進部の元部長ではなくて、一介《いっかい》のジジイに過ぎない。面と向かってそう言われたような気分だった。

定年退職したあと嫌われるのは、過去の栄光を自慢する男だということは知っている。社内には任意で受講できる「退職後の心得講座」というものがあり、そこで講師に教えられた。団体ツアーや登山ツアーなどに参加したときでも、すぐに学歴や職歴を披露したがる男が多く、周りに嫌われると聞いた。

だが、人間は過去を背負って生きているものだ。聞きもしないのに「A大学を出てB会社に勤めていました」などと一流の名前を出されると、確かに自慢たらしい嫌なヤツだとは思う。だがその一方で、ある程度の信頼が置けるのも事実だ。

経歴を口に出してはいけないのなら、自分のような口下手な男は損をする。初対面の人間なら俺が東北大を出ているなどと決して思わないだろう。そんじょそこらの無教養なオヤジに見えるに違いない。それに比べて軽薄な男でも口がうまいと賢そうに見えるものだ。

そんなことをつらつら考えながら運転していると、和弘のマンションに着いた。

エントランスに入り、和弘から預かっていたカードを翳《かざ》すと、エレベーターに通じるガラスのドアが左右にすっと開いた。七階で降り、玄関のドアノブに丸い形の磁気式カードキーを差し込んで右に捻ってドアを開ける。

「なんだか難しそうですね、あなた、よくご存じね」

漣を抱っこした十志子が手元を覗き込んでくる。

この間、和弘がオートロックのマンションの開錠の方法を教えてくれたばかりだった。

「イザというときのために、私にもやり方を教えてくださいな」

「イザというときって、例えばどんなときだ?」

最近、妙に「イザ」という言葉に敏感になっている。

「ジイジ、ちょっと、どいて」

葵が足もとをすり抜けて玄関に入り、靴を脱ぎ散らかして廊下を走る。

「こらっ、走るな」

家の中を走るのだけは厳しく注意してほしいと麻衣から頼まれていたのだった。階下の人に迷惑がかかるからと。

「イザというのは、大地震のときなんかですよ」

「ああ、そうか。イザというのはそういう意味か」

首都直下型地震は、自分が生きているうちに起こるかどうかもわからない。普段は家族を放ったらかしにしていても、父親はイザというときが出番なのだから、それでいいと思っていた。だが、イザというときを、自分はどういうときだと考えていたのだろう。曖昧なままで、具体的なケースを思い浮かべたことすら一度もなかったように思う。

「葵ちゃん、漣くんのオムツはどこ？」

十志子が葵に尋ねると、葵は得意げに素早く紙オムツを持ってきた。

「バアバ、漣くんの紙パンツやお尻《しり》拭きはここだからね、わかった？」

葵は本当にしっかりしている。

三歳でも既に人の役に立つ生き物であるらしい。

この年頃の百合絵もこんなだったのだろうか。

和弘はどうだった？

……全く、思い出せない。

「パンツ型の紙オムツなのね、これは便利だわ。漣くん、おうちでは紙パンツを穿《は》きましょう」

漣は素直に十志子の肩に手を置き、片足ずつ通している。その上にズボンを穿かせてもらうと、おもちゃの置いてある大きな箱の所まで歩いていき、何やら物色しだした。

「もうすぐお昼ね」

　そう言いながら十志子は台所に入っていく。２ＬＤＫの賃貸マンションの台所は狭かった。大人一人が作業するのが精いっぱいで、通路といった感じだ。

「ここの家賃はいくらするんだ？」

「確か月十二万円と聞きましたけど」

「そんなに高いのか」

　自分が結婚したときは社宅が完備されていた。家賃は月にたったの三千円だったと記憶している。そんなことも忘れ、俺の時代はどこの家庭も夫の給料だけでやりくりしていたなどと、偉そうに言ってしまった。和弘の言う通り、俺は世間知らずなのかもしれない。

「葵ちゃん、お昼ご飯のことはママから何か聞いてる？」

　十志子が台所から顔を覗かせて問いかけた。

「葵、知らないよ」

　そう答えながらも、葵は遊んでいたブロックを放り出して台所へ入っていく。

「バアバ、冷蔵庫、開けて」

　まだ自分では開けられないらしい。

「お味噌汁が鍋ごと入ってるわね。葵ちゃん、食べる？」

「うん、葵ね、ママのお味噌汁、大好きなの」

「それはいいわね。じゃあ、お味噌汁とご飯でいい？」

「ううん、葵はパンが好き。それとね、納豆も食べる」

「わかったわ。問題は漣くんね。バアバね、南瓜を煮てきたの。漣くんは南瓜、好きかしら」

「うん、大好き。漣くんはパンも好き。お味噌汁も大丈夫だよ。もう歯が生《は》えてるから」

葵は本当に三歳なのか。小さな体の中に大人が隠れているのではないかと思うほど、しっかり話す。口だけは達者だと和弘から聞いてはいたが、これほどまでとは知らなかった。うちに遊びに来たときなどは、台所にいる十志子にまとわりついてばかりで、俺には近づいてこないから、よく知らなかった。まるで小さな主婦みたいだ。頬がふっくらしているから、ふとした拍子に太ったオバサンにも見える。

「漣くんの歯は何本生えてるのかしら」と言いながら十志子が台所から出てきた。テーブルを拭いてスヌーピー柄の小さな箸とスプーンを並べ、プラスチックのカラフルな幼児用のコップに麦茶を注《つ》いでいる。十志子だけが忙しく立ち働いていて、自分はリビングのソファに座ってぼうっとしていた。手伝いたいが、何をどうしていいかわからない。十志子が指示を出してくれればいいのだが。

十志子がこれほど協力的だとは思ってもいなかった。十志子がそこにいるだけで、何とも言えない安心感で心が満たされる。

十志子も車を運転できることを思えば、自分はここにいる必要はないのではないか。まさに役立たずとは自分のことだ。だが、そう思いながらも、こうやって孫に囲まれて夫婦で同じ空間にいると、久々に家族の温かさに触れた気がして幸せな気分に浸れた。

「漣くん、ご飯よ」

漣は一旦は鋭く振り返って十志子を見たものの、車のおもちゃに向き直り、夢中で遊んでいる。なかなかこちらに来ないので、十志子は業《ごう》を煮やし、漣を背中からひょいと抱き上げてテーブルまで運んできて、自分の膝の上に乗せた。

「ほら、お口、アーンして」

それまで口を半開きにして阿呆《あほ》みたいな顔で小さな消防車に熱中していたくせに、あろうことか、漣はいきなり唇を固く閉じた。

「漣くん、お口、アーンしなさい」

漣は唇をぎゅっと結んだままニヤリと笑い、十志子の膝から逃げようともがき、膝から下りて隣室へ逃げていく。そしてドアから顔だけ出し、またニヤリと笑う。十志子をからかっているとしか思えなかった。

人間の子供というものを、不思議な思いで見つめた。

まだ一歳だというのに、既に知恵のある生き物であるらしい。それも、ユーモアまで兼ね備えているとは。

「ほうら捕まえた。さっさと口を開けるのよ」

十志子が怖い顔を作り、低い声を出して脅している。

怖がって泣くのではないかと思ったら、漣はキャッキャと笑いだした。表情や声音《こわね》を変えても、本当は優しいバアバだとわかっているらしい。

「上下四本ずつ生えてるわね。南瓜は柔らかく煮てきたから大丈夫だわ。お豆腐も食べて、しっかり栄養を摂りましょうね」

「バアバ、葵の歯も見てよ。ほら」

そう言って葵が十志子の目の前で大きく口を開ける。

「まあ、きれいな歯ね」

葵は得意げな顔になり、こちらにふと目を向けた。

「ジイジも見たい？」

「えっ？　うん……まあな」

今の言い方はまずかった。もっと違う言い方があるはずだ。

——おお、見たいともさ。葵ちゃんはいったいどんな歯をしているのかなあ。ジイジはワクワクしちゃうぞ。

そんなふうに言えたらどんなにいいだろう。だが、気恥ずかしくてそんな真似《まね》はできない。そういうのは母性愛のある女にしかできない芸当だ。

「ほら、見せたげる」

まるで施《ほどこ》しを恵むような態度で近づいてきた。もしかして俺は見下されているのか。

葵の歯は小粒で、きれいに並んでいた。パッと見たところ本数は大人と変わりないようだ。何歳で何本生えてくるかなど、今まで関心もなかった。

考えてみれば、この数日で色々なことを知った。兄弟姉妹が別々の保育園に入らなければならないこと、認可でなく認証保育園というものの存在、オートロックのマンションの入り方、そして極めつきは、三歳でも、いや一歳でも、既にいっぱしの人間であるということ。

「漣くん、おいしい？」

漣が大きく頷いた。

「そう、おいしいの。よかったわ」

まだしゃべれないが、十志子の言うことはわかっているらしい。

百合絵も和弘もこんな感じだったのだろうか。

きっとそうだったのだろう。

全く記憶にないのが不思議でならなかった。いくら忙しかったとはいえ、毎日家には帰っていたし、子供と遊んでやったことだって皆無じゃない。

それなのに、何ひとつ思い出せないとは。

十志子が南瓜を一匙ずつ口に運んでやっている。よほどうまいのか、漣は一生懸命食べている。大人がスプーンで与えてやらねばならないとなると、こんなにも手間がかかるらしい。テレビで見た老人介護の現場とよく似ていた。

「あなたも早く召し上がってくださいな。冷めてしまいますよ」

いつの間にか、自分の分のチーズトーストとコーヒーもテーブルに用意されていた。

「十志子は食べないのか?」

「食欲がないんです」

今日も顔色がよくない。もともとほっそりした体型だが、更に痩せたように見える。

「じゃあ、いただくとするか」

隣には葵が子供用の椅子にちょこんと座り、焼いていない食パンと納豆を食べている。手がベタベタだが、自分で食べてくれるだけでも助かる。双子や年子を育てている人の苦労を、初めて具体的に想像した。

葵も漣も用意された食事を完食した。葵は洗面所に手を洗いに行き、漣は十志子に口の周りを拭いてもらっている。腹いっぱいになったのか、満足そうな漣の笑顔を見ていると、幸せな気分になった。

今まで、赤ん坊や幼い子供を心の底から可愛いと思ったことがないように思う。犬や猫は東北の実家で飼っていたこともあり、子供の頃から可愛がっていた。牛ともなれば愛着は半端じゃなかった。飼っていた牛が売られていく日は、物置に隠れて人知れず泣いたものだ。

だが、人間の子供となると苦手だった。自分が四人きょうだいの末っ子で、弟も妹もいないこととも関係しているのかもしれない。

「じゃあ、私はこれで帰りますね」

食器を洗い終えた十志子が突然そう言った。

「えっ、帰るのか？」

「あとはお願いしますね。私、ひどくくたびれてしまいましたの」

「麻衣さんが帰ってくるまでここにいればいいじゃないか」

「あなた、私はね、本当にもうフラフラなんですよ。すぐにでも横になりたいんです」

「ここのソファで横になればどうだ？」

「孫たちが寄ってくるからゆっくりできませんよ」

「そうか、そんなに疲れたのか」

「いいわね、あなたは。いつもそうやって高みの……」

そこで言葉をくぎり、「では、帰ります」と、スプリングコートに腕を通し、バッグを持った。

「高みの？　高みの見物と言いたいのか」

十志子は返事をしない。

「だったら指示してくれればよかったじゃないか」

「そうですね。私が悪うございました」

——言われなくたって見てたらわかるじゃない。

百合絵の言葉がふと頭に蘇《よみがえ》った。

「やはりあなたとは一緒にいない方がいいみたいです」

「どうしてだ？」

「精神的に耐えられません。監視されているようで頭がおかしくなりそうです」

「監視？　そんなつもりは毛頭ないよ」

「そうでしょうか。ソファに座って腕を組んで、ずっと私を見ていたじゃありませんか。もしも上司があなたの一挙手一投足をそうやって観察していたら、あなたは嫌じゃないんですか？」

「観察だなんて、俺はただ……それに俺は十志子の上司じゃないだろ」

「いいえ、上司そのものです。あなたは上の立場の人間ですよ」

「そんなことはないよ」

「だったらどうして何もしないんですか？　どうして子供の世話も料理も食器洗いも私にさせるんですか？　私は朝から体調が悪くてつらいんです」

「だったら、そう言ってくれればいいじゃないか」

「体調のことは何度も言ってるじゃないですか。現にずっと前から通院してるんですよ」

「手伝ってほしいんなら、はっきりそう言ってくれればいいじゃないか」

「何を言えっていうんですか？」

「だから、皿を洗ってほしいだとか、テーブルを拭いてほしいだとか、漣に食べさせてやってほしいだとか、具体的に言ってくれないとわからないじゃないか」

「百合絵なら、そんなことといちいち言わなくても率先してやってくれますよ」

「そりゃあ、あいつが女だからだ」

「どういう意味ですか?」

「女ってものは生まれつき気遣いが細やかにできているし、母性本能ってもんがあるんだから、子供の扱いだって得意だろ。だけど俺は男だから細かく指示してくれなきゃわからないよ」

十志子は返事をする代わりに、これ見よがしに目を逸らした。

そして、黙って玄関へ向かう。

「ここは駅から距離があるぞ。どうやって帰るんだ?」

背中へ呼びかける。

最近はこういう光景が増えた。去りゆく誰かを引き留めるために、その背中に必死で呼びかける自分。

「バスがありますのでご心配なく。バス停はすぐそこですから」

「そうか、でも十志子……」

「葵ちゃん、漣くん、バアバは帰りますよう」

「ええっ、帰っちゃうの?」

びっくりしたのか、葵が飛んできた。

「ママが帰ってくるまでジイジが遊んでくれるから大丈夫よ」

「ふうん、ジイジが？」

葵が上目遣《うわめづか》いでこちらを見る。何やら疑っているように見える。

「葵ちゃん、バイバーイ」

靴を履き終え、十志子が玄関のドアノブに手をかける。

「おい、十志子……」

「何でしょう」

きっぱりした物言いをする十志子の目に険があった。

「いや、別に……なんでもないが」

ドアがバタンと閉まった途端に不安に襲われた。

こんな小さな子供たちの面倒を、自分一人で見ることができるのか。

まだ午後一時を過ぎたばかりだ。麻衣が会社から帰ってくるまでに六時間もある。

いや、たいしたことはない。ここに来てから十志子がやったことといえば、漣に紙パンツを穿かせたり、食事を食べさせたり、口許を拭いたり……そんなこと誰だってできるじゃないか。それにもう食事は終わった。夕飯は麻衣が帰ってきてからだから、もう特にやるべきことはない。

子供たちはと見ると、二人とも元の持ち場に戻って遊んでいる。漣は小さな車を相変わらず熱心に動かしているし、葵はアンパンマンの描かれたカードを床に並べている。

暇だったのでテレビを点《つ》けた。

すると、葵も漣もこちらに近づいてきた。

「ジイジ、何を見るの?」と言いながら葵がソファによじ登り、膝の上に乗ってくる。

「ニュースでも見ようと思ってね」

天気予報をやっていた。四月だというのに気温が低い。これから夜に向かって更に気温が下がるという。

既に今でも、外は寒いのではないだろうか。

あっ。

車は十志子に譲るべきだった。自分がバスで帰るべきだったのだ。

ああ、今さらもう遅い。どうしていつもこうなんだろう。自分のことを優しい人間だと思っていたが、体調の悪い妻より自分のことを優先している。

自分はひどい亭主なのか。まさか、そんなことはない。妻子のために耐えがたきを耐えて定年まで立派に勤め上げたのだ。

漣がぐずり始めた。

「どうした、漣。ちょっと葵、ジイジの膝から下りなさい」

漣の脇の下に両手を差し入れて抱き上げる。どんどん泣き声が大きくなる。

「どうしたんだろう。何で泣いてるんだ?」

漣に尋ねてみるが、もちろん返事はない。火がついたように泣き続ける。

「漣、いい加減に泣きやみなさい。近所から虐待だと思われたらどうするんだ」

それでも漣は泣きやまない。

やはり男には無理なのだ。男には、赤ん坊が泣いている原因などわかるはずもない。漣を抱っこしたまま十志子の携帯に電話したが、つながらなかった。

「なんなんだよ。どうして電話に出ないんだ。無責任じゃないかっ」

思わず大きな声を出してしまっていた。

ふと見ると、葵が怯《おび》えたような目でこちらを見ている。そして少しずつ後ずさりする。

「大きな声を出してすまなかった。何、ちょっとね、漣がどうして泣いているのかと思ってね」

無理に笑顔を作ると、葵がやっと近寄ってきて「漣くん、どうしたの?」と言いながら漣の頭を撫でた。

子供の泣き声というものは、どうしてこうも神経に障《さわ》るのだろう。こっちが泣きたくなってくる。

背中を反らし足をばたつかせて暴れるので、「危ないじゃないか、墜落《ついらく》してしまうぞ」と言いながら、漣を抱っこしたままソファから立ち上がり、そっと絨毯の上に置いた。

「何が不満なんだよ。さっき腹いっぱい食っただろ。いい加減にしてくれよ」

だんだん腹が立ってきた。

肩が凝《こ》ってきたので首を回していると、壁際の本棚に「育児百科」と書かれた厚い本が目に留まった。手に取って急いでページをめくる。泣きやまない原因がいくつか書かれていた。空腹、オムツの汚れ、眠気、お腹が張って気持ち悪い……どれだろう。どれでもない場合は、重大な病気の可能性があると書かれている。

まさか、この腸重積《ちようじゆうせき》という病気じゃないだろうな。放っておくと命に危険が及ぶと書いてあるぞ。

どうしよう。救急車を呼んだ方がいいのだろうか。

ふと気づくと、いつの間にか漣の泣き声がやんでいた。本棚の所から振り返ると、漣が仰向《あおむ》けになってピクリとも動かない。

「おい、漣、大丈夫か」

漣に慌てて駆け寄り、上から覗き込んだ。

死んでるのか？

「おい、漣、しっかりしろっ」

そう言って揺さぶると、漣は一歳児とは思えないほどの盛大なおならをひとつしてから、寝返りを打って向きを変えた。

「ジイジ、何やってんの？」

葵が寄ってきた。「漣くん寝てるのに大声出したらダメでしょ」

「あ、ごめん。漣は眠ってたのか」

死んだのかと思ったんだよ、という言葉を飲み込む。最近は言葉を飲み込むことが多くなった。自分が口にする言葉が非常識かもしれないと、いちいち気になって仕方がない。勤めていた頃は、こんなことはなかった。自分のことを「歩く常識」と言っても過言ではないと思っていたのだ。

俺は頭のオカシイ人間なのか？

俺はズレているのか？

念のために、漣の鼻の近くに顔を近づけてみた。

「ジイジ、何してんの？」

「漣がちゃんと息をしているかどうか確認してるんだ」

「へえ、息をしてるかどうか？」

葵が感心したように、じっとこちらを見つめてくる。

「ジイジは頭がいいんだね」

「えっ、そうかな？」

「ママもパパもそう言ってた。ジイジはシューサイで、すごいガッコ出てるんだって」

「そうか、そうだったか」

心の中がふんわりと温かくなる。

最近は、温かくなったり、冷え冷えとしたり、心の温度が定まらない。

それにしても、漣は眠かったからぐずっていたということか。眠いくらいのことで泣いてどうするんだ。眠かったらさっさと寝ちまえばいいじゃないか。本当に腹立たしい。どこまで手間をかけたら気が済むのだ。

「ねえジイジ、パン屋さんごっこしようよ」

「パン屋さんごっこ？　葵がやりたいんなら……別にいいけれども」

葵は嬉しそうに微笑み、おもちゃ箱からプラスチックでできた小さなロールパンや丸っこいパンを出してきた。

「葵がお店の人やるね。ジイジはお客さんだよ。いらっしゃあい」

「パンください」

「ダメだよ、そんなのじゃ」

「どうしてダメなんだ？」

「どんなパンかわかんないじゃない」

「そう言われりゃそうだな。だったら、えっと、食パンください」

それでもまだ不満げな顔でこっちを睨む。

「だったら、ぶどうパンください」

「ジイジ、ここはフランスパンの店なの」

「えっ、そうだったの？　それを早く言ってくれよ。だったら、フランスパンください」

「バタールですか？　バゲットですか？」

「えっ？　どう違うの？　とにかく、ジイジはどっちでもいいです」

「パリジャンはどうですか？」

「うん……じゃあ、それにします」

「十円です」

「え？　やけに安いんだな」

チラリと壁の時計を見る。信じられないほど時間が過ぎるのが遅かった。

あの時計、合ってるのか？

ポケットからスマホを取り出して時間を確かめたが、残念ながら合っていた。

「アンパンはいかがですか？」

「え？　アンパン？　フランスパンの店なのに？　まあいいや、うん、それもください」

「全部で三円です」

「えっ、そうなの？」

つまらなかった。

子供と遊ぶのは本当につまらん。

時間の無駄以外の何物でもない。怒りがムクムクと頭を持ち上げてくる。主婦はこんなにも楽ちんな日常を過ごしているのか。亭主が必死で働いているときに、「パンください」と言いながら子供と遊んでりゃあいいんだから。

夫源病だの熟年離婚だのと騒ぐ女を、今ここではっきりと軽蔑するぞ。

「誰のお陰でメシを食ってる」というのは絶対に言ってはいけない言葉だというのが今や常識だそうだ。自分は一度も言ったことはないが、それは、主婦が家を守るのだって楽じゃないと思っていたからだ。だがそれはお袋のように、一人何役もこなしている姿を見て育ってきたからだ。

しかし、核家族のマンション暮らしの楽ちんなことといったらどうだ。農作業もなければ舅姑に苛《いじ》め抜かれることもなく、夫も真面目なサラリーマンで、家事は電化され、冷暖房まで完備されている。お袋のあかぎれだらけだった指を見せてやりたい。

そう考えると、麻衣だけじゃなく、十志子に対しても猛然と腹が立ってきた。

いったい俺が何をしたっていうんだ。あんなにツンとしやがって。

「ジイジとパン屋さんやるの全然面白くない」

「だろうな」俺だって面白くも何ともないよ。

第一、時間がもったいなさすぎる。こんなことならカフェでコーヒーでも飲みながら本を読んでた方が百倍楽しいし有意義だ。

「ジイジ、絵本読んで」

「……いいけど？」

熊や羊や象やキリンが出てくるが、文字が少ない。

——きょうもいいおてんきです。

一ページ目はそれしか書かれていなかった。

「早く、読んでよ」

「きょうもいいおてんきです」

「それから？　早く読んでよ」

「それしか書いてないよ」

「ママはもっといっぱいお話してくれるよ」

たぶん、絵を見ながら物語を適当に作り上げているのだろう。

「象の鼻は長いねえ。キリンの首も長い。それと、えっと羊はモコモコしていて……」

適当なことをしゃべり続けた。

そのうち葵が返事をしなくなったと思ったら、目がとろんとして瞼《まぶた》が閉じそうになっている。どうやら眠いらしい。次のページをめくっていると、葵はソファにもたれて本格的に寝入ってしまった。向こうの方で漣もすやすや眠っている。

やっと静かになった。

ひと息つくか。

台所に入り、インスタントコーヒーを探し出して、電子レンジで湯を沸《わ》かして飲んだ。熱いコーヒーをひと口啜《すす》ると、どっと疲れを感じた。歳を取ったと思うのはこんなときだ。慣れないことをすると誰だって疲れるものだが、年齢とともに、その疲労度が何倍にもなった気がする。

暇だったので、ラックにある育児雑誌をペラペラとめくってみた。離乳食レシピや絵本情報や育児グッズの紹介などが書かれている。ページをめくっていくと、母親へのアンケート記事があり、読み始めた途端に誤植を見つけた。よくもこんな簡単な間違いを見逃すものだ。いつだったか、社内報に間違いを見つけたことがあった。あのときは、すぐに広報部に連絡して感謝されたものだ。

迷ったが、ほかにすることもないので、出版社に電話をかけてみることにした。

「もしもし、五月号に誤植を見つけたんですけどね」

——ご連絡ありがとうございます。五月号とのことですが、何ページのどの記事かを教えていただけますでしょうか。

よく通るきれいな女性の声だった。丁重《ていちょう》だし、なかなか感じがいい。

「八十三ページのね、母親のアンケート結果のとこです。『子育てをつらく思うことがありますか』と、『子供が可愛く思えないことがありますか』っていう質問があるでしょ。それのね、答えの数値が逆になってますよ」

——八十三ページでございますね。少々お待ちください。

ページをめくる音が聞こえる。

——えっと、この記事は……。

あまりの失態に言葉を失ってしまったのだろう。

——お客様、これは間違っておりません。私どもの調査結果を正確に反映しております。

「あのね、よく見てから言ってくれるかな。八十三ページの上段ですよ。『つらく思う』が九割で、『可愛く思えない』が八割になってるよ。それぞれ一割と二割の間違いでしょう?」

——いえ、間違いではございません。

「だったら、ほとんどの母親が子育てを苦痛に感じてるってことになるよ」

——はい、その通りでございます。

わけがわからない。

「いったいどんな女にアンケートを取ったの?」

ロクでもない女を対象にしたに決まっている。それとも話題作りのためのでっち上げなのか。

——これは愛読者のアンケート結果を集計したものでございます。雑誌の最後にハガキがついておりまして、それを送ってくださった日本全国の読者さままでです。

「ちゃんとした母親なの?」

——は? ちゃんとした? ええ、小さいお子様をお持ちの普通のお母さま方です。専業主婦の方もおられますし、キャリアウーマンの方もおられまして、色々ですけれども。

「本当かなあ。悪いけど信じられないなあ」

——お客様のお気づきになったのは、このページだけでございますか？

「まあ、今のところはそうだけどね」

——わざわざお電話をありがとうございました。それではこれにて失礼させていただきます。

向こうから電話を切りやがった。切り際の事務的な言い方に腹が立つ。変なオジサンとはこれ以上関わり合いたくないといった感じだ。最初は感じのいい女性だと思ったのに、なんてことだ。

そのとき、背後でフガフガと何やら声がした。

力ない声で漣が泣き出した。辺りをキョロキョロと見回している。きっと母親を捜しているのだろう。不憫《ふびん》だった。こんな小さな子供を放ったらかしにしてまで働こうとする麻衣が腹立たしくて仕方がない。

時計を見上げると、あれからやっと一時間が経過したところだ。

「漣、目が覚めたのか」

漣が弱々しく泣いている。その声で、葵も目を覚まし、「漣くん、起きたの？」と言いながら、漣のそばへ寄っていく。

葵はそう言って飛びのき、鼻をつまんだ。

「連くん、ウンチしてる」

「えっ、嘘だろ」

確かに臭う。

母親ならくさくさくもなんともないのだろうが、男には耐えられない。

「ジイジ、早く漣くんの紙パンツ替えてあげてよ」

「俺には無理だよ。バアバを呼ぶからちょっと待ちなさい」

スマホを取り出し十志子に電話をかけると、今度はすぐに出た。

――もしもし、どうかしましたか？

「漣がウンチしたんだ」

――は？　そうですか、それで？

「それでって何だよ。今すぐ来てくれよ」

後悔しても仕方がないが、やはり車を十志子に譲るべきだった。

「タクシーを呼んで、今すぐ来てくれ」

――何のために私が行くんです？

「漣の紙パンツを替えるために決まってるだろ」

――あなた、自分が何を言っているかわかりますか？

「男には無理なんだ」

――あなたが男だからとおっしゃってるんでしょうか？

「何だ、わかってるじゃないか、だったらすぐに来てくれ」

――トイレの掃除も、あなたが泥酔《でいすい》して帰宅したときの玄関の吐瀉物《としゃぶつ》の掃除も、全部私がやってきました。

「だから何だ」

――汚い物の処理は全部女にやらせるんですか？

「そうじゃないよ。子供のウンチは別だろ」

――私はね、そういう卑怯《ひきょう》な人が大っ嫌いなんです。

いきなり電話が切れた。

耳から離してスマホを見つめた。バッテリー残量を見ると、九十パーセントと出ている。なぜ切れたのだろう。

もう一度かけ直してみた。なかなか出ない。そのうち留守番電話になってしまった。

「ジイジ、早くパンツ替えてあげて。漣くんが可哀想だよ」

葵は部屋の隅にある棚から、新しい紙パンツとウエットティッシュを持ってきた。

「どうして俺が……」

「早く、ジイジ」

「どうやって替えるんだ？」

「ウンチはトイレに捨てるんだ？」

「この紙パンツはトイレに流せるのか？」

「違うよ。紙パンツは流しちゃいけないのっ。ウンチだけ流すのっ」

そんなことも知らないのかと言いたげに葵が睨む。

「そうか。だったら、汚れた紙パンツはどうするんだ？」

「ビニール袋に入れて捨てるのっ」

三歳なのに本当に滑舌がいい。将来アナウンサーになったらどうかと、ふと考えた。

「ジイジ、早くして」

「……わかったよ」

嫌がる漣を脇に抱えるようにしてトイレに連れていく。

「じっとしてなさい」

暴れる漣に向かって大声を出すと、それにつられるようにして、漣が大声を張り上げて泣き出した。

「動くな。じっとしてろって言ってんだろっ」

紙パンツを下ろすと、コロコロした便が二個ほど床を転がった。急いでトイレットペーパーを何重にもして拾って便器に放り入れる。そのあと紙パンツについた便も振り入れ、あとは葵が気を利かして持ってきてくれたビニール袋に入れて口をきつく縛った。

俺はいったい何をやってるんだ。

大の男が……全く情けないったらありゃしない。

役員として会社に残れた片岡が見たら、きっと唇を歪《ゆが》めてニヒルな笑いを浮かべるだろう。想像しただけで悔しくて、カーッと身体が熱くなる。

漣をリビングに連れていき、ウエットティッシュで尻を拭いてやる。漣が泣きやんで静かにしていてくれるのが、せめてもの救いだ。

「しかし、くさいなあ。部屋中がくさくなるよ」

「くさいって言ったらママが怒るよ」

「だってくさいものはくさいだろ」

「そうなの？　くさいって言ってもいいの？」

葵は鼻をつまみ、漣の周りを回り始めた。「漣くん、くさい、漣くん、くさい」

つい先日テレビで見たばかりの、中学生のイジメ事件の再現ドラマを思い出した。くさいと口に出すのは、よくないのではないか。母親の麻衣が怒るというのは、そういう教育的配慮があるのかもしれない。

「くさいって言ったら、ママは怒るのか？」

「うん、すごく怒る」

「何で怒るんだ？」

「誰だってウンチするんだから、恥ずかしいことじゃないからって」

「そうか、そうだな。ママは正しいよ。ママはくさいなんて感じないんだろうね」

「どうして？」

「ママには母性本能ってものがあるからさ。女の人はくさいとは思わないもんだよ」

「葵も女の子だけど、すごくくさいよ」

「それは葵がまだ子供だからだよ。葵も大人になってママになったら、自分の子供が可愛くて仕方がないから、臭いなんてへっちゃらになるんだよ」

「へえ、すごいね」

葵が感心したように頷いていている。

「漣くん、お尻拭くと気持ちいいねえ」と葵は優しく弟に話しかけている。これも母親の真似なのだろう。

それにしても、葵にこれほど助けられるとは想像もしていなかった。

新しい紙パンツを穿かせ終わると、漣がまた泣き始めたが、もう放っておくことにした。苛々して頭がおかしくなりそうだし、もう何もかも嫌になってしまった。

子供たちを無視してソファにドスンと座った。

何気なくスマホを見ると、麻衣からメールが届いていた。

――お義父さん、急にお迎えに行っていただき、本当に申し訳ありません。お昼は冷蔵庫にある味噌汁と冷凍ご飯をチンして食べさせてやってくださいますか。三時のおやつにジュースと幼児用プリンがあります。よろしくお願いします。

今頃メールくれたって遅いよ。そう思ったが、着信時刻を見ると午前十時過ぎだった。自分がメールに気づかなかっただけらしい。退職後は誰からもメールが来なくなったから、頻繁にチェックする習慣がなくなっていた。

「葵、ジュース飲むか？　プリンもあるらしいぞ」

「要らない。それよりジイジ、カルタやろうよ」

葵が出してきたのは、昔懐かしい犬棒カルタだった。

「カルタか、まあ……やってもいいが」

葵は嬉々《きき》としてリビングの床にカルタを並べ始めた。漣もそばに来て、一枚を手に取ってじっと見ている。

「ジイジ、読んで」

「はいよ」

また漣が泣き出した。

「漣、どうしたんだ？　何か食べるか？　それともジュース飲むか？」

ジュースにストローを差してやると、漣は思いきり手で払いのけた。紙パックのジュースが床を転がり、ぽたぽたとこぼれ落ちる。

「何するんだよっ。床が汚れるじゃないかっ」

幼児相手だとわかっていても、つい頭にきて大声を出してしまう。漣が怯えたような顔をして、泣き声は更に大きくなり、葵も少しずつ後ずさりしていき、不審な目を向けた。

「あ、ごめん。ジイジはまた大きな声を出しちゃったね、プリンなら食べられるかな？」

幼児用と書かれたプリンのビニール蓋《ふた》を剝《は》がし、スプーンで掬《すく》って口許に持っていく。

漣はポロポロと涙を流して泣いていて食べようとしない。

「ほら、食べなさい」

口に入れようとすると、またしても払いのけ、その拍子にカップごと、ゴロゴロと床を転がり、中身が飛び散った。

ウエットティッシュで絨毯の汚れをこするが、なかなか落ちない。

漣は泣き続けている。火のついたような泣き声には慣れそうもなかった。

赤ん坊の泣き声は何ヘルツなのだろう。ちょうど大人の神経を逆撫《さかな》でする周波数だとしか思えない。

「やっぱり母親じゃないとダメだ。百歩譲って母親じゃなくても女じゃないとダメだ」

意味がわかっているのかどうか、葵が「ふうん」と言って頷いている。

床や絨毯をゴシゴシ擦《こす》っても、なかなか汚れが取れないので、嫌になってテレビを点けた。

「また例のニュースか」

——私にはこの母親の気持ちが痛いほどわかりますけどね。

そう言って、十志子が同情を寄せたのを思い出した。子供を放っておいて男と遊びにでかけていた女など、同情の余地はない。とんでもない母親なのだ。

——それにしても、信じられない母親ですね。

コメンテーター全員が口々に母親を非難している。

ほらみろ。やっぱり十志子の方がオカシイのだ。

「ねえジイジ、カルタ、やろうってば」

「ああ、そうだった。じゃあ読むぞ。犬も歩けば棒に当たる」

「ジイジ、漣くんが泣きやまないから聞こえないよ」

「漣のことは放っておきなさい。もう一回読むぞ」

今度は声を張り上げて読んだ。「犬もっ、歩けばっ、棒にっ、当たるっ」

漣の泣き声が響く中、カルタを続ける。

最後の一枚になったとき、声が嗄《か》れてしまった。

「あー面白かったあ。ジイジ、もう一回やろうよ」

「もうやめよう。疲れたよ」

「葵は疲れてないのっ。お願いだからもう一回」

「じゃあ、もう一回だけだぞ」

しつこくねだられると根負けする。子供とはこんなにもしつこい生き物なのかとうんざりした。

もう一回だけと何度も懇願《こんがん》され、それに応じているうち、外が暗くなってきた。

壁の時計をチラリと見る。ああやっと時間が過ぎてくれた。

「ジイジ、葵ね、何か食べたいよ」

「もうすぐママが帰ってくるだろ。そしたら夕飯だ。それまで待ちなさい」

「さっきのプリン食べたい」

もうすぐ七時になる。子供が腹ペコになって当然の時刻だ。いったい麻衣は何を考えている。またしても怒りが込み上げてくる。

そのとき、玄関の鍵がガチャリと開く音がした。

「ただいまあ」

「あっ、ママだ」

葵に続いて漣も泣きながら玄関先に走り、二人で麻衣の脚に抱きついた。

「お義父さん、今日は本当にすみませんでした。長い時間ありがとうございました」

両手にスーパーの袋を提げている。大根の葉とネギが顔を出している。

「子供たち、いい子にしてましたか？」

「大変だったよ。漣の機嫌が悪くて泣いてばかりでさ」

「そうですか、すみません」

麻衣がうなだれる。

「漣は寂しかったんだよな。やっぱりママがいないと可哀想だよ」

それに対して、麻衣が何も答えず俯いたままなのが腹立たしかった。

「葵にはカルタを十回もやらされたよ」

本当は三回だが、大げさに言ってしまった。

「それは……本当にすみませんでした」

麻衣はそう言うと、慌ただしく台所へ入って、レジ袋を調理台に置いた。コートとジャケットを脱ぐとソファの背にかけ、すぐにまた台所に入って米を研《と》ぎ始める。

三人掛けのソファの真ん中にドスンと座った。そこからだと、通路のような台所が正面に見え、麻衣の立ち働く姿がよく見える。だからなのか、十志子が監視されているようだと言ったのは。

いつまで経っても茶が出てこなかった。

なんて常識のない女なのだろう。

――お義父さん、ご苦労さまでした。本当にお世話になりました。

そう言って、熱いお茶くらい出すのが普通じゃないのか？

和弘はこんな女のどこがよくて結婚したのだろう。騙されたとしか思えなくなってくる。北陸の出身で、父親は高校教師、母親は小学校教師と聞いているが、本当だろうか。そんなきちんとした家庭の娘が、こういった非常識な女に育つだろうか。

麻衣は炊飯器をセットすると、リビングに出てきて、漣の紙パンツをズボンの上から触っている。

「漣くん、パンツ替えた方がいいね」

麻衣がそう言うと、葵が紙パンツを母親のもとに持ってくる。こういうガサツな母親のもとで育つと、葵も三歳にして早や「お姉ちゃん」にならざるを得なかったのだろう。不憫でならない。

「偉いなあ、葵は」

そう言うと、葵は嬉しそうに笑った。その笑顔を見て涙が出そうになった。

「お義父さん、本当に今日はありがとうございました」

礼だけは何度も言うが、茶が出てこない。

「この雑誌を勝手に読ませてもらったんだけどね、このページがね」

「ああ、それですね。私もそのアンケートが大好きなんです」

そう応えながら、今度は洗面所へ小走りで行く。

なかなか出てこないので覗いてみると、持ち帰った漣の洗濯物を手で洗っていた。

「洗濯機を使わないのか？」

「垂れ流しの保育所なので、あらかじめさっと水洗いして洗剤に浸けておかないと臭いが取れないし、このまま洗濯機に入れたりしたら、ほかの洗濯物も汚れてしまうので」

「オムツをしてくれって、園に頼んだらどうなんだ？」

「そんなことできません。園長の方針に反対したりしたら、漣が睨まれますから」

「そうなのか？　そんなタチの悪い園長なのか？」

よくもそういったところに我が子を入れられるものだ。

「悪い人じゃないですよ。でも独りよがりの理想を持ってらして、現実離れしてるんです。そういう保育所はものすごく多いらしいですよ。ともかく目をつけられないようにしないとね。なんせ子供は物言わぬ人質みたいなものですから」

自分の子供を人質に譬《たと》えるなんて、やっぱりどうかしている。

「本当に、お義父さん、今日はありがとうございました」

これで何度目だろう。不自然なほど何度も礼を言う。

麻衣は手洗いをやっと終えると、洗濯機に入れてスイッチを押した。そして湯船に蓋をしてから風呂を沸かすボタンを押す。そのまま早足になってベランダに通じる掃き出し窓を開け、猛スピードで洗濯物を取り込んでは部屋に投げ込んでいく。

もっと衣類は丁寧に扱ったらどうなんだ、という言葉を飲み込み、呆れた思いで眺めた。

「麻衣さん、あのアンケート結果のことなんだが」

「あの企画は、あの雑誌の中でいちばん人気があるそうですよ」

「へえ、そうなのか。ところでこの設問なんだけど」

例のページを開いた。

麻衣は早足で台所へ戻る道すがら、チラリとこちらの手元を覗いて「ああ、それですね」と言いながら通り過ぎる。

「アンケートの答えが間違っていると思わないか？」

「私もそう思いました」

「やっぱりおかしいよな。麻衣さんもそう思うか。ああよかった」

麻衣もマトモな側につく母親だとわかり、少しだけ気持ちがほぐれてきた。

「八割とか九割とか、全く信じられないですよ」

「だよな。俺も変だと思ったんだ。だけど出版社ときたら」

鍋とフライパンがカチャカチャいう音で声がかき消された。

「匿名《とくめい》のアンケートなのに見栄を張るお母さんがいるんですね。びっくりです」

なんだか話がかみ合っていない気がする。

「そんなの八割どころか、十割に決まってますよね」

「え？」

「子育てがつらいと一度も思ったことがない母親なんて、この世にいませんよね」

台所から親しみの籠った目を向けてくる。

頭の中が真っ白になり、何と返事をすればいいのかわからなくなった。

「ともかくお義父さん、今日はありがとうございました。お世話になりました」

そう言って、麻衣はチラリと玄関の方を見やった。そこでやっと気づいた。早く帰ってくれと言いたいらしい。さっきから何度も礼を言っていたのは、帰るのを促《うなが》すためだったのか。腹立たしさと、自分の鈍感さを指摘されたような屈辱で、顔が赤くなるのが自分でもわかった。

お茶でも飲みながら、引き継ぎの連絡事項として、今日の子供たちの様子がどうだったか、いかに大変だったかを、ゆっくり話したかったというのに。

家に帰ると、珍しく十志子が玄関先まで迎えに出てきた。

「お帰りなさい。今日はあれからどうでしたの？」

十志子の方から話しかけてくるなんて、いつ以来だろう。

食卓には刺身が置いてあった。大根のツマはスーパーのパックの中に入っていたものをそのまま載せたのだろう。ししとうの天ぷらもきっと買ってきたものだ。そのうえ、ご飯はレトルト容器に入ったままだった。

「どうもこうも、てんてこ舞いだったよ」

刺身を食べながら、チラリと十志子を見る。少し離れた場所にあるソファに座り、バナナの輪切りを入れたヨーグルトをゆっくりと食べている。

「やっぱり男には無理だよ。もう行かないことにしたよ」

「えっ、それはいけません。一旦は引き受けたんですから」

「簡単に言ってくれるじゃないか。幼い子供の世話がどんなに大変か、十志子には……」

言いかけてやめた。

——十志子にはわからないだろ。

そう言いかけたのだが、十志子は二人の子供を育ててきたのだった。だが当時の十志子は二十代だった。今の自分は六十代なのだ。

「この歳になって、子供の面倒を見るのは本当に大変だよ。体力も気力も比べようがないほど違う」

「若いときだってヘトヘトでした。それも二十四時間、三百六十五日ですからね」

そう言うと、くるりと背中を向けて台所へ引っ込んでしまった。

つまり、こういうことか。たった数時間じゃないか、そんなことくらいで疲れてどうするんだと。

「だけど俺はな」

台所まで追いかけていって話しかけると、十志子はビクッと肩を震わせて振り向いた。

「あーびっくりした。突然話しかけないでくださいよ」

「悪かった。そのう……とにかくアレだ。男っていうのは赤ん坊の泣き声に神経をすり減らしてしまうんだよ」

「女はその何倍もしんどいですよ」と冷たく言い放ち、話は終わったとばかりに冷蔵庫のドアを大きく開けた。ドアを使って、二人の間に仕切りを作ろうとしているかのようだ。

仕方なくリビングに戻るが、テレビの音だけが虚しく響いている。

「ただいまあ」

珍しく百合絵が早い時間に帰ってきた。

「父さん、今日はどうだったの？」

リビングに入るなり、興味津々《しんしん》といった口調で尋ねてきた。向かいに座り、レジ袋からサラダのパックと親子丼を取り出している。

いつもならさっさと二階に引き上げる十志子が、珍しく三人分のお茶を淹れ、百合絵の隣に座った。

「どうもこうも、大変だったたよ。漣のヤツがなかなか泣きやまなくてさ」

「あの年頃の子は泣きますからね」

「それも火がついたように泣くんだよ。原因がわからなくて大変だった」

「不安だったでしょう？」と問う十志子の顔が少し嬉しそうに見える。

「やっぱり男には無理があるよ。次回からは十志子も一緒にいてくれないか？」

「私は体調が悪くて無理です」

絶望的な気持ちになる。

「泣き声を思い出すだけで気が滅入《めい》るよ。よくもあんなに長い時間泣き続けられるもんだ」

「私が一緒にいたところで、赤ん坊が泣きやんだりはしませんよ」

「そんなことはないだろ。それに、ウンチには参ったよ。オシッコならオムツ替えもなんとかなると思っていたが、ウンチとはなあ、くさくてたまらなかった」

「あなた、やめてください。百合絵は食事中なんですから」

「マジ、信じらんない」

百合絵は箸を置いてしまった。

「お前も女だろ。赤ん坊のウンチの話で気持ち悪がってどうするんだよ。全く最近の若い女は母性本能ってものが欠如しているよ」

「父さん、それ本気で言ってる？　かつての神童とは思えない発言だね」

「どうしてだよ」

「本能っていうのはね、生まれつき備わっているものを指す言葉だよ」

「そんなことわかってるさ」

「だったら、母性本能とやらが備わっている女と備わっていない女がいること自体、おかしいじゃないの」

「なんでだ？」

「本能ってものはね、環境や時代に左右されないものを言う言葉なんだよ。父さんて馬鹿じゃないの」

百合絵は気分を変えるかのように茶をがぶ飲みすると、再び箸を手に取って食べ始めた。

そのときふと、ある情景が目に浮かんだ。昨今はペットブームとやらで、犬を連れて散歩しているのをよく見かけるようになった。アスファルトの道路の上にウンチをしたあと、砂も土もないのに、後ろ足で砂をかける動作を何度か見たことがある。確かに、本能とはああいうことを指すのだったか。

ウフフと笑い声が聞こえた。見ると、十志子が楽しそうに笑っている。

「さすが百合絵ね。本能ってそういうことなのね、百合絵は本当に聡明だわ」

十志子の笑顔を見るのは久しぶりだった。思わず嬉しくなってしまう。

ついこの前までは、妻の顔色を見て一喜一憂する日が来ようとは想像もしていなかった。以前は立場が逆だったように思う。会社で嫌なことがあると、家に帰っても不機嫌なままだったから、顔色を窺うのは決まって十志子の方だった。不機嫌な顔を晒《さら》せるのが家庭というものだ。家で心を許せなかったら、いったいどこに捌《は》け口があるだろう。長年そう思ってきたが、逆の立場に立たされてみると、家庭は決して寛《くつろ》げない場所だとわかる。

人間関係というものは、元来こういうものかもしれない。たとえ家族であっても、誰かの我慢の上にしか団欒《だんらん》は成り立たないのではないか。家族であるならば全員が気分よくいられるようにすべきだなどと、百合絵なら主張するかもしれない。だが、それは理想にすぎないのではないか。せめて我慢役が誰か一人に集中しないようにするためには、全員が少しずつ我慢するしかない。要は、親しき仲にも礼儀ありというもので、疲れて会社から帰ってきたサラリーマンでも不機嫌を抑え込み、作り笑いの義務を負い、家でさえ寛げなくなる。

「本能について言えば、確かに論理的には百合絵の言う通りかもしれない」

「当たり前でしょ」

「だがな、岩手のお祖母ちゃんは人間である前に母親だったよ。母性の塊だった。だから机上《きじょう》の空論より俺は自分の経験を信じるよ」

　きっぱり言ってやったら気持ちがさっぱりした。

　だが、十志子も百合絵も同時に眉間に皺を寄せたのを見て、つい弱気になってしまう。調子に乗って余計なことをしゃべりすぎた。ついつい十志子の朗《ほが》らかな笑顔に気が緩《ゆる》んでしまったのだ。

「それよりさ、あの麻衣さんってのは気が利かない人だね。会社から帰ってきても、俺にお茶のひとつも出さないんだから」

「あなた、何を言ってるんですか。麻衣さんは働いて疲れて帰宅したんですよ。帰ってから家事が待っているから息をつく暇もないはずですよ。もしお茶を出すとしたら、あなたの方が麻衣さんに出すべきじゃないですか？」

「えっ、俺が？　俺が麻衣さんに茶を出すのか？」

「そうですよ」

「冗談じゃないよ。俺は子供の世話でヘトヘトだったんだから」

　十志子は返事もせず、溜め息をついてからは黙ってしまった。

　納得したのだろうか。そうは見えないのが気にかかる。

　そのとき、百合絵は「あっ」と声を発し、テレビを凝視した。

見ると、イギリスのウェールズ地方が映っていた。どこまでも見晴らしのよいダイナミックな緑が続いている。百合絵は高校時代、夏休みにウェールズ地方でイギリス人の家庭にホームステイさせてもらったことがあった。

「懐かしいなあ」

百合絵の顔がほころんでいる。

「素敵な所ね。私も一度行ってみたいわ」と十志子も目を細めている。

「十志子、イギリスくらい俺がいつだって連れてってやるぞ。なんなら今年の夏か秋にでも行こうじゃないか」

「無理ですよ」

十志子はテレビを見つめたまま答えて、こちらを見ようともしない。

「どうして無理なんだ」

「あなたと一緒の飛行機には乗れませんもの」

「なんでだ？」

「ですから、一緒にいると閉所恐怖症になるんです」

「……そうか」

なんで俺と一緒のときだけ閉所恐怖症とやらになるのだ？

俺はそんなに厄介な人間なのか？

忌々《いまいま》しい思いで、十志子の横顔を睨みつけた。

「きれいな所ねえ。見てるだけで清々しい気持ちになるわね」

画面には見渡す限り緑の牧草地が広がっている。空撮で点々と見えていた白い物にカメラが近づいていくと、それらは羊だった。

――春は出産のシーズンなんですね。羊の赤ちゃんがたくさんいます。

ナレーターの声とともに、小さな羊がアップで映る。

「まあ、なんて可愛らしいのかしら」と十志子が声を上げた。

――百頭生まれたうち、五頭前後は生まれてすぐ死んでしまうんです。この母親も子供を亡くしたばかりです。

ナレーターはそう説明するが、母羊は子羊の身体を舐《な》めたり乳を与えたりしているし、子羊は元気そうに見える。

――生まれてすぐに死んだ赤ちゃん羊の皮を、ほかの赤ちゃん羊にかぶせるんです。母親は匂いで自分の子を嗅ぎ分けますからね。

――何のためにそんなことをするんですか？

――自分の産んだ子供が見当たらないと、母親が心身ともにおかしくなって死んでしまうことが多いんです。

ほら見ろ。やっぱり母性本能は生まれ持ったものじゃないか。

そう百合絵に言ってやりたくて、思わず百合絵の横顔を窺った。

次の瞬間、百合絵が鋭い視線をこちらへ寄越した。

「父さん、いま羊を見て、母性本能というものはやっぱり存在する、なんて思ったんじゃないでしょうね」

「思ったさ。誰だって思うだろ」

「あのね、人間は羊と違って、本能だけで生きてるわけじゃないのよ。人間は社会的な動物なんだよ」

「そんなことくらいわかってるさ」

「父さんはわかってないよ。男だろうが女だろうが生き甲斐や楽しみが欲しいし、家から出られない生活は苦しいんだよ。それなのに、子供を産んだ女は羊みたいに動物としてだけ生きろって父さんは言ってるも同然だよ。男の父さんは会社で社会的な生活してきたくせに」

「だって男と女の間には……」

溝があるという言葉を飲み込む。

「こういう化石みたいな男と何十年も連れ添う女も大変だね。母さんには心から同情するよ」

十志子が即座に否定してくれるのを期待したが、何も言わずに立ち上がった。子供の前では父親を立てるという賢夫人の役は降りてしまったのか。

十志子はリビングを出ていき、階段を上る音が聞こえてきた。

「それより父さん、最中《もなか》、食べる？」

「え？　ああ……いただくよ」

百合絵はレジ袋の中から、粒餡《つぶあん》の入った透き通ったプラスチック容器と最中の皮だけがたくさん入った袋を出して、テーブルに載せた。

百合絵が顔を上げて、得意そうにニヤリと笑う。

「私って頭いいでしょ」

なんのことかわからず見ていると、スプーンで餡《あん》こを掬って最中の皮に載せ、「どうぞ」と差し出す。

「デパートで最中を買ったら一個二百円くらいするけど、これだと四十円で済むのよ。最中の皮は一個二十五円。これを富澤《とみざわ》商店で見つけたときは感激したよ。父さん、そうじゃないよ。上下を皮で挟むんじゃなくて、一個だけをお皿みたいに使うの」

「こうか?」

「餡こ載せすぎだよ。盗人《ぬすっと》猛々《たけだけ》しいったりゃありゃしない」

「盗人って言い方はないだろ」

「だって、冷蔵庫に入れといたババロアを食べたの、父さんでしょ」

「なんで俺だってわかったんだ?」

「母さんがそんなことするわけないじゃないの」

「そうだな。十志子は少食だからな」

「そうじゃないよ。父さんがお殿様だからだよ。和弘を見てりゃ、わかるじゃん。大切に育てられた男は、結婚しようが子供が生まれようが、いつまで経っても自分が一番大切なんだよ。まっ、最近は女の子も大切に育てられることが多いから、自分が一番大切同士でうまくいかないらしいけどね」

金塊を盗んだと言うのならわかるが、ババロアくらいで、なんと大げさだろう。女というのは年齢にかかわらず、こうも執念深いものなのか。

百合絵がいきなり手のひらをこちらの目の前に差し出した。

「ババロア代、三百円だから」

「百合絵のケチは相変わらずだなあ」

「一生独身を通そうと思えば、お金だけが頼りなんだよ。女が自立するっていうのは日本では大変なんだからね」

「自立だなんて偉そうに言うんなら、一人暮らしをすべきじゃないか。自宅から通っているんだから本当の自立とは言えないだろ」

「そのことは自分でも十分にわかってるよ」

この物騒な世の中、娘が一人暮らしをするのは心配だが、居心地のいい家にいるとなかなか結婚できないと何かで読んだことがある。だが、最近は十志子の具合がよくないから、洗濯も風呂掃除もゴミ出しも百合絵がやっているようだ。それを考えれば、実家暮らしが特に楽とは言えないのかもしれない。それに、月々五万円を家に入れてくれている。

「何だかんだ言って実家暮らしの方がお金が貯まるよ。老後に備えて貯金しないとね」

「そうだな、そういう時代かもな」

いい歳をした子供が親と同居していると、母親を家政婦代わりに使っていると非難された時代もあった。だが、あれは日本が景気の良かった頃のことかもしれない。

「今後の日本はどうなるかわからないでしょう？　少子化だし、国の千兆円を超えた国債が暴落するかもしれないしね。一人暮らしをしたら家賃と光熱費だけで十万円じゃ足りないもん」

る。

「いや、違うぞ。金の問題じゃないんだ。人間は一人暮らしをして孤独を噛《か》み締める生活をしないと、結婚したいと思わないものなんだよ」

「ほう、演歌の世界だね」

「子供を産む年齢を考えてみたって、男は何歳でもいいが、女はそうもいかないだろ」

「ちょっとお聞きしますけどね、父さんは孫の相手をするのは楽しいの？」

「まさか。大変なことの方が多いよ」

「父さんが孫の面倒を見るといったって、麻衣さんが帰ってくるまでの時間でしょう？専業主婦になったら、一日二十四時間ずっと子供の面倒を見なきゃならないんだよ」

「男と女は違うだろ。現に田舎のお袋は違ったよ」

「出た、出た。男と女は違う、うちの部長連中でも、まだそういう考え方の男が何人もいて、ほんと迷惑なんだよね」

「だけど百合絵、これだけは言っておく。結婚は早い方がいいぞ」

「はいはい。父さんと話せば話すほど結婚したくなくなるよ」

「もったいないよな」

煙《けむ》に巻かれたような気もしないでもなかったが、百合絵の言うことも正しいと思えてく百合絵がすっと立ち上がり、台所にゴミを捨てに行き、目の前を横切ってリビングから出ていく。

その後ろ姿を見つめた。

もっといろいろな話がしたいのに……。

やっぱり今日も最後に自分がポツンと取り残された。

ふと思い立って、本棚の隅にあるアルバムを取り出した。ビニールをベリベリと剝がして貼る古い様式の、ずっしりと重い物だ。

若かりし日の十志子が目に飛び込んできた。

なんて潑溂としているのだろう。まだ二十代だろうか。海を背景に底抜けの笑顔だ。人生が楽しくてたまらないとでも言いたげに白い歯を見せている。向日葵《ひまわり》の柄の黄色いワンピースを着ていて、ノースリーブから伸びる華奢《きやしや》な腕が美しい。もう二度とこんな屈託のない笑顔は見られないのだろうか。十志子からこの笑顔を奪い去ってしまったのは自分なのか。

ページを捲《めく》っていくと、産科医院の小さなベッドで眠る新生児の百合絵の写真が出てきた。あれからもう三十三年も経ったのか。

人生はあっという間だ。

順を追って何冊も見ていく。

——百合絵四歳、和弘二歳

写真の下にそう書かれている。今の葵と漣と同じくらいの歳だ。ピンクのセーターを着た小さな百合絵を見る。今の葵と同じように上手にお話ができたんだろうか。その隣で、笑っている和弘はどうだったんだろう。何も思い出せなかった。

次のアルバムも開いてみた。

子供なんてあっという間に大きくなると思っていたが、それは間違いだったらしい。これ以上、アルバムを見ていられなかった。取り返しのつかないことをしたのではないかと思い、気分が落ち込んでくる。だからテレビを点けた。背の高い俳優が森の中でキャンプをしている風景が映った。

——そりゃあ厳しいですよ。アラスカの無人島で原始的な生活を一ヶ月もするわけですからね。

そう言うと、日に焼けた男前が白い歯を見せて爽やかに笑ったあと、火を起こそうと悪戦苦闘しだした。マッチやライターさえ使わないというのだから徹底している。俳優の両脇には半袖半ズボンの男の子と女の子が立っていて、父親である俳優の手元を心配そうに見つめている。小学校四年生と二年生だという。そのあとカメラが引いて、元モデルだという美人の奥さんが大写しになった。夫と子供たちを見つめて微笑んでいる。

——かけがえのない経験ですよ。家族の絆《きずな》が深まります。来年はどこに行こうかなあ。

俳優は手を止めて、カメラに向かってそう言った。

溜め息が出た。

チャンネルを変えたくなるが、なぜか目を離せない。

こういったチャレンジが、どれだけ子供のためになるか、どれほどいい思い出になるか、そんなことは誰にだってわかっている。だけど実際問題として、一般人にそんな体験ができるだろうか。芸能人のように短期で大金を稼ぎ、ゆったりと休みを取る。そんな生活は凡人には夢のまた夢だ。

ナレーターの説明によると、その島は欧米人の家族にも人気の場所らしい。彼らは一ヶ月どころか半年の休暇を取って、ここで過ごすのだという。

「そんなの日本人のサラリーマンには無理なんだよ」

思わず声に出していた。涙が滲みそうになった。

孫の世話なんて引き受けなきゃよかったのだ。葵と漣の世話をすることで、これほどまでに自分の人生を振り返ることになるとは考えもしなかった。だが、一旦引き受けてしまったのだから、今さら断わったりしたら男が廃《すた》る。

唯一の救いは、今日が金曜日だったことだ。土日は母の七回忌で実家に帰る予定になっている。十志子は体調が悪くて同行は無理だと言っていたのが残念だが、久しぶりに姉や兄に会える。のんびりと田舎の空気を吸ってこよう。

どこか遠くに行ってしまいたい気分だったから、ちょうどいい。

7

空港には二番目の姉が軽自動車で迎えにきてくれていた。

皺は増えたが、相変わらず弾《はじ》けるような笑顔で、動作も機敏だ。

「常雄も元気そうで何よりだべさ」

助手席のドアを閉めるや否や軽快に走り出し、数百メートル進むとトンネルに入った。

「あれ？　このトンネルは前からあったっけ？」

「新しぐできだのっさ。お陰で山を越えなくてよぐなったんだ」

道路が整備され、帰るたびに実家が近くなる。便利になるのはありがたいことだが、風景がどんどん変わっていくのは寂しいことだった。国道沿いには、東京でもよく見かける大型店が立ち並んでいる。

だが、山々の形だけは幼い頃からちっとも変わらない。

道路がどんなに整備されたところで、人も車も確実に減ったようだった。更に過疎化が進んでいるのかと心配になる。だが道の駅が向こうに見えてくると、周辺がにわかに賑やかになってきた。

「あちこちから野菜を買いにくるんだ」

だだっ広い駐車場には車がぎっしり駐まっている。横を通り過ぎるときに目を凝らすと、県外からのナンバープレートが多かった。

「時間がねえがら、真っ直ぐ寺さ行くべ」

実家には寄らず、そのまま寺へ向かった。

寺に到着すると、従兄弟《いとこ》たちの姿が見えた。両親ともに兄弟姉妹が八人ずついたが、もう既に全員が鬼籍に入っている。その名代として、地元に残って家を継いだ従兄弟たちが集まってくれていた。

先代の住職は亡くなり、代替わりしていた。すらりと背の高い若い住職は、いかにもマニュアル通りといった風にテキパキと標準語で法要を進めていく。抜かりがないのはいいことだが、その分、流れ作業のようで味気なくもあった。

前の住職が懐かしくなった。高齢になってからは枯《か》れ木のように痩せて動作がのろかったが、知的でユーモアに富んでいて、心に染み入る法話を聞かせてくれたものだ。

読経が響く中、亡き母のことを思い出していた。

幼い日、喧嘩して泣きながら帰ってきたときに抱きしめてくれた母の温《ぬく》もりが、ふっと蘇《よみがえ》る。母の温かい懐《ふところ》が自分の原点だったと今さらながら思う。母は常に子供のことを思い、子供の成長を生き甲斐としていた。子供のために自分を犠牲にすることが母の喜びだったのだろう。自分は大学進学と同時に親元を離れて一人暮らしを始めたが、それからずっと心の中で母の存在を支えとして生きてきたように思う。つらいことや苦しいことがあっても、そこで踏ん張る力や、逃げずに立ち向かっていく強さが身についたのも母のお陰だ。今日まで乗り越えてこられたのは、母の愛に包まれて子供時代を過ごすことができたからだと思う。

法事が終わったあとは、四人きょうだいが実家に集まって酒を酌み交わした。

実家はとうに建て替えられ、自分の勉強机もなくなり、懐かしさは消えてしまった。だが目を瞑《つむ》れば、育った家の柱の傷まで思い出すことができる。

兄はリビングに囲炉裏《いろり》の真似ごとを設《しつら》えたが、雰囲気は昔のとはまるで違う。長年に亘って煙で燻《いぶ》されて煤《すす》けた物ではなく、きれいな白木でできている。それでも四人で囲炉裏を囲んだ。

「きょうだい水入らずで、ゆっくりしてけろ」

気を利かせたのだろう。兄嫁はにっこり笑ってそう言うと、酒と肴《さかな》の用意だけして、離れの自室に引っ込んだ。

「姉ちゃん、七十六歳にはとても見えないね。溌溂《はつらつ》としてるじゃないか」

長姉のつやつやした肌が、電灯のもとで光り輝いていた。

「そりゃそうだべさ。人生で今がいちばん楽しいんだぁ」

長姉は今も、身障者の老齢介護施設で調理の仕事を続けている。

「兄ちゃんは、最近はどうなの?」

家を継いだ兄は七十一歳で、役場を定年退職してからNPO法人を立ち上げ、過疎化対策のために都会からの移住促進に精を出している。

「相変わらず忙しぐしてるよ。次から次にやらねばなんね仕事が舞い込むのよ」

「リッちゃんはどう? 儲《もう》かってるの?」

物心ついたときから、次姉の律子《りつこ》のことはリッちゃんと呼んできた。三十歳のときに夫と二人で始めた食堂を、六十七歳の今も続けている。

三人とも働き者だ。仕事を持っているうえに、家で食べる分の米と野菜を作っているのだから。

明るい表情を見ただけで、日頃の生活の楽しさが伝わってきた。それぞれに親や舅姑の介護も終え、子供たちも独立して元気でやっているようだ。

「田舎暮らしはいいなあ」

思わず口から出ていた。

若い頃は都会へ出ることばかりを考えていた。そのことが、今では不思議でならない。どうしてあれほど都会に憧れたのだろう。

年齢のせいなのか、郷愁《きょうしゅう》のせいなのか、見渡す限り緑が広がる環境の中で暮らしたくなってくる。大学へなど行かず、ここで暮らし続けた方がよかったんじゃないかとさえ思えてくる。

つい最近、十志子のためにも、東京からほど近い信州辺りの農家住宅を買って避暑地としたらどうかと考えた。だが、やはり自分の育った村の方がいい。ここなら小学校時代の同級生もたくさんいる。見知らぬ土地に暮らす緊張感もないし、溶け込めるかどうかの不安もない。何より姉や兄が近所に住んでいるのが心強い。

ここに帰ってきて暮らすのはどうだろう。

でも、十志子はついてきてはくれないだろう。東京育ちの十志子にとっては、デパートも洒落たレストランもない不便な田舎は耐えられないに違いない。

今まで考えたこともなかったが、中学時代の同級生と結婚した兄が無性に羨ましくなってきた。姉たちにしても、車で二十分もあれば行ける所に住んでいる。同郷の者同士で結婚するメリットというものを、どうして若い頃は考えなかったのだろう。若気の至りだとしても、せめて周りの大人がアドバイスをくれてもよかったのではないか。

「常雄はどうなんだ？　退職したばかりで、毎日悠々自適《ゆうゆうじてき》の生活を送ってるんだべ？」

「いいなあ。都会には遊びに行く所が一杯《いっぺ》あるべ？」

「外国旅行でもしてんのが？」

「うん……まあ、そんなところだ」

「浮かねえ顔だなは」

「いや、その……孫が保育園に入ったもんだから、夕方の迎えを頼まれていてね」

「そうがぁ、末っ子《バッチ》の甘ったれだった常雄もいっぱしのじさまだな。孫は可愛いべ？」

「え？　そりゃ、まあそうだけど、最近の若い母親を見ていると腹が立つことが多くて」

「例えばなぞなこと？」

「母性本能を失くしてしまったというのか、見てると本当に情けないよ。それともそんなのは都会で暮らしている母親だけで、田舎は違うのかなあ。それに比べて、うちの母ちゃんは母親の鑑《かがみ》だったよね」

「どういうところが?」

長姉が不思議そうにこちらを見る。

「どこがって全部だよ。懐が深くて優しくて子供を包み込んでくれる、あの雰囲気だよ。自分を犠牲にしてでも子供のためを思ってた人だったよね」

「それ、誰かと間違えてるんでねのが? 自分を犠牲にするどころか、あの人は自分のことしか考えてながったよ」

次姉が呆れたように言って、ビールをひと口飲んだ。

「常雄、そりゃ幻想だべさ」と長姉が言う。

「おそらぐ本や映画のイメージと混同してんだべ」と兄も言う。

「まぁず、あれほど気性の激しい母親は珍すがった」

長姉はそう言うと、何かを思い出したのか、いきなりプッと噴き出した。

「母ちゃんは、いづ怒り出すかわがんねがら、友だづに会わせんのが恥《は》んずかしくて、家さ友だづを呼べながった」

「母親があんなだったがら、私《オラ》は自分の子供《わらす》が生まれだどぎ、なぞにして育でだらいいがわがんねくてさ」

「私もそうだよ。まっ、そのお陰で姑さんとは仲良くできたけんど。母ちゃんの百倍は優しい人だったがら」

いったい誰の話をしているのかと思うほど、母親に対する印象が違う。

「お前は末《め》っ子だからラッキーだったんだべさ」

「そんだ。じっちゃんとばっちゃんが相次いで亡ぐなったべ？　きっと母ちゃんはホッとしたんでねが？　そのあど、私だぢが高校出で次々に就職して家さお金を入れるようになったがら、母ちゃんも金銭的余裕が出できて、やっと笑うようになったんだ。あん頃は日本全体がイケイケドンドンの時代だったしな」

「自分で言うのもなんだども、私だって常雄に負けねえぐれえ優秀だったんだよ。それなのに、大学さ行がせてもらったのは常雄一人だけなんだがら羨ましがったぁ」

「俺は……何も知らなかった。母ちゃんのこと、母性の塊だと思ってた」

そう言いながらも、姉たちの話をまだ信じきれてはいなかった。

「なに語ってんの。そもそも母ちゃんは子供が大嫌いだったでねえの」

「えっ、嘘だろ」

「お前、知らねのが？　近所じゃおっかないオバサンで有名だったんだぞ」

「孫もメンコぐながったみでで、うぢの子供らは母ちゃんには全然なづがながったよ。ダンナの親ばっかりになづいぢまってよう」

「母ちゃんは、父ちゃんが死んでがら詩吟《しぎん》教室さ通うようになってさ、ガラッと変わったもんなぁ」

「んだんだ、いぎなり明るぐなった」

「たんまげだのは、親父の遺品を根こそぎ捨てたごとだなぁ」

「写真まで全部捨てちまうんだもんなあ」

「なんぼが父ちゃんを恨《うら》んでだんだべ。子供《オラど》にすれば複雑な気持ちになるけんども」

「いやいや、あんたら横暴なオヤジなら仕方ねえべさ」

仏壇に置かれた母の遺影を見つめた。

狐《きつね》につままれたようだった。唖然《あぜん》として言葉が出てこない。

「私なんか母ちゃんに冷たぐされだって、近所のおばさんや向かいのお姉さんや従姉《いどご》だちがいっつも遊んでくれて面倒みでくれたがら不良になんねで済んだど思うよ」

「常雄、お前だって赤ん坊の頃は向かいのばっちゃんが可愛《メゴ》がってくれたんだぞ」

「ああ、それは聞いたことがある」

「それに、私だづきょうだいだけでなくて近所の子供達《わらさど》みんなで一緒に遊んだがら、母親が一日一杯《いっぺ》子供《わらす》の世話をするなんて家庭はながった。今の時代みでえに、母親が子供に絵本を読んでやったり遊んでやるなんて、聞いだこともながったべさ」

「そんなこと言うけどさ、やっぱり三歳までは母親が育てた方がいいとは思うだろ？」

　確かめてみたくなった。同意を得たかった。

「三歳？　なして三歳？」

「その三歳っつう区切りはどこがら来たの？」

「えっ？」

　世間の常識なのに、兄や姉は知らないらしい。

「私が子供《わらす》ん頃は、名付け親だの乳《ち》兄弟だの言って、一杯《いっぺ》の大人が子供《わらす》に目配りするような工夫がされでだもんだよ」

「昔はここいら辺では、子育ては現役を退いたじっちゃんやばっちゃんがやるのが普通だった」

「俺《オラ》も小学校さ上がるまでは、ばっちゃんと一緒の蒲団で寝でだもんだ」

「私もだ。ほんで小学校さ上がると子供組っつのさ入って、神社の境内《けいだい》でみんなで遊んだり、年上の子に勉強を教えでもらったりしたもんだ」

「母ちゃんがら聞いだ話だと、母ちゃんが若い頃《わげ》には若者宿だの娘宿だの宿泊所があって、先輩がら一人前の男《おどご》や女《おなご》とはどういうもんかを教えられたり、異性の品定めの方法を教えでもらったりしでたらしいぞ」

「逆に言えば、母親はゆっくり子育てする暇なんかなかったんだろうね」

「そりゃそうさ。農作業もあるし、洗濯機のない時代の洗濯は大変だったべし、ご飯を炊《た》ぐのだって今みたいにスイッチポンじゃ済まながったがらね」

「どごの母ちゃんも、農作業の合間に田んぼで赤ん坊に乳やったりしてだもんな」

「畦道《あぜみち》さ大きな籠《かご》ば置いて、その中に赤ん坊を入れでだもんだ。懐かしなあ」

「育代《いくよ》ちゃんとこだけは教育ママだったけどね。家で絵本読んでもらったりして羨ましかった」

「育代ちゃんて、虎松《とらまつ》医院の？　あそごの母親は都会から嫁にきた人だし、当時にすれば珍しぐ女子大を出でだんだがら例外中の例外だべさ。だいたい、あん人以外でスカート穿いでだ母親なんて見だごどねがったよ。それに、ああいうママさんは、田舎じゃ怠け者《かばねやみ》って陰では言われでだ時代だべ」

「だいたい絵本なんて読んでやる必要ねえよ。余裕のある母親だばいいけんども、ほんでねば無理しねえ方がいいど思う。子供《わらす》っつのは、親にメシを毎日食べさせてもらって、寝る所があって、風呂さ入れでもらえる。そんだけで本当は十分じゃねのが？　そんだけだって大変なことなんだがらな」

兄はそう言うと、里芋の煮っころがしを口に放り込んだ。

「あん頃の常雄は朝っぱらから近所の家さ遊びに行って、昼もそこで蒸《ふか》し芋だの何だの食べさせてもらうなんつごと、しょっちゅうだったべ」

「母ちゃんはいっつも畑さ出はってだがら、常雄はじっちゃんやばっちゃんにおんぶしてもらってるこども多がったよ」

「ほんだがらよ、どごの家でも母親はそれほど育児にかがわってはながったぞ」

「それを考えっと、今の若いお母さんだづは、私ら《オラど》の頃よりずっと大変だべさ」

「そんなことないだろ。和弘たちの暮らしを見ていても、農作業があるわけじゃないし、舅や姑に仕えているわけじゃないし、気楽なもんだよ」

「そったらごだねえよ。うちの留美子《るみこ》だって、優太《ゆうた》が小さい《チャッコイ》頃はしょっちゅう実家さ帰ってきては泣いでだもんだよ。ダンナの帰りが遅くて一日中誰どもしゃべってねえって語ってさ。つらそうで可哀想だった」

「おそらぐ、大正時代がらでねがと思う」と兄が腕組みをして宙を睨んだ。「子育ての全責任を母親になすりつけるようになったのは」

兄は学歴はなくとも、物知りで教養溢れる人物だった。

「ちょうど日本に資本主義が導入された頃だべさ。それまでは、日本人の八割が農業やってだんだけんども、男が勤め人になって女《おなご》が家事育児に専念するようになったのっさ。

そういうのが会社側には好都合だったんだ」

「んだな。男を朝から晩までこき使うためには、家で家事育児全部を引ぎ受げる女《おなご》が必要だったたってこどだべ?」

「みんなバラバラになったのっさ。ほんだって、田んぼの水路ひとつとってみでも、みんなで作ってみんなで使ってだんだもの。村はひとつの共同体だったんだがら。ほんだがら子育ても村ぐるみだったし、三世代同居で家族ぐるみで助け合ってやってだんだ」

「もう変わっちまったけんどもな」

「国の策略にまんまと引っかがったんだべさ。年寄りと赤ん坊の世話を女《おなご》にさせどげば、福祉さ回す金を削れるがらさ」

介護現場を回っている長姉はそう言うと、猪口《ちょこ》に入った熱燗《あつかん》をくいっと飲み干した。

「姉ちゃんの言う通りだな。そったらことを母性愛だの家族愛だのって言葉で国は庶民を騙そうとしてだのっさ。私だづ庶民を馬鹿だと思ってるみたいだけんども、私ら《オラど》絶対に騙されねえもんな」と次姉も熱くなる。

「親父は最後まで戦争を恨んでだった」

いきなり話題が変わったのだろうか。兄がしみじみとした口調で続ける。「考えてみりゃあ、あの時代の国の統制と根っこは同じなんでねが?」

「んだんだ。でも今は情報社会だから、バレバレだべさ」

「そったらことねえべさ。常雄みでえにいい学校出でんのが、母性愛なんつ言葉で騙されでるんだがら」

「しゃあねぇなぁ。我が家《オラど》の末っ子《バッチ》はまんず」

「常雄は単なる甘ったれなんだべ」

「母ちゃんが恋しいだけだべさ」

「ちょっと待ってくれよ。俺ももういい歳なんだからさ」

「六十歳なんて、まだまだ若造だべや」

「常雄にとっては、母性賛美が一種の宗教みでえになってんだぁ」

「そんな……」

「まずまず常雄、落ぢ着げ。そんたな馬鹿くさい政策のお陰でさ、俺《オラ》の仕事はうまぐいってんのさ。都会の孤独な暮らしに疲れ果てでだ若いママさんだづが、過疎の村へどんどん移住してくれでるんだもの」

「そういや兄ちゃん、先月もまた若い家族が移住してきたって聞いだけんども」

「んだ。みんなで親切にしてけねば」

「ここさ移住してくれれば、大きな一軒家がタダでもらえるし、畑もあるし保育所もある。

近所の年寄りも気軽に子供さ声かげてけるし、頼めばなんぼでも面倒見でけるしな」

もしこの場に百合絵がいたなら、何と言うだろうか。

――七十代の伯母《おば》さんの方がアンタよりずっと進んでるじゃないの。

そんなことを言われそうだ。

「姉ちゃんや兄ちゃんは考えが新しいんだな」

そう言うと、何がおかしいのか、三人は顔を見合わせて声に出して笑った。

「都会さ住んでる常雄がそったらこと言うとおかしいべ」

「だって……」

会社と家の往復で世の中を見ていなかったのだろうか。

常識も知識も教養も、人並み以上にあると思っていたのだが。

兄が立ち上がり、棚からワインを出した。

「最近、俺《オラ》はワインにハマってんだ。姉ちゃんも好ぎだべ？」

「好きだどもさ。おい常雄、姉ちゃんのこと田舎《じゃーごたろう》もんだがら梅酒ばり飲んでると思ったら大間違いだぞ」

「そんなこと思ってないさ。俺の方が時代遅れみたいに感じてるんだから」

「今回は、なして十志子さんは来ながったの？」

「久しぶりに会いたがったのに残念だなは」

「実は……十志子は精神状態があまりよくなくてね」

そう言うと、三人ともグラスを置いて、こっちを見た。

「そりゃ大変でねえの」

「なぞな風によぐねんだ？」

「十志子さんを家さ置いたままで大丈夫なのが？」

口々に心配するのが意外だった。太陽のもとで日に焼けて農作業をしているような姉や兄から見たら、十志子のようなのは、生活の苦労も知らない都会暮らしの神経質な妻が陥《おちい》る、つまり怠け病だと一笑に付される程度のことだと思っていた。

「百合絵が言うにはさ、夫源病だって言うんだよ」

そう言うと、いきなり場が静まり返ったので、驚いて三人を見回した。

――フゲンビョーって何だ？

口々にそう尋ねるはずだった。それなのに、三人は顔を見合わせて、ああ、あれかとでもいうように頷き合っている。まさか、兄や姉が夫源病という言葉を知っているとは思わなかった。やはり自分は百合絵の言うように世間知らずなのだろうか。

「去年だったが、小学校の隣の家の八重《やえ》ちゃんが死んだんだっつぁ。夫源病でな」

「死んだ？　夫源病で？」

「おっかねえなあ。鬱病ってやづはさ。軽く考えだらだめだ」

聞けば、八重ちゃんの自殺によって、村中の人間が夫源病という言葉を知ったという。

「常雄、お前《め》も十志子さんにもっと優しぐしてやんねばな。俺《オラ》だっでうちの母ちゃんには気ぃ遣ってるぞ」

「自分としては……優しいつもりなんだけどな」

「ちゃんと口さ出して、『愛してる』だの『きれいだ』だの語ってやらねばなんねえよ」

「兄ちゃんは義姉《ねえ》さんに言ってるの？」

「まさが。そったらごど恥んずかすくて言われね。フランス人じゃあるめえし」

「なんだよ。だったら人のこと偉そうに言うなよ。そもそもさ、日本人は以心伝心だよね。口に出さなくても、十志子だってわかってるはずだよ。わざわざそんな歯が浮くようなこと言わなくてもさ」

「違う。お前《め》の場合は言った方がいんだぁ。ほんだって十志子さんは夫源病なんだろ。うちのはあっけらかんとしてっから必要ねえだけだ」

「……そうか、やっぱりそういうことを言った方が女は喜ぶものなのか。だったら、今度思いきって言ってみようかな」

そのとき、姉二人が同時に左右に首を振った。やれやれ、といった顔をしている。

「気持つ悪《わり》ぃ。亭主に愛してるって言われだって全然嬉しぐねぇよ。鳥肌が立つくれぇだ」

「ほんだよ。亭主なんてとうに愛想が尽き果てて、こっちが亭主を愛してなんかねぇもん」

「アイドルのセクシーなんたらっつのに言われだらキュンとくるけんどもな」

「おら、あんな若《わけ》ぇのは嫌《やん》た。グレゴリー・ペックみてのでねぇと」

「姉ちゃん、古すぎるべさ。そんな人とっくに死んだべ」

「んだったが？」

アハハハと、女二人は顔を見合わせて豪快に笑っている。

兄と二人で唖然として姉二人を眺めた。

「よぐ聞けよ、男ども。言葉でなんぼ優しぐしたってだめなのさ」

「んだんだ、そんな表面的なことではだめだ。女《おなご》をナメでる」

「だったらどうすればいいいんだよ」

八重ちゃんが自殺したというのを聞いて、十志子のことが心配になってきた。

小学校の隣の大きな家に八重ちゃんが嫁にきた当時のことは今もよく覚えている。隣村でいちばんの美人だったと評判の人で、小学生だった自分にも毎朝おはようと声をかけてくれる優しい人だった。

「常雄、なじょにすればいいがは自分で考えろ。そのために東北大ば出だんだべ」と長姉が言いながら味噌田楽《でんがく》を口に運ぶ。

「んでも……」と次姉が言い淀んだ。

「なんだよ、リッちゃん、はっきり言ってくれよ」

「うん、たぶん……もう手遅れがもしれねえと思ってさ」

「そんな……」

「脅すわけでねえけんども、覚悟だけはしといた方がいいんでね」

「覚悟って、何の？　十志子が自殺するとでも言うのか？」

「それはどうだかわがんね。しっかり者の百合絵ちゃんがついてっぺしな」

「だったら何だよ。何の覚悟をしておけばいいんだよ」

「熟年離婚に決まってるべさ」

「んだんだ。財産分けや年金分割のこどなら、早めに調べでで損はねえぞ」

四人きょうだいの中で、自分だけが夫婦の危機を迎えているのか？

兄や姉たちはどうなんだ？

ついさっき、姉は二人とも愛なんかないと言ったばかりではないか。

「姉ちゃんはダンナさんのことどう思ってるんだよ」と長姉に尋ねてみた。

「あん人は朝の五時から畑で働いでる。春は山菜、夏はカブト虫を取りに行ったりして道の駅で売ってるよ。忙しくで楽しそうだ」

つまり、それはどういうことなんだ？

細々とでも稼ぎがあればいいということなのか？

それとも忙しく働いていて家を空けることが多い男はマシだということか。

「要はな、男は働いてさえいれば盤石《ばんじやく》の居場所があるってことだよ。家でウロウロしてる男は嫌《やん》たがられる」と兄が言う。

それは言い換えれば、働かなくても済む経済的余裕のある男の方が、却《かえ》って居場所がないということか。

「んだら十志子さんも四苦八苦してだ時期があったよねえ」

「何度かパートさ出たことがあったべ」

「えっ、十志子が？」

「俺《オラ》も聞いたことがあるぞ。和弘が小学校さ上がったどぎ、クリーニング屋の配達を始めたって聞いで意外だったたな。上品そうに見えるけんども、車で配達するなんで男勝りだなって感心したったなぁ」

「そういえば……そういうこともあった」

ずいぶんと長い間忘れていたことだった。

「無理しすぎて腰を痛めで、半年くれえでやめだんでねがったが」

「ほんで次は市役所の臨時職員だったがな？」

「そのあと大学の食堂や売店でも働いてたべ」

「お盆に帰省すたどぎ、女《おなご》だけで縁側でお茶っこしたごどがあったよ。そんとき将来に希望が見えねとか、展望が開けねとか色々難しいごと語って十志子さん悩んでだよ」

「えっ、そんなこと、俺は初耳だけど」

だが言われてみれば、帰省したときに暗い顔をしていたようにも思う。

「ほんだって、常雄に相談してみたらば馬鹿にされたんだって涙っこ流してだべ」

「んだんだ。あの当時の時給はなんぼぐれえだったたか、三百円だか五百円だか忘れたけんども、そんな端金《はしたかね》を稼ぐくれえなら家のことちゃんとすろって叱《しか》られたってな」

「俺はそんな偉そうな言い方しないよ。誰か別の人と間違えてるんじゃないか？　本当に十志子がそんなこと言ったのかよ」

「私と姉ちゃんと二人が聞いだって言ってんだから間違いねえよ。十志子さんが疲労で寝込んだときは、言わんこっちゃねえ、パートなんかさっさとやめろって怒鳴られだって」

「怒鳴る？　俺が？　そんなこと絶対にないよ。家で威張り散らしたことなんか一回もないんだから」

「自分では偉そうにした覚えがねくても、女《おなご》からしたら威圧的に感じるもんなんだ。上司みだぐね」

「上司って……」

確かこの前も、十志子がそんなことを言っていた。

「ほんで十志子さんは、あれ以来パタリと働かなくなったのが？」

「うん、まあね」

あれ以来と言われても、それがいつのことなのかさっぱり思い出せない。

「そういえば、十志子は通信教育で何か資格を取ろうとしてた時期があった。すぐに挫折《ざせつ》したみたいだったけど」

あれは何の通信教育だったのか、日本語教師だとか翻訳だとか……だったような。

「子育ても家事もしながら資格を取るなんて、無理だべど」

「男は資格なんかねくても会社に雇ってもらえるのにな。最近は男でも派遣が多いようだけんど」

「俺《オラ》だづ庶民は、その時代時代の政府の策に翻弄《ほんろう》されるんだべさ。それをいづの間にか、昔からの常識みでに思い込んでしまってる。主婦なんか安い時給のパート仕事で十分だって見下すようになってる」

「それは……」

その考え方は骨の髄《ずい》まで沁《し》み込んでいる。兄の言葉でそのからくりがわかった今でも、主婦を見下す気持ちがなくならない。

「常雄だづ夫婦は、ちょこっと離れて生活してみだらどうなの?」

「常雄、こっちに畑付きの家でも買ったらどうだ? 俺《オラ》がいい物件を紹介してやっから。お前《め》ならキャッシュで買えるくれえの安いのが一杯《いっぺ》あるぞ」

「んだんだ。百合絵ちゃんや和弘くん一家の別荘としても使えるべさ。夏休みには孫だづに田舎暮らしを教えてやれるぞ」

「……うん、そうだな。考えておくよ」

今まで自分は十志子の何を見てきたんだろう。

どうして何もかも忘れていたのだろう。

仕事が忙しすぎて、常にストレスが溜まっていて、自分のことで精一杯だった。だけどあの時代、そうでなければ働き続けられなかったと思う。もう一度過去をやり直せるとしても、自分だけ残業せずに定時に会社を退《ひ》けることはできないだろう。だったら、どうすればよかったのか。

「それにしてもドイツ人は立派だなぁ」と突然兄が言った。

何度も聞いたことのある話なのか、姉二人はまた始まったとでもいうようにニヤニヤしている。

「第二次大戦でドイツと日本が同盟国だっだのは、知ってるべ？」

「そったらこと、みんな知ってるべさ」と長姉が言う。

「ドイツも焼け野原になったんだ。俺《オラ》が資料映像で見た限りでは日本よりひどがった」

「それで、ドイツ人が立派だっていうのはどうしてなの？」

「戦後はドイツ人も日本人も必死で働いだ。朝から晩まで、ときには休みも返上して」

「ドイツ人も残業してたのか？」

「んだよ。日本人と同じで働き詰めだったんだ。だけんど戦後十年くれえ経ってがら、こったら生活ば人間どしで間違ってんでねのがって気づいたのっさ」

「そったらごど知らねがっだ」

思わず方言が口から出てしまっていた。

「んだがらドイツは国ぐるみで生活ば変えでいったらしい。大人だけじゃねえぞ、子供だって授業は午前中で終わるんだ。だから給食がねんだっつ」

「なして日本人はそうならなかったんだべな」

俺の人生を返してくれ、そう叫びたい気持ちで尋ねた。

「また始まったぁ。兄ちゃんの欧米信仰が」と次姉が苦笑している。

「リッちゃんは兄ちゃんの考え方に反対なのか？」

「どんなことでも一長一短あるべよ。何でもかんでも白人信仰すんのはもう古いべさ。私《オラど》らにも欧米にはねえいいどごろが一杯《いっぺ》あるはずなんだ」

「んだんだ。いつの時代も男は古いんだ」

長姉が締めくくるように言って、大きな里芋を口に放り込んだ。


帰りの飛行機の窓から雲海を見た。

実家へは今や飛行機でひとっ飛び。新幹線だって通っている。

学生時代は貧乏だったこともあり、夜行列車で一晩かけて帰ったものだ。それを思うと隔世《かくせい》の感がある。この三十年の技術革新は人々の生活を大きく変えた。そして、心の有《あ》り様《よう》も変えてしまったのかもしれない。

客室乗務員がワゴンを引きながら近づいてきた。

「お飲み物は何になさいますか?」

赤いコーラの缶がチラリと見えた。

初めて飲んだのは高校時代だ。薬くさい味だとか骨が溶けるから飲まない方がいいだとか、散々の評判だった。だがその一方で、昭和四十年代の田舎では、コーラを飲むのは都会的でカッコいいことだった。

——ちょっと飲ませてみろ。

父がひと口飲んで「なんだこの変な味は」と顔を顰めたのを思い出す。だが母は、「炭酸が効いてて美味《うんめ》ね」と言った。その後も父はたぶん死ぬまでコーラを飲むことはなかったのではないか。しかし、母は孫たちとともに飲んでいた。母はピザも好きだったが、父はやはり食べなかった。

もしかして、男は味にさえ頑固で好みを変えず、時代に遅れていくのだろうか。女には柔軟性があるということなのか。

「コーラください」

口の中でシュワッと炭酸が弾けた。

田舎の高校生の青春の味がした。

8

月曜日は、午後一時に保育園に迎えに行った。

十志子に一緒に行ってくれと再び頼んでみたが、子供たちは保育園で給食を済ませてくるのだから、今日はあなた一人で大丈夫でしょうと突き放された。

マンションに帰り着いても、何が気に入らないのか漣はまだ泣き続けている。いつの日か、子供の泣き声に慣れる日が来るのだろうか。本当に神経に障る。

泣き声が少し小さくなったと思ったら、今度は「ギューギュー」と涙目で訴えてきた。

「ギューギューって何のことだ？」と漣に尋ねると、真っ赤な顔で怒りながら、「ギューギュー、ボブ」と大声で何度も繰り返している。

「うるさいなあ、全く。苛々するからやめてくれよ」

そう言うと更に大声で「ギューギュー」と耳元で言いやがる。

こちらが床に座っていると、立っている漣の身長と目線が同じくらいになる。

「おーい、葵、こっちに来てジイジを助けてくれよ。漣はさっきから何を言ってるんだ？」

葵は絵本を放り出して駆けてきた。

「おい葵、家の中を走るんじゃない。何度言ったらわかるんだ」

また大声を出してしまった。

「……ごめんなさい」

葵まで泣きそうになっている。二人で泣かれたらたまったもんじゃない。

「大きな声を出してすまなかった。ジイジ、謝るよ」

葵はこくんと頷くと、すぐに自信を取り戻したような顔つきになり、漣に何やら話しかけてやっている。

「ギューギュー、ギューギュー、ボブ」とまた漣が繰り返している。

「ふうん、ギューギューギューが欲しかったの」

「うん、ギューギュー、ボブ」

「漣くんね、牛乳飲むって言ってる」と、葵はこともなげに答えた。

「えっ、そうなのか？」

子供同士だと会話が成立するらしい。テレパシーなのか。

すぐに冷蔵庫から牛乳を出してベビーカップに注いでやると、漣はすごい勢いで飲み始めた。喉が渇いていたらしい。漣は牛乳を飲み干すと、満足した様子になり、早速おもちゃで遊び始めた。

いきなり手持ち無沙汰になった。

本か新聞を持ってくればよかった。和弘たちは新聞は電子版で読んでいるらしく、この家に紙の新聞はない。やることがないからといって、子供たちと遊んでやる気にはなれなかった。やはり子供が苦手だ。

「ジイジ、絵本読んで」と葵が寄ってくる。

「ダメだ。ジイジは頭が痛いんだ」と嘘をついて、いかにも痛そうに頭を両手で押さえてみせた。それでも「読んでよ」とうるさく言うので、「ダメだって言ってるのがわからないのか」とつい大声になる。

退職してから暇を持て余しているくせに、子供と遊んでやるのを時間の浪費としか思えないでいる。やはり男に子供の相手は無理なのだ。葵が不信感いっぱいの顔をして、漣の方へ行ってしまった。

子供の相手なんかしたくない。だが、他にすることもなかったので、部屋の隅に並べられた育児雑誌をパラパラと捲ってみた。

また例のアンケートが載っていた。

読み進めると、またもや誤植としか思えない数値が載っていた。

――夫を愛していますか？

愛していないと答えた妻が、なんと八十二パーセントもいる。姉たちも亭主に愛想が尽き果てたといって豪快に笑い飛ばしていたが、彼女らは七十代と六十代だ。このアンケートの対象は、小さな子供を抱える、結婚三年以内の妻だと注意書きにある。いったいどういう経緯で妻の心はそうなってしまうのか。まだ結婚数年で小さな子供がいるとなれば、幸福の絶頂ではないか。

下段に理由が挙げられていたので目を走らせたが、想像していたのと全く違った。

信じられないことに、「夫が家事育児を手伝わない」がダントツだった。そんなつまらない理由で夫を嫌いになるなんて、やはり最近の若い女はどうかしている。昔から妻が苦しむ理由といえば、夫の暴力や浮気やギャンブルではなかったか。

十志子も？

まさか、十志子も結婚して数年で自分に愛想が尽き果てていたとか？

それも、家事育児を手伝わないというようなつまらない理由で？

それでもずっと我慢して何十年も一緒に暮らしてきたというのか。

だとすれば、今までの家庭生活がすべて砂上の楼閣《ろうかく》だったということになる。

考えるほどに、女が不気味に思えてきた。

次のページを捲ると投書欄があった。

——一歳の男児がいる主婦です。「子育て」じゃなくて「孤育て」ですよ。本当に独りぼっちです。寂しくてたまりません。夫の帰りは毎晩十一時過ぎで、酒の臭いがする日も多いです。いっそ母子家庭か夫は遠洋漁業に出ている、とでも自分に暗示をかけようかと思います。そうすれば夫に期待せずに済む分、腹も立たないし気持ちが楽ですから。

——共働きで子供が二人。夫には憎しみしかありません。今はスーパーに行くのだけが楽しみです。その瞬間だけ気が晴れますが、寂しさは心の奥に巣くったままです。

スーパーって何だ？

まさか、スーパーマーケットのことなのか？

意味がわからず、先を読む。

——私の自由時間は、スーパーで買い物する十五分だけ。あとは全部、会社と子供に拘束されています。でも私は働けるだけまだマシなのかな。保育園に落ちた人たちなんて、ずっと子供と一緒で、一瞬たりとも息抜きができませんもんね。

——夫だけが独身時代と変わらない生活を送っています。おしゃれでスマートで、さぞかし会社でも女の子にモテることでしょう。妻なんて家政婦の役割さえすれば、誰でもいいと思ってるみたいですよ。もうホント、疲れちゃいました。死んでもいいですか？

息を呑んで最後の一行を見つめた。

「ジイジ、お外で遊びたいよ」

葵の声で、ハッと我に返った。

「お外って、どこだ？」

「コーエンだよ、葵、お砂場遊びするの」

マンションの前の広場には、砂場とブランコがあったはずだ。

「そうだな、ちょっと外に出てみるか。家の中にばかりいてもつまらないだろう」

つまらないと感じているのは自分自身だった。外の空気を吸いたくて仕方がなかった。だったら窓を開ければいいかというと、そうじゃない。ここにいると、外の世界と遮断されている気がして息が詰まりそうになる。家の中で幼い子供たちとともに世の中から取り残されたような気分になって気が滅入って仕方がない。

ああ、カフェに行って、うまいコーヒーが飲みたい。

荒木と居酒屋に行って、色んな話がしたい。

あ。

だからスーパーなのか。それほどまでに子持ちの女は自由な時間を切望しているのか。

たった十五分でもいいから一人になりたいと追い詰められているのか。だが、それと孤独とは相反しているではないか。人間はみんな寂しがり屋だから、孤独を解消するには誰かと一緒にいることが最も手っ取り早い。つまり、相手が幼児ではだめだということなのか。話が通じる相手でないと孤独感はなくならないということか。母親はみんな子供と一緒にいることが無上の喜びであると思っていた。だが、それは間違いだったのだろうか。

これは百合絵が言うところの、人間は社会的な動物だからということなのか。

「行こう。外に出よう」

いてもたってもいられないほど、外へ出たくなってきた。

漣に上着を着せて靴を履かせ、ベビーカーに乗せた。キョロキョロしながらも、大人しく言うことを聞いてくれるから助かった。

「ジイジ、これ持ってってい?」

葵が、玄関に置いてあったお砂場道具を手にしている。

「いいぞ。何でも持っていけ」

自分は何を持っていくべきかと、しばし考えた。紙パンツや飲み物なども持っていった方がいいだろうか。いや、マンションのすぐ前にある公園だから、何かあれば、すぐに帰ってくればいい。ジャンパーのポケットの中を確かめる。ティッシュと財布とスマホさえあればなんとでもなるだろう。

外に出てみると、子供連れの母親たちが、滑《すべ》り台を取り囲んでおしゃべりしているのが見えた。

「漣くん、こっちだよ」

葵は漣の手を引いて砂場へ行き、二人で遊び始めた。葵が漣の面倒を見てくれるので本当に助かる。そのお陰で、自分はこうやってベンチに座って休んでいられる。退職後は、暇で暇で情緒不安定になりそうな日常だというのに、それでもやはり孫たちと遊んでやる気にはなれなかった。大の男がお砂場遊びなど面白いはずもなく、つき合ってはいられない。本来なら読書でもしたいところだが、幼い二人から目を離すわけにもいかない。この辺りは細い道が入り組んでいるし、それを通り抜けたら幹線道路に出てしまう。いったん姿を見失ったらと想像するだけでゾッとする。

もうずいぶん昔のことだが、百合絵と和弘を連れて海水浴に出かけたことがあった。ちょうど葵と漣くらいの年頃だったろうか。二人を浜辺に座らせ、押し寄せる波が足にかかる程度の安全な場所にいた。それでも、いっときも目を離さないように神経を尖らせていた。そのときも今と同じようにつまらないと感じていたのを覚えている。学生時代のように、ボートで沖へ出たり、遠くまで泳いでいきたかった。家族サービスという言葉が大流行りの時代だった。平日は夜遅くまで働いているのに、休みの日には家族のためにサービスをしなければならないとなると、いったいいつ自分の自由時間があるのかと密《ひそ》かに憤慨《ふんがい》していた。養ってやっているのに、そのうえサービスまでしなければならないなんて、大正生まれの親父が聞いたら呆れ返るだろうと思っていた。

だが、スーパーに行く十五分だけが自由時間という母親に比べると、自分は自由だった。会社帰りに本屋に寄ったり、十志子には「つき合いで仕方なく」と言い訳して、本当は同僚たちと楽しく飲みに行ったりもしていた。そして、これも十志子には内緒だが、会社帰りに一人で映画を観に行ったことは何度もある。もちろん喫茶店に寄ることなどは日常茶飯事だった。だが、当時の十志子には自由な時間は一時間たりともなかった。十志子の母親が百合絵の生まれた年に亡くなったことを思えば、子育てを手伝ってくれる人もいなかった。だが、女は家庭を守って子供と一緒に過ごせれば幸せだと思っていたのだ。母性とはそういうものではなかったのか。

——いいわねえ。今が一番いいときよ。

海水浴からの帰り道、目を細めた中年夫婦にそう言われたのを思い出す。小さな子供を連れた自分たち若夫婦の有り様が微笑ましい光景に映ったのだろう。だが、当時の自分は常に苛々していた。子供連れで出かけたところで、面白くも何ともなかった。まさにサービスそのものだった。盆正月と年にたったの二回の休みが台無しではないかと内心では憤慨していた。だが六十代となった今、自分もあの中年夫婦と同じ境地に立っている。小さな子供を遊ばせている母親たちを、幸福の象徴のように見ている。これがイメージの刷り込みというものなのか。

「上手に滑ったわねえ」

滑り台の方から若い母親が子供を褒める声が聞こえてきた。

そういう光景を目にしたとき、ついこの前までは、呑気なものだ、亭主の稼ぎがある上で気楽な生活を享受していると思っていた。だが、あのアンケート結果を見る限り、ほとんどの母親が呑気どころか、人生に絶望しているらしい。いま目の前に見えるあの母親たちも、心のうちは曇天のようなのだろうか。そして、黒い雲、すなわち夫への恨みがモクモクと侵食を始めているのか。

実家に帰ったとき、久しぶりにアルバムを開いて、母の優しい面影を探してみた。母が写ったもの自体が少なかったが、そのほとんどがどれもこれも眉間に皺が寄っていた。だが、祖父母も父も亡くなったあとに詩吟教室に通い、その練習風景や発表会では天真爛漫《てんしんらんまん》とも思える笑顔を見せていた。

「あんよは上手、いち、に、さん」

声の方を見ると、公園の入り口から五十代と思われる女性が入ってきた。よちよち歩きの男の子と手をつないでいる。二人とも白い帽子をかぶり、女性は腰を屈《かが》めて、笑顔で男の子を見つめている。こちらに近づいてくると軽く会釈《えしやく》をし、ベンチに小さなビニールバッグを置いた。花柄のバッグから、ペットボトルとタオルが覗いている。

「あちらはお孫さんですか?」

女性が砂場の方を指さして尋ねた。

「はい、息子のところの子供です」

変質者には見られなかったらしい。答えながらホッとしていた。

「翼《つばさ》くん、お砂場で仲間に入れてもらおうか?」

男の子がコクンと頷くと、女性は男の子の手を引いて砂場へ向かっていった。

穏やかな光景だった。柔らかな日差しが砂場の上の藤棚に降り注いでいる。

女性が葵に話しかけているのが見えた。葵が緑色の小さなスコップを男の子に差し出し、男の子が小さな手で受け取った。女性に礼を言われたのか、葵が照れたように笑っている。女性はポケットからティッシュを取り出すと、漣の洟《はな》を拭き始めた。漣も大人しくされるままになっている。

古き良き時代を見るようだった。今では、偶然隣り合わせた子供の面倒を見てくれる大人は少なくなった。自分にしても、知らない子供の面倒など見てやったことはない。ましてや洟や涎《よだれ》を拭いてやるなんて考えられない。

「今日もいいお天気ね。ここ、座っていいかしら？」

ぼうっとしていたのか、背後からの声に驚いて振り向いた。

銀髪の痩せた老女が立っていた。グレーの透かし編みのカーディガンを羽織《はお》っている。

顔の皺からすると、八十は過ぎているだろう。

「どうぞ」と言いながら、少し横へずれる。

「お孫さんのお守りをしてらっしゃるの？」

「ええ、砂場にいるのが息子の子供なんですよ。留守番を頼まれましてね」

「お姉ちゃんと弟ね。可愛らしいわね」

葵の隣にいる白い帽子の女性と孫は他人だとわかっているらしい。少し前から見ていたのだろうか。

「お嫁さんはお出かけですの？」

「勤めに出ています。息子のところは共働きでしてね」

「あら、それは大変ね。育児は母親の仕事ですのにねえ」

同意を求めるようにこちらを見る。どう答えようかと迷う。

「最近は待機児童の問題で騒いでますわね。行政も何を考えているんだか」

苦手なタイプだった。私はそんじょそこらの女とは違いますのよ、問題意識の高い女なんですの、とでも言いたそうだ。

「私の時代には政府の子育て支援なんてものはありませんでしたからね。それでも歯を食い縛って、我慢して耐えて頑張ってきたんですよ。今と違って便利な電気製品もないから、衣類を盥《たらい》で洗うのも、ご飯を薪《まき》で炊くのも重労働でしたよ。今は紙オムツもある時代なのに最近の若い嫁ときたら」

そう言って、滑り台にいる若い母親たちを睨みつける。

紙オムツが出回り始めたのは、いつ頃だったろう。先日久しぶりに開いたアルバムに、赤ん坊の百合絵を抱っこした二十代の十志子の写真があった。その背景に、ベランダで風にはためく大量のおしめが写っていた。とはいえ、安売りの日に紙オムツを何パックも車で買いに行かされた記憶があるから、たぶん和弘が生まれた頃には紙オムツが出回っていたのだろう。せっかくの休日にどうして家の用事を言いつけるのかと十志子に腹を立てたから、印象深く覚えている。それを考えると、この老女が子育てをした時代に紙オムツがなかったことは確かだが、いくらなんでも炊飯器は既に出回っていたのではないか。自分が幼い頃も、貧乏な家庭でも炊飯器だけはあったように記憶している。

つまり、昔は大変だったと大げさに言いたいのか。

　前方から白い帽子の女性がこちらへ向かって歩いてきた。銀髪の老女に軽く会釈をすると、ベンチに置いてあったペットボトルのキャップを取って、立ったままひと口飲む。そのまま腰に手を当てて孫の方を見ている。

「やだあ、そんなことないわよう」

　滑り台の方から嬌声《きょうせい》が聞こえてきたので、一斉に目を向けた。

「本当よ。どこから見たってママには見えないわよ」

　言われた母親は首を左右に振りながらも嬉しそうに笑っている。「そんなことないってばあ。沙紀《さき》ちゃんのママこそ、きれいでおしゃれで、子供がいるなんて人に言ったらびっくりされるでしょう？」

「まさかまさか。私は春《はる》ちゃんママや陽太《ようた》くんママみたいに若くないもの」

　なんのことはない。三人で褒め合って慰《なぐさ》め合っているとしか思えなかった。三人とも美人でもないし、若さ特有の底抜けの明るさも既になく、ついさっきまで疲れ切って苛々していた表情を子供に向けていたではないか。

　みっともない。

　必死な何かが見えた気がして、思わず目を背けた。

　最近の若い母親はどうしてこうなんだろう。ママには見えないというのが褒め言葉になっているとしたら、根本的に間違っている。昔は母親といえば、化粧気もなく常にエプロンをしていて、髪は短くてきつめのパーマをかけていた。たぶんあれが最も手間要らずの髪型だったのだろう。今どきの母親よりも実年齢はずっと若かっただろうが、もっと堂々としていて安定感があった。だが今は外見だけでなく、内面も不安定に見えるのは錯覚だろうか。

「いやですねえ、あれじゃあ、まるで独身の娘じゃないですか。みんな化粧して着飾ったりして。私の頃は自分のことなんてかまっていられませんでしたけれどねえ」

銀髪の老女が吐き捨てるように言う。

ついこの前までなら、同意したはずだが、今日は嫌な気持ちになった。

実家に帰ったとき、お袋が実は子供嫌いだったという話を聞いたからだろうか。

ふと、高校時代の剣道部の仲間の顔が思い浮かんだ。新入生の頃、先輩にいじめられていて、見るからに弱々しい感じの男だったが、自分が上級生になった途端に後輩を執拗《しつよう》にいじめだした。そんな同級生に注意したことがある。そしたらプイと横を向き、数日後に部活を辞めてしまい、そのうち学校にも来なくなった。正義感にかられて注意したのだが、自分の驕《おご》りに気づいたのは、それから二十年くらい経ってからだ。

たとえ部活でいじめに遭っても、ほかの場面で人から褒められたり、別の方面で一等賞を取ったり、または励ましてくれる親友がいたりすれば、また違ったのだろう。いじめられっぱなしの日常では精神を正常に保つのが難しいといったことに、高校時代の自分は考えが及ばなかった。「優等生」だった自分が今では恥ずかしい。

目の前にいる老女も、あのときの同級生のように、自分が経験した若いときの苦労を、次世代の女にも味わわせてやりたいと思っているのかもしれない。そうでもしなければ、自身の恨みが晴れないのか。

「子育ては素晴らしいことでしょう？　崇高《すうこう》な仕事ですよ。子供の成長過程をつぶさに見られるんですからね。何物にも代えがたい経験ですよ」

同意を求めるように、またこちらを見る。

つい先日、それと似たようなことを百合絵に言ったばかりだから、自分には否定する資格がない。仕方なく曖昧に頷くと、老女は満足げに大きく頷き返した。

「最近の若い母親はそんなこともわからないで、働きに出たがるんですから呆れて物が言えません。そのうえ亭主に家事や育児を分担しろなんて、頭がオカシイですよ」

五十代と見える白い帽子の女性にも聞こえているだろうに、何も言わない。チラリと盗み見ると、口許を引き締めたまま、真っ直ぐに砂場を見つめている。

「女には女が果たすべき役割があるんですよ。ねっ、そうでございましょう？」

老女の声音にだんだん熱がこもってきた。

一人暮らしで話をする相手がいないのかもしれない。公園にやってきては誰彼かまわず捕まえてしゃべりまくっているのだろう。今日は自分がカモになったのか。

「子供が小さいうちはね、母親はすべてを犠牲にして子育てに専念すべきなんですよ」

そう言うと、大げさとも思えるような大きな溜め息をついた。「お恥ずかしい話ですがね、うちの長女は失敗作でした。だってね」

老女は、白い帽子の女性の方へ向き直った。「聞いてくださる？　長女が生まれた頃はね、ちょうどお金のない時期でしたの。私は産んですぐに小学校の代用教員として働きに出たんですよ。その当時は保育園なんてものはなかったですからね、近所のおばあさんに預けてね。だけど十歳離れた次女のときには、主人の商売も軌道《きどう》に乗っていたので、仕事を辞めて自分の手で育てました。ですから次女は素直でいい子に育って、近所の医院の息子に見初《みそ》められて結婚したんですよ。でも長女はもう全然ダメ。わけのわからない男に引っかかって、今も貧乏暮らし。三つ子の魂百までって言いますでしょう？　やっぱり三歳までは母親の手で育てないと、道を間違ってしまうんですよ」

白い帽子の女性はまるで聞こえなかったかのように、黙ったままペットボトルの蓋を閉めると、砂場へ戻ろうと一歩足を踏み出した。

「ねえ、あなたも同じ考えでしょう？　そうでしょう？」

老女が、白い帽子の背中に畳みかける。

ええ、まあ、などと適当なことを言ってやり過ごすかと思ったら、女性は振り返り、「まさか」と言って苦笑した。「ご自分のお子さんを失敗作とおっしゃるのはおやめになった方がいいですよ」

見ると、真顔になり、白いハンカチで口許を押さえている。

「だって本当に出来損ないですもの。主人にも散々責められましたわ。他人に預けたお前の責任だって。主人の言う通りです。せめて三歳までは母親が育てませんとね」

「それは三歳児神話というものですよね」

神話……いつだったか百合絵もそう言っていたはずだ。

「うちの娘婿《むすめむこ》がそういう考えだったんです」と白い帽子の女性は静かに言った。「うちの娘は育児を一人で背負わされてノイローゼになってしまって、結局は離婚しました。可哀想なことをしたものです」

そう言って、砂場の方へ目をやる。シングルマザーになった娘の子供の面倒を見ているらしい。

「もう少し詳しく話してくださらない？」

老女は興味津々といった態《てい》だが、白い帽子の女性は何も言わずに砂場にいる孫の方へ行ってしまった。そろそろ帰りましょうねと声が聞こえてくる。

「つまり、あの方の娘さんはシングルマザーになって生活が大変ってことかしらね」

老女がこちらに問いかけてくる。

「さあ、どうなんでしょう」

百合絵だったらと想像してみる。

いつか結婚して子供ができたとき、子育ては母親の役目だと、夫から一方的に押しつけられて窮地《きゅうち》に立たされたとしたら……。

「ねえ、あなたはどう思われます？」

老女がこちらを見てぴたりと視線を合わせてくる。

「三つ子の魂百までというのは、昔からの諺《ことわざ》でございましょう？　つまりね、先人の知恵ですからね、人間として正しい道を示しているんじゃないかしら」

「はあ、それはどうでしょう」

ついこの前までなら、この老女と意気投合したはずだ。

──古いんじゃなくて間違ってるんだよ。神話の中に生きてるんだってば。

そのとき、百合絵の言葉とコーラの赤い缶が同時に脳裏《のうり》に浮かんだ。

この老女は、たぶん自分より少なくとも二十歳は年上だろう。つまり自分は、親の世代と同じ感覚で生きてきたのではないか。時代は進んでも、自分の感覚は昔のままだった。オヤジがコーラを飲まなかったように。

白い帽子の女性が孫の手を引いて帰っていく姿をぼうっと見送った。

「ジイジ、ちょっと来て」

葵が呼んだ。「漣くんの涎を拭いてあげて。それにね葵、何か飲みたい」

「はいよ、わかった」

入り口に飲み物の自動販売機があるから、何か買ってやろう。

ベンチを離れようとすると、老女は言った。「大変ですね。大の男が赤ん坊の涎を拭いてやるなんて世も末ですよ」

普通なら、そういう言い方は失礼じゃないかと腹を立てるところかもしれない。

だが、老女が憐《あわ》れに思えて仕方がなかった。

曖昧な笑顔を返して砂場へ向かった。

漣の涎や洟を拭いてやっていると、滑り台にいた三組の母子連れも、砂場の方へ近づいてきた。それぞれが家から持参したカラフルなおもちゃのスコップやバケツを袋から取り出している。間近で見ると、その表情は決して明るいものではなかった。みんな思い詰めたような顔をしていて、ちっとも楽しそうではない。

母親が幼い子供と一緒にいる光景は幸福の象徴ではなかった。子育てに無上の喜びを感じるというのは、勝手な思い込みだった。単に世間が理想とする母親像を押しつけていただけだ。

百合絵が将来結婚して、こんなに不自由な生活を送るハメになったら、アイツのことだ、早晩ノイローゼになるだろう。

「でも私、春ちゃんママや陽太くんママと知り合えてよかった。それがなければ、一日中誰とも話すことがないもの」

「そうよね。私も日本語を忘れそうだったよ」

「これからもよろしくね」

ママ友というのを、この瞬間まで誤解していた。テレビドラマか何かの影響なのか、みっともない女同士の見栄の張り合いばかりしている関係だと勝手に想像していた。だが、ママ友がいなければ、まともな会話をすることもないらしい。そんな生活では、健全な精神を保つのは困難だ。

9

荒木から飲みに行こうと誘いがあった。

電話は嬉しかった。大人とまともに話をするのは久しぶりだ。

あれから孫の世話で疲れ果ててしまい、土日はこんこんと眠り続けた。だが慣らし保育が一週間で終わると、最初の約束通り六時までに迎えに行き、麻衣が七時に帰ってくる日々となった。少しずつ慣れてきて、この頃はそれほど疲れなくなっていた。

大の男が保育園の迎えだなんて冗談じゃないと、あれほど嫌だったのに、今では生活にリズムが生まれているのを認めざるを得ない。夜は十時前には眠くなり、蒲団に入った途端に寝入るようになった。

小さな子供を相手にするのは相変わらず苦手だったが、それでも毎日やらなければならないことがあるのとないのとでは大違いで、気づけば以前よりも時間を大切にするようになっていた。

だがやはり、孤独には違いなかった。

相変わらず十志子には避けられている。百合絵は残業のない日は中国語を習いに行くようになり、百合絵が帰宅する頃には自分は既に寝入っている。となると、日頃の会話の相手は三歳の葵だけだ。漣も「ワンワン」と言えるようになったが、犬以外の物を見ても、世紀の大発見のように目を輝かせて「ワンワン」と指を差すのだから話にならない。そのうち自分も、あの銀髪の老女のように、誰彼かまわず話しかけて持論を展開するようになるのだろうか。そう思うと怖くなる。

「カミサンが怒りまくってるんだ」

まだビールが来ないうちから、荒木は前のめりになって話し始めた。

「君江さんが?・お前、なんか悪いことしたのか?」

「そんな覚えないよ。寝室を別にしたいと言い出して、二階に自分の部屋を作っちまった」

そんなの、うちはずっと前からだよと言おうかどうか迷った。

「お前の鼾がうるさいんじゃないのか?」

「俺は鼾なんてかかないよ」

「若いときはそうでも、歳取ると気道が狭くなって鼾をかくこともあるんじゃないか?」

適当な知ったかぶりだ。

「そうじゃない。一緒の部屋で寝ると、君江は俺を刺しそうで怖くなるんだってさ」

「サシソーって、何のことだ？」

「いつだったか、就寝中の夫の頭を花瓶《かびん》で殴《なぐ》り殺した事件があったの、覚えてるか？」

「ああ、覚えてる。そのあと遺体をバラバラにして冷凍庫で保存してた事件だろ？」

「寝込みを襲えば大男でも簡単に殺せるって言うんだよ。君江は自分が殺人犯になるのが怖いんだとさ」

「君江さんがそう言ったのか？　お前を刺しそうだって？　冗談ぽく言ったんじゃなくて真剣にか？　信じられん」

「殺したいほど俺は憎まれているらしい」

十志子が二階で寝るようになったのも、同じ理由なんだろうか。

鼾がうるさいと言ったのはやはり嘘だったのか。

「君江は俺の寝顔を見ていると怒りがいくらでも湧き出てくるそうだよ」

「どうして？」

「こんな男がなんで当然のような顔をして自分の隣で寝ているのか、たいした男でもないのに偉そうに威張り散らしやがって、とな」

「君江さんが本当にそう言ったのか？　口に出して言ったのか？」

しつこく訊かずにはいられなかった。

十志子もそう思っているのだろうか。

荒木の飲むピッチは速かった。二杯目の生ビールを飲み干すと、「すみませーん、ハイボール二つね」と勝手にこちらの分まで注文している。

荒木は俯き加減になり、テーブルの上に組んだ自分の手を黙って見つめた。

「お待ち遠さまでした。ハイボールです」

目の前に置かれたグラスを見つめた。細かな泡が後から後から湧いてくる。山奥の湧き水を見ているような、清涼感があった。

夏になったら山登りでもしてみようかなと、ふと思う。

でも、誰と？

十志子は一緒に行ってくれないだろう。だったら自分一人で行くしかないのか。

荒木を誘いたいが、昔からアウトドアには興味がない男だ。

「この泡、なんだか怖いよ」

荒木がグラスを見つめて、ぽつりとつぶやいた。

「泡が怖い？　どうして？」

「いくらでも底から湧き出てくるじゃないか。君江の腹の底から噴き出す恨みみたいだ」

「おい、やめてくれよ。俺はこの泡で爽やかな気分だったんだぜ」

そう返すと、荒木は口の端を持ち上げて苦笑いし、おもむろにグラスに口をつけると、立ち上る泡を、喉をゴクリといわせて飲んだ。

まだ早い時間だが居酒屋には何組かの客が入っていて、中には夕飯代わりなのか焼き魚定食のようなものを食べている若いカップルもいる。

「実は俺、熟年離婚されちまいそうなんだ」

「考えすぎじゃないのか？　君江さんがはっきり離婚してほしいと荒木に言ったわけじゃないんだろ？」

「いや、ヤツはそう言った。離婚してくださいと、はっきりとな」

「本気で言ったんじゃないと思うぜ……たぶん」

確信がないので、語尾が弱くなってしまう。

「あーあ、水入らずで旅行しようと思ってたのにな。君江のヤツ、いったい何を考えているんだか。俺にはさっぱりわからんよ。今まで俺は仕事仕事で君江と過ごす時間が少なかったから、これからはカミサン孝行しようと思ってたのにさ」

「旅行かあ。夫婦でパリにローマに、もしかしたらアフリカ大陸も、なあんて俺も思ってたけど、十志子を誘える雰囲気じゃないよ」

「庄司のとこもそうなのか」

「そうさ。旅行は十志子へのご褒美《ほうび》のつもりだったんだぜ。飛び上がって喜んでくれると思ってたのに、それなのに……」

「俺も退職したばかりのときはそうだった。君江を旅行に誘ったら戸惑《とまど》ったような顔をして目を逸らしやがった。感激のあまり照れ隠ししてやがると思った俺はほんとめでたい男だよな。君江は言ったよ。あなたと二人で旅行するくらいなら死んだ方がマシよって」

次の瞬間、思わず噴き出してしまい、大きな声で笑った。

「死んだ方がマシだなんて……ハハハ、荒木、お前は相変わらず面白い男だな」

荒木はニコリともせず、真顔のままだった。

「庄司、俺は冗談で言ったんじゃないよ。君江が実際にそう言ったんだ」

「まさか、嘘だろ」

「君江はこうも言った。『あなたと二人で旅行というのは罰ゲームか何かですか』ってな」

「罰ゲームとは辛辣だな」

「トドメはこうだ。『私にとっては苦行でしかありません』ってな」

「意味がわからないよ。カミサンたちだって楽しいはずだよ。ホテルに泊まれば炊事や掃除からも解放されて、眺めのいい部屋でのんびりできるじゃないか。名所旧跡を巡ったり、土地の美味しい物を食べたり、きれいな空気を吸ったり……考えただけでウキウキするよ。それにさ、長年苦労して給料を運んでくれたうえに旅行に連れてきてもらって、言葉に尽くせないほどの感謝をするのが本来の妻のあるべき姿だと俺は思うよ。それなのに苦行って言い方は夫に対してあまりに失礼だろ」

言ってしまってから、友人の妻を悪く言ったことに気づき、慌てて付け足す。「君江さんは家庭的な女性で、確かパッチワークが得意だったよな」

優しい女性、とまで持ち上げることはできなかった。笑顔が少なく無口な印象がある。

「それに荒木、お前は歴史に詳しいじゃないか。名所旧跡を巡ったときに君江さんに説明してあげられるだろ?」

「そういうのがウザいらしい」

そう言って、荒木は枝豆を口に入れた。

「パンフレットを読めばわかる程度のことを、得意げに長々と講釈垂れる俺のアホ面が嫌いなんだってさ」

「そんな言い方……」

「もっと嫌なのは、『すごいわ、あなたって何でもよく知ってるのねえ』とか言って、感心した風を無理に装った過去の自分を思い出すと、反吐《へど》が出そうになるそうだ。もうあんな演技は二度とごめんだとさ」

絶句していた。

気づけば、息をするのを忘れている。

「俺はいったい今まで君江の何を見てたんだろうな」

慰める言葉も見つからない。大きく息を吸い込んでから、枝豆を手に取って眺めた。

「ボタンの掛け違いってヤツかな」と言ってみた。

「庄司、それ、よく聞く言葉だけど具体的にはどういう意味だ？」

「俺も……よくわからない」

「そういった曖昧な言葉でお茶を濁《にご》すしかないんだな、男と女っていうのは」

「そうか、そうだな」

「庄司のところはなんだかんだ言って安泰なんだろ。孫の世話を頼まれる家庭的なおじいちゃんに納まってるんだからな。いつか介護が必要になっても、十志子さんはお前の面倒をきっちりみてくれるよ。俺は庄司が羨ましい。俺んちなんか毎晩君江と話し合いさ。先週なんか朝までつき合わされたんだぜ」

「こっちこそお前が羨ましいよ。毎晩話ができるなんて、まだまだ脈がある証拠じゃないか。十志子は俺と一緒にメシを食うのも嫌なようだし、寝室も別だから、姿を見かけることも一日三回くらいで、それも一瞬のことだよ」

「でも、今のところ別れ話は出てないんだろ?」

「ああ、まあ一応な」

荒木の言う「今のところ」という言葉が引っかかる。十志子はまだ言い出さないだけで、気持ちは離婚に傾いているのだろうか。

「君江に言われたよ。『あなたは私に長年に亘って屈辱を強《し》いてきた』ってね」

「屈辱? 女っていうのはいちいち表現が大げさなんだよなあ」

荒木は何も答えず、ビールをひと口飲んだ。

「長男が小学校に上がるとき、家を買って社宅を出ただろ。そのとき、すぐに和歌山からお袋を呼び寄せて同居したんだ」

「知ってるさ。親孝行だなと感心したもんだ」

自分は四人きょうだいの末っ子だから、親の面倒は見なかった。長兄一家が実家に同居していたから安心していられた。だが父亡き後、母を何度か東京見物に連れていったことはある。そのときは十志子も甲斐甲斐しく世話を焼いてくれたし、高校生だった百合絵や中学生だった和弘もお袋には親切にしてくれたものだ。

「もともと君江は同居を嫌がってたんだが……」

「それは初耳だ」

「だけど母一人子一人で苦労をかけたから、俺としては呼び寄せたかった。当時はそれが俺の義務だと思っていたし、世間もそういう風潮だったしな」

「当時も今も変わらんだろ」

「いや、時代は変わったよ。今考えてみても、呼び寄せるべきじゃなかったと思う」

「どうしてだよ、保険の外交をしながら一人息子のお前を大学院まで出してくれて、立派なお袋さんじゃないか、親孝行しないでどうするんだよ」

「あのとき、お袋はまだ五十代だったんだぜ。健康だったしまだまだ働けたんだから、和歌山で一人暮らしをしていてもよかったんだ」

「自分が六十代となった今なら、五十代なんて若いしまだまだ働けるとは思うよ。だけどあの当時は俺たちも若かったから、五十代のお袋さんが年寄りに思えたんだろ」

「そこなんだよ。わかってくれるのは庄司だけだよ。嬉しいなあ」

もう酔いが回ったのか、顔も首も赤くなっている。荒木は同期の中でも一、二を争う酒豪だったのに、つくづく歳を取ってしまったものだと思う。

「お袋が来てからすべてが変わったよ。お袋は台所仕事に口を出した。荒木家の家風に染まってもらわなければ困ると君江に迫ったんだ。出汁の取り方から味付けや盛り付けまで、口うるさく指導したらしい」

「そうか、だけど君江さんはもともと料理がうまかっただろ？」

「ああ、そうだよ。先週聞いた話だと、だからこそ屈辱だったらしい」

「先週聞いたのか？　ってことは、それまで荒木は知らなかったのか？」

「ああ、知らなかったさ。お袋と同居するようになってから急に味噌汁や煮物が懐かしい濃い味になった。君江の得意なグラタンだのピザだのパエリアだのハイカラな料理は食卓に一切上らなくなったよ。俺は勘違いしてた。君江はお袋から料理を教えてもらって感謝していると思ってたんだ。味覚というのは家の基本だし、荒木家の味に慣れることができて喜んでいると思ってた。ほんと、俺っておめでたいよな。荒木家の味だなんて、今考えるとちゃんちゃらおかしいよ。家柄がいいわけでも金持ちでもないのにさ。それどころか君江のオヤジさんは丸菱《まるびし》商事に勤めていたエリートでお袋さんは山の手のお嬢様育ちでピアノの先生だった。俺んちみたいな貧乏家庭とは格が違うよ」

「それにしても女って本当に恨みがましいな。もう三十年も前のことなんだし、今さら料理ごときで屈辱的って言われてもなあ。やっぱり女っていうのは、つまらんことにこだわる生き物だな」

「いま庄司が言ったようなことを、実は俺も先週、君江に言っちまったんだ。そしたら逆の立場に立って考えてみろって怒鳴りまくられた」

「君江さんて、怒鳴ったりするのか?」

無口で、どちらかと言えば暗い感じの女が怒鳴るのを想像できなかった。互いに家族の歴史まで知っているとはいうものの、性格までは把握していなかった。それとも、時の流れとともに人は変わるのだろうか。十志子が変わってしまったように。

「女は結婚相手の家風に染まるために、料理も風習も習慣も変えさせられる。そのために、それまで持っていた価値観や習慣もすべて捨てなきゃならない。それをどう思うか、お前にできるのか、いっぺん真剣に想像してみろって、どえらい剣幕だった」

「想像してみろって言われてもさ、俺たち女じゃないから無理だよ。なあ、そうだろ?」

すぐさま同意してくれると思ったのに、荒木は店員を呼び止めて、ウーロンハイを二つ追加した。

「俺の従兄《いとこ》で婿養子に行ったのがいる。君江に言われて初めて、その従兄の苦労がわかった気がしたよ。男なのに向こうの家に何もかも合わせなきゃならない。生まれ育った自分の家の習慣も慣れ親しんだ味覚もみんな捨てて、妻の家に染まらなきゃならんのだ」

「だけど、そういう時代も遠い昔になったな。今の若い連中が聞いたら相手の家風に染まるなんて言葉自体、もう意味がわからんだろ」

「そうでもないぞ。うちの田舎ではいまだにそういった雰囲気が残ってるって聞くぞ」

　ウーロンハイが届き、二人とも黙って飲んだ。

「君江の話を聞いていると、自分が最悪最低の人間に思えてきた」

「そんなことないよ。家族のために一生懸命働いてきたんだ。俺たちの働きのお陰で一家は飢《う》えもせず暮らしてこられたんだし、子供たちも学校に行かせることができたんだ」

「庄司、お前は女が我慢して当然と思ってないか？」

「そんなこと思ってないさ」

「そうか……思ってなかったか。実は俺もそんなこと意識したことはなかった」

「だろ？　俺たちそんなひどい亭主じゃないぞ。それに今さら三十年分の恨みを言われたって困るよ。そのときどきで言ってくれなきゃ」

「俺も君江にそう言ったよ。だがな、何度も何度も訴えたと君江は言うんだ。あなたが聞く耳を持たなかっただけだって」

「本当にそうなのかなあ」

　十志子から訴えられたことがあったのかなかったのかすら自分は覚えていない。

「俺だって十志子に何か言われたことはあったかもしれないが、たぶん、その都度話し合ったと思うんだ。はっきりとは思い出せないが、少なくとも十志子を無視するなんてありえない。ある程度は十志子が納得いくまで話したんじゃないかな。うろ覚えだが」

そう言いながらも、何を話し合ったのか、ひとつも思い出せなかった。

「俺たち男は、自分より強い者の顔色には敏感だけど、格下の人間の感情には鈍感なんだ」

「格下という言い方もなんだかなあ」

「じゃあ女房は格上の人間だというのか」

「それはないよ」

「ほらみろ。逆になったら即座に否定するじゃないか」

「仕方ないだろ。そんなの人類共通の認識だろ。だがな、俺は新入社員のときから、上司にばかりヘイコラして部下を顎《あご》でこき使うような人間には絶対になりたくないって思ってたし、実際に会社員生活の中でそれを実践してきたと自負しているよ」

そう言いながら、会議室の隅に追いやられた段ボール箱がふと頭に浮かんだ。あんなにきっちり資料整理してやったのに、誰も見向きもしなかった。部下の誰一人として自分に頼っている者はいなかったということだ。部下に持ち上げられていい気になり、本当の部下の気持ちなんて全くわかっていなかったのではないか。

「何かあるたびに十志子さんと話し合ったと言っているが、十志子さんは納得なんかしてなかったんだよ」

「どうしてそんなことが荒木にわかるんだ」

「君江に言われたんだ。話の途中で女が急に黙ったとしたら、それは納得したからじゃなくて諦《あきら》めたんだってさ」

「諦めるってどういうことだ」

「これ以上、亭主と話し合っても何の進展もないと見限るのさ」

「それは、いくらなんでもひどいじゃないか」

「深い溝があるからな、男と女には」

「だったら、俺はどうしたらよかったんだ？」

「……わからない。ともかく俺としては離婚は避けたいんだ」

「だよな。今さら男の一人暮らしはまずいよな」

「だから、まだ話し合いは続けるつもりだ」

そう言って、荒木は揚げ出し豆腐を箸で切り分けて口に運んだ。「庄司はあれからどうなんだ？　保育園の迎えの方は」

「どうもこうも散々だよ。一歳や三歳のガキの相手なんて、大の男がやる仕事じゃないよ。俺には向いてない」

「だけど、お前には挽回《ばんかい》のチャンスが与えられている。羨ましいよ」

「子守りが、あんなに大変なことだと思わなかったよ」

「そんなに大変なのか、女には母性本能が備わっているけど俺たちは男だからな」

荒木はまた店員を呼び止め、酒を追加した。

「おい庄司、俺の人生って何だったんだろう。やっと定年まで辿り着いたと思ったら、このザマだ。君江にも息子たちにも疎《うと》まれている。それなのに君江と息子三人は今も仲がいい。これってどういうことだ？」

「最近の女子供は感謝の気持ちが足りないんだよ。それだけのことさ」

「そうか、そういうことか、やっぱり溝がある」

荒木は腕時計を目の前に掲げた。「ここに来てもう二時間が経つ。その間、お前に色々な話をした。だがお前の結論は、女が感謝知らずってことだけで、何の進展もない」

「そりゃそうさ。男たるもの、そんなに簡単に信念を曲げられないよ」

「だよな。だから女は諦めるのかな」

「何を諦めるんだ？」

「男をだよ、夫をだよ。だから何も話さなくなるんだ。何を言っても変わらないし、そもそも聞く耳を持ってない人間なんかに訴えても時間と労力の無駄だからな。腹が立つだけで嫌になる」

「ちょっと待てよ、荒木。急に女の味方をしだしてどうしたんだよ。一生懸命働いてきた俺たちの過去はどうなる？　妻子を養ってきた努力はどうなる？」

「金さえ運べばいいってもんじゃないだろ。金だけが大切なら俺たちより稼ぎのいい男の方がよかったんじゃないか？」

「長年に及ぶ残業や顧客を接待した苦労なんかはどうなるんだ？」

「女は気づいてるよ」

「何に？」

「夫は残業やらつき合いと言っているが、実際はそれだけじゃない。楽しんでいたことにね。昔と違って、俺たちの世代は、結婚までの腰掛けとはいえ、妻たちも会社で働いていた。だから嘘を見破ってる」

「やっぱり女の嗅覚《きゅうかく》って鋭いのかな」

「女が男に比べて特別に鋭い感覚を持っているわけじゃないさ。下の者が上の者の顔色を窺って生きる。どこの世界でもそれは同じだろ。俺たちが上司の顔色を見ていたようにね。生殺与奪《せいさつよだつ》の権を上司が握っているわけだから」

「俺は十志子の上司だってことか」

「そうさ。下々のものは常に神経を遣っているが、上の者はお気楽なもんさ。専務の馬鹿面を思い出してみろよ」

　そう言って、荒木はフッと冷めたような笑いをした。

「息子夫婦もそのうち俺たちみたいな腐った夫婦になるのかなあ」と荒木は、つぶやくように言った。

「最近の若いのは違うんじゃないか？」

「それがそうでもないらしいぜ。ひと口に若い世代といっても千差万別だよ。イクメンもいるらしいけど、相変わらず封建的な男も多いらしいぜ」

「そういや、世界経済フォーラムだかで男女格差の順位が日本はかなり下位だってニュースで聞いたな。韓国や中国より順位が下らしい」

「何年かして日本がアジアの中で最下位ってことになったら恥ずかしいな。日本より下位なのは、パキスタンとかタジキスタンとか、少数らしいぞ」と荒木は深刻な顔になった。

「荒木がそんなことを気にする男だとは知らなかったよ」

「だって、アジアで最初に先進国になったプライドがあるだろ」

「だよな。そうだよな」

　つい先日、和弘に小物呼ばわりされたばかりだが、荒木には日本を背負ってきたという自負があるのかもしれない。

荒木、ホントそうだよな、俺たちだって自負を持っていていいんだよな。

確認するように、心の中で荒木に話しかけていた。

「つまりさ庄司、日本も形だけでも変わんなきゃマズイってことだ。要は国会議員や会社役員の中で女が占める割合を増やせばいいんだろ。だけど、どうしてそこまで女にサービスしなきゃならんのか俺には理解できないけどな」

荒木は、いかにも苦々しいといった感じの顔で吐き捨てた。

「世界は欧米人の考え方がスタンダードになってるから、それに従わざるを得ないよ」

「百合絵ちゃんはどうしてる？　嫁にもいかずに総合職でバリバリ働いているのか？」

「ああ、そうだよ。結婚する気はないらしい」

「女は早いうちに結婚した方がいいぞ。会社で出世しようと思ったら男の何倍も努力しなきゃならないだろ。それに、うちの会社の女性役員がみんな美人だったことを思うと、女が出世するにはお色気も必要かもな」

荒木が下卑《げび》た笑いを浮かべてこっちを見た。

カーッと頭に血が上った。

百合絵をそういうふうに言わないでもらいたい。アイツは俺に似て頭はいいが、それ以上に努力家でもあるんだ。色気で勝負するような女に育てた覚えはない。

沸々《ふつふつ》と怒りが煮えたぎったが、黙って酒を飲んだ。こんな所で荒木と言い争っても仕方がない。息子が三人で娘のいない荒木には何を言ったところで感覚的に理解してもらえないだろう。

「でも庄司、お前には日本を変えるチャンスがあるぞ」

いきなり話が変わったのか、それとも酔いが回ってきたのか。

「お前は自分の息子を改革しろ。国際標準に合うようにしてやれ。老後に嫁さんが夫源病にならないようにするには一刻も早く手を打たないとヤバイぞ」

「他人事みたいに言うんだな。荒木にも息子がいるだろ。それも三人も」

「俺は無理だ。お前は保育園に孫を迎えに行って息子夫婦のマンションに送り届けている。俺は嫌われているから手伝うことさえできない」

「荒木だって、そのうち孫ができれば俺んちみたいにSOSが来るかもしれないぞ」

「……だといいけどな」

「ところで、どうやって息子を改革すればいいんだ？」

「具体的には……思い浮かばないが」

「どうすれば十志子とうまくやっていけるのか、それがわかっていない俺が息子にアドバイスできることなんてひとつもないよ」

「そうだな、その通りだ。だけど、ともかく俺は離婚を阻止するぞ」

「そもそもこの歳になって離婚すると不経済だよな」

「それそれ、最も大きな問題はそこなんだよ。俺たちの世代は年金も少ない。持ち家はあるが、郊外の小さな家を売って折半したところでたかが知れてる。そのあと、それぞれ賃貸マンションを借りたりしたら、途端に生活が苦しくなるのが目に見えている」

「経済的に苦しくなるのを覚悟したうえで離婚したいと君江さんは言っているのか？」

「そうだ。つまり、心底愛想が尽きたんだな」

なんとも返事のしようがなかった。

十志子が離婚を切り出さないのは、金に困るからだろうか。金に困らなければさっさと離婚したいと思っているのだろうか。そんなはずはない……と思いたい。

いったい俺が何をしたっていうんだ？

だが、十志子に離婚を切り出されたら……と想像すると、本当に怖くなる。財産を折半するとなると家を売ることになる。ご近所とも長年のつき合いだから、噂の的になるのも嫌だし、同情の目で見られるのも耐えがたい。だから離婚後は今の場所を離れたい。そうなると、どこかに小さなマンションを借りて暮らすことになる。近所の地理やスーパーの場所なども一から覚えなければならない。そして近所に知り合いは一人もいない。十志子ならどこに引っ越してもすぐに顔見知りができるかもしれないが、自分には無理だ。百合絵や和弘や孫が頻繁に訪ねてくるとしたら、それは十志子のいる場所であって、自分の所ではない。つまり子供にとっての実家とは、生まれ育った建物ではなくて、十志子そのものなのだ。

だとすれば自分は本当に孤独になってしまう。一日中誰とも話さない毎日となるかもしれない。

月々の年金を折半するとなると額が少なすぎて気晴らしもできない。外食さえままならないだろう。家賃を払わなくてはならないのが痛い。

なんとしてでも離婚は避けなければならない。

そのためには、どうすればいいのか。

「そろそろ帰るか」

荒木が上着を引き寄せた。

「荒木、また会えるか？」

「ああ、いつでも連絡くれ」

荒木に会うまでは楽しい気分だったのに、帰りは寂しさと苦しさを感じていた。

この前の同期会のときもそうだった。

歳を取って暇になると、こんなにも厄介な精神状態になるのだろうか。

のんびりした豊かな老後はどこへいったんだろう。

10

いつも通り、葵を先に迎えに行ってから、葵と一緒に漣の保育園に行った。

漣は葵の姿を見つけると、途端に嬉しそうな顔になる。急いでこちらに向かってバタバタと走ってきた。

若い保育士が、にっこり笑って汚れ物の入った大きな袋を差し出す。

「園長先生から少しお話がありますので、少々お待ちください」

しばらく待っていると、七十歳前後と見える女性が現れた。ゆったりした明るい色のブラウスを着ていて、太っていることもあり、見るからに包容力がありそうだ。

「漣くんのおじいちゃんですね。初めまして。わたくし園長の山口《やまぐち》です」

「初めまして。庄司です。いつも漣がお世話になっております」

「漣くんのことなんですけどね、今朝もまたバナナだったようですね」

いきなり何の話かと戸惑っていると、園長は眉間に皺を寄せ、連絡帳を開いてみせた。

連絡帳は一日一ページで、上段が保護者が書く欄で、下段は保育士が園での様子を書き込むことになっている。朝食の欄もあり、家で食べた物を記載するのだと麻衣からは聞かされていた。

「ほら、ここです」と、園長は指で差した。

——バナナ、コーンフレーク、牛乳

「昨日は、これです」と園長がページをめくる。

——バナナ、パン、オレンジジュース

「今まで何度もママに注意したんですけど、なかなか改善されなくて困っているんです」

「……そうでしたか」

「バナナというのは、元々は南方の人間の食べ物です。日本人はやはりお味噌汁とお米のご飯が基本じゃないでしょうか。そうでないとお腹に力が入らないでしょう?」

白米よりもバナナの方がずっと栄養価は高い。そう言い返してやりたいのをぐっとこらえた。

自分が子供の頃、バナナは高級品だった。風邪を引いて寝込んだときくらいしか食べさせてもらえなかった。日頃から粗食だったから、風邪をこじらせると一気に体力が落ちた。だから栄養価の高い物をとお袋は無理して買ってくれたのだろう。

「最近の若いお母さんは少しでも楽をしようという傾向がありましてね、本当に困ったものですよ。私の時代はオムツだって布だったんですから洗濯も大変でしたのに」

だからなんなんだ？

若い母親に苦労させてやりたいという意地悪な心で言ってるんじゃあるまいな。そもそも、あの洗濯物の量の多さはなんなんだ？　麻衣が洗濯だけでも疲れているのをアンタ知らないだろ？

いや、待てよ。もしかして園での紙オムツ代を節約しているのではないか。単なる業突《ごうつ》くババアなのか？

そういえば、この園では、毎月第一月曜日に五個パックのティッシュを持ってくる決まりがあると麻衣が言っていた。予算が少なく、経営が厳しいのだろうか。

ふと、足もとの袋に目を遣《や》った。今日も洗濯物の量は半端じゃない。

――子供は物言わぬ人質みたいなものですから。

麻衣の言った意味が初めてわかった。

園長、アンタの方針は女の浅知恵そのものだよ、と喉元まで声が出かかるのをやっとの思いで抑えた。

「そうですか、では漣の母親に伝えておきます」

愛想笑いをしたつもりだがぎこちなかったかもしれない。園長が探るような目で見たようで気になった。身内の目の届かない園内で子供は長時間を過ごす。まさに人質だ。保育者の機嫌を損ねないように、もっと気をつけねばならない。その一方、葵が通っている保育園は公立だからか、いい悪いは別にして、プライベートにまで口を出して細かく指導することはないから気が楽だった。

洗濯物の大きな袋を肩にかけ、漣を抱っこし、葵の手を引いて車の所まで行きかけたとき、見事に咲き誇る藤棚が目に入った。

思わず立ち止まって見とれていると、「漣くんのおじいちゃん」と背後から声をかけられた。振り向くと、女の子の手を引いた若い母親がにっこり笑っている。今日も細身のジーンズ姿で茶髪に大きなピアスをしている。

「園長先生に朝ご飯のこと言われちゃったんでしょう?」

「そうなんだよ。ああいうことは、よく注意されることなの?」

「しょっちゅうだよ。陰ではみんな怒ってるよ。ただでさえ疲れまくっているのに、園長先生のお陰でストレス倍増だもん。だからね」

いきなり声を落として一歩近づいてきた。「注意された次の日から、私ね、連絡帳に味噌汁とご飯と海苔《のり》と焼鮭《やきじやけ》って書いたの」

そう言って、ペロッと舌を出す。

「嘘を書いたってこと？」

「そうなの。でもね、それが失敗のもとだった。あれ以来、園長先生に睨まれちゃって」

「もしかしてバレたの？　どうして？」

「この子、四歳なんだけど、おしゃべりが上手なの。だから朝はメロンパン食べてきただけって正直に言っちゃったんだよ」

「なるほど」

「だけどさあ、親の言うことを疑って子供に質問する園長先生もどうかと思うんだよね」

「ほんとだね。それは厄介だ」

「でもお宅なら大丈夫だよ。まだ漣くんはそんなにしゃべれないでしょ？」

「そうだね。適当に書いておくようにママに言っておくよ」

「それにしても、園長先生からマルがもらえるような旅館の朝食みたいなのを用意するのって、いったい何時に起きたらいいんだろうね」

さっきまでの笑顔が一瞬にして思い詰めたような暗い表情に変わり、じっと宙の一点を見つめる。

「体力的に私、もうこれ以上働けないよ」

そのとき、「お疲れさまっ」と元気のいい声が聞こえてきた。背の高いポニーテールの母親だった。

「どうしたの？　春陽《はるひ》ちゃんのママ、大丈夫？　疲れきった顔してるよ」

「疲労でぶっ倒れちゃいそう」

「わかるわかる。でもさ、子供のためにも元気出そうよ」

「よく言うよ。賢人《けんと》ママは実家が近いじゃないの。大量のパンツとズボンは実家のお母さんが洗濯してくれるんでしょう？　お惣菜《そうざい》も作って持ってきてくれるって聞いたよ。うちは夫婦揃って実家が遠いから誰も手助けしてくれないんだよ」

「悪かったわね。要は、いつまでも親に甘えてるなって言いたいんでしょう？」

そう言い返した賢人ママも目の周りに隈《くま》ができている。声をかけてきたときは潑溂としているように見えたが、もう一日分の体力を使い果たしたと言わんばかりに、猫背になっている。

「正直言うと、この前までは、賢人ママみたいに親に甘えている人は人間として成長できないと思ってたよ。でも、それは私の醜《みにく》い嫉妬《しっと》だった。甘えるも何も、利用できるものは何でも利用しないと生きていけない。私だって、家政婦を雇えればって思うもん」

「わかるよう」

背後からハスキーな声が聞こえてきた。

きちんとスーツを着た母親が、ベビーカーに女の子を乗せている。

「私も誰かに甘えたい。家にお母さんがいればなあって思うと涙が出そうになる」

しんみりした空気になったと思ったら、その母親はニヤリと笑い、「そう言う私は、もう三十八歳の立派なオバサンですけどね」と言って笑った。

「やだあ、美咲《みさき》ママ、自分のことオバサンだなんて言っちゃだめ。歳なんて関係ないよ」

「寂しいのはみんな同じよ、ねえ」

「ほんと、ほんと、誰かに優しくしてもらいたくなるよねえ」

母親ばかりの会話の中に、場違いな自分がいてもいいものかと思ったが、葵と漣がベビーカーの前にしゃがみ込み、小さな美咲に何やら話しかけていて、帰ろうとしない。

「オツカレサマデース」

そのとき、おかしな発音が聞こえてきた。

「日本人ノ奥サン、イイネー」

鰓《えら》の張った四角い顔の男はそう言うと、母親たちを嬉しそうに笑って見渡した。三十代半ばといったところだろうか。ベビーカーに可愛い女の子を乗せている。

「玲玲《リンリン》のパパは会うたびにそう言うよね。何で日本人妻がいいのよ?」

「日本人ノ奥サン優シーヨ。ダンナサン帰ッテキタラ出迎エテ鞄《カバン》持ッテクレテ、コート脱ガセテクレル。ゴハンノ準備デキテル。風呂モ沸イテルノ羨マシーヨ」

昔の日本映画でも見たのだろうか。三つ指をついて出迎えるような映画かもしれない。

「玄関まで出迎えたりしないわよ」

「ソーナノ？　シナイノ？」

「台湾人の奥さんはどうなのよ？　優しくないの？」

会話が面白くて、その場を動けなくなった。漣がジャンパーの裾《すそ》を引っ張るので抱っこしてやると、眠いのか、頭をこちらの肩にことんと預けて大人しくなった。

「台湾人ノ奥サン我慢シナイ。僕ノコト、ボロクソ言ウ」

ボロクソなどという日本語を知っているのがおかしくて、思わず笑うと、男も親しみの籠った目を向けてくれた。

「台湾人ノ奥サン、家事シナイ。全然シナイヨ」

「ああ、そのことなら仕事先で聞いたことがありますよ」と知らない間に口を挟んでいた。「台湾では台所のないマンションが大流行りだとか」

「えっ、台所がないの？」

「不便でしょう。食事はどうすんの？」

「三食全部外食ヨ。昔カラ、ソーイウ文化ネ。朝ゴハンハ豆乳ニ揚ゲパンヲ浸シテ食ベルノヨ。トッテモ安イヨ。ダカラ台所イラナイネ。ソノ分、部屋ヲ広クデキルネ。台湾人、合理的ヨ。部屋ノ掃除モ、円盤型ノロボット掃除機ニ、オ任セヨ」

台湾には専業主婦は滅多におらず、子供ができても働くのが当たり前だと、台湾に出張に行ったときに聞いたことがあった。

「いいなあ、私も台湾人と結婚すればよかったかも」

会話を聞いていた若い母親が溜め息をつきながら言った。

「僕ハ、大和撫子ト結婚シタカッタヨ」と男性が笑う。

「中国人の男性って料理も育児もやるよね。映画なんかで見るとそんな感じだよ」

あまりいい気分はしなかった。日本人の男はダメだと言われている気がした。ＧＤＰだけではなくて、夫としての価値も中国系に負けているのだろうか。

――何年かして日本がアジアの中で最下位ってことになったら恥ずかしいな。

荒木の言葉を思い出していた。

それにしても、押し付け合いになるほど、家事育児はつらいものらしい。女性なら誰にでも簡単にできると思っていた自分は何だったんだろう。兄の言うように、政府に洗脳されてしまっていたのだろうか。

「だったら、玲玲のママにとって、日本で暮らすのは不便でしょう？　だって、一家全員が毎日外食してもいいような安い店はないんだし」

「不便、不便、トッテモ不便ネ。ダカラ何デモ使イ捨テヨ。食器ハ使ワナイ。イツモ紙皿ト割リ箸ネ。缶詰ヤ冷凍食品ノ買イ置キデ台所ハ一杯ナノヨ。栄養サエ足リテレバ、ソレデイーノヨ」

「ええっ、羨ましい。うちのダンナなんて、手抜き料理だとブスッとして箸をつけないんだよ。全く」

「アハハ、ソノウチ日本人ノダンナサン、使イ捨テニサレルヨ」

台湾人の男が愉快そうに笑ったのが不愉快だった。

11

漣が泣いているのを無視してテレビを見ていると、玄関ドアの鍵がガチャリと開く音がした。

やっと麻衣が帰ってきた。麻衣の顔を見ると安心感が広がる。

「お帰り」

「お義父さん、今日もありがとうございました」

「漣はどうしてああいつもビービー泣くんだ？」

「は？　さあ、どうしてでしょう」

「母親ならわかるはずだよ」

怒りを抑えて穏やかに言ったつもりだが、麻衣の表情がさっと強張《こわば》った。

「私は漣じゃないからわかりません」

「わからないわけがないだろう。どんなことにだって原因があるものだ」

「それはそうかもしれません。でもオムツも濡れていない、お腹も空いていない、それでも赤ん坊は泣くんです。原因がわかったら誰も苦労しません。それともお義父さんにはわかるんですか」

「男にわかるわけないじゃないか。だけど麻衣さん、アンタは母親だろ。母親なら子供の気持ちがわかるはずだ。母性とはそういうものだろ」

次の瞬間、麻衣の表情は能面のようになり、何も読み取れなくなった。さっきまで怒りを抑え込んだような目つきをしていたのに。

――話の途中で女が急に黙ったとしたら、それは納得したからじゃなくて諦めたんだってさ。

ふと荒木の言葉を思い出した。

今まで、麻衣とは話らしい話をしたことはない。それなのに、もう俺という人間に愛想を尽かしたのか。

諦めるとは、なんて悲しい言葉なんだろう。

そういう自分も、似たような経験をしたことが何度かある。とんでもなく仕事のできない社員が自分の部署に回されてきたときのことだ。代議士のコネを使って入社してきた若者だった。礼儀正しいから感じのよい青年に見えたが、とにかく仕事ができない。何度懇切丁寧に教えてやっても、一向に覚えられない。だから部署をたらい回しにされる。本当は馘《くび》にしたいところだが、与党の代議士がバックについているから邪険にもできない。そのうち誰もが彼に仕事を教えるのを諦めるようになった。そして資料の整理だとか営業回りの荷物持ちをさせることになったが、それすら満足にできなかった。だが彼は天真爛漫だった。だから、みんなからムードメーカーと持ち上げられ、会社に居座り続けた。

——何度言っても無駄だ、理解力がなさすぎる。

女から見た俺は、あの青年と同じだとでもいうのか。

これ以上、説明しても無駄だと?

時間がもったいないとでも?

十志子に百合絵、そして今度は麻衣だ。

身内の中での人間関係の失敗を、俺はいったい何度繰り返せば気が済むのか。

いや、身内だけではないのかもしれない。自分で気づいていないだけで、部下の女性社員たちからも、同じような目で見られていたのではないか。彼女らはいつもニコニコしていたが、陰ではせせら笑っていたのだろうか。諦めていたから何の意見も言わず、ハイハイと従っていたのだろうか。女だけじゃない。男だってそうだ。だってあの段ボールは一度も開けられていなかった。きっと年末の大掃除のときにでも、掃除のおばさんに箱ごと引き渡すに決まっている。

もう失敗はしたくない。

こういうときは……そうだ、相手をじっくり観察するのだ。気難しい顧客に応対したときのことを思い出せ。相手の言葉に耳を傾けて本音を引き出すのだ。その際、こちらの個人的な感情を悟《さと》られないよう、常に笑顔でいることが大切なのだった。仕事だと思えば、そんなことぐらい朝飯前だ。

余計なことは言わずにおこう。注意するなんて言語道断だ。

「麻衣さん、今のは悪い冗談だよ」

そう言ってハハッと声に出して笑ってみせた。

「えっ？　冗談？」

　怪訝な顔でこちらを見ながらも、台所仕事の手を止めない。

「もしも俺が時代遅れの頑固オヤジなら、こういう風かなって考えたんだ。テレビドラマでそういうの見たから」

「なんだ、やだお義父さんたら。メッチャ迫真の演技でしたよ。騙されちゃいました」

　屈託ない表情で笑っている。

「私の周りでもね、母性神話とか三歳児神話をいまだに信じているバカがたくさんいて、ホント参りますよ」

「ほう、そうなのか。それは困ったもんだね」

　麻衣の言わんとすることはさっぱりわからなかったが話を合わせた。話しやすい雰囲気を作ることが大切だ。本音を引き出すにはその方法しかない。

「前の会社でも、三歳までは母親が育てるべきだなんて言って、産休を取る女性社員を堂々と非難する上司もいたんですよ」

　それがどうした？　その上司が言っていることは正論だと思うが？

「ほう、それは困ったね」

「でしょう。化石みたいですよね」

「ああ、本当に」

「女性社員全員に嫌われていましたよ。私も最初は我慢してましたけど、最後の方はもう顔を見ただけで鳥肌立っちゃうようになりましたもん」

「わかる、わかる」

全く理解できなかった。

なぜ鳥肌が立つのか。女ってものは本当に理解できない。その上司こそ犠牲者だ。可哀想じゃないか。

麻衣は相変わらず茶を淹れることもなく、バタバタと立ち働き、洗面所の方へ行ってしまった。

「えっ、すごいっ。マジで？」

洗面所から麻衣の大声が響いてきたと思ったら、満面の笑みで顔を覗かせた。

「お義父さん、漣の汚れ物を洗剤に浸けておいてくださったんですか？」

「うん、そのやり方で合ってたかな」

毎日の孫の世話で疲れを感じるようになったのに、なぜか体が鈍《なま》っている。神経ばかり遣って体を動かしていないせいだろう。だから、持ち帰った汚れ物を風呂場でサッと洗い流し、浸け置き用の洗剤を見つけ出して、プラスチックの桶《おけ》に浸しておいたのだ。見様見真似だったが、たぶん麻衣もこうやっていたはずだと見当をつけた。

「お義父さん、本当に助かりますっ」

たったそれだけのことで、これほど大げさに感謝されるとは思っていなかった。

「だって和弘さんは何もやってくれないんですよ」

言ってから、しまったという顔をした。夫の親の前で、夫の悪口を言ったことを非常識だと思ったのだろう。

「和弘にも困ったもんだよねえ」

とにもかくにも相手に同意してみせる。すると相手は気を許して本音を少しずつ出してくる。それは、営業部にいた頃に学んだ心理作戦だ。

「今日も本当にありがとうございました」

そろそろ帰ってほしいという合図だ。夫の親がいたら寛げないのだろう。

麻衣は米を研いで炊飯器のスイッチを入れると、小走りでベランダへ行き、洗濯物を取り込んでいる。そしてまた目の前を横切って台所へ戻っていく。息つく暇もない。

麻衣が通り過ぎるとき、目の周りに隈ができていて頰がこけているように見えた。

「じゃあ、そろそろ帰るよ」

そう言うと、麻衣は大根を切る手を止め、こちらを振り返る。

「そうですか、ありがとうございました」

パッと明るい表情になった。

それでも、玄関先まで見送りには出てくる。

「俺なんかより、十志子の方がもっと気が利いて役に立つんだろうけどね」

「実家の母と電話で話したとき、バアバよりジイジの方がいいかもしれないと言ってました」

「ほう、それはどうして？」

「うちの母が言うには、バアバというのは赤ん坊の泣き声に耐えられなくて、泣かさないようについつい甘やかしてしまうらしいんです」

「どうして泣き声に耐えられないんだろう。若いときに子育てをしてきて慣れているだろうに」

「うちの母は、兄夫婦の子供をたまに預かるんです。そういうとき、自分が子育てした遠い昔のことをまざまざと思い出してしまうと言ってました」

「いいことじゃないか、思い出して参考にすればいいよ」

「嫌なことばかり思い出すらしいんです。苛々して子供を邪険に扱ったり、ひどい言葉を投げつけてしまったり、ときには手を上げたりしたことを思い出して、慚愧《ざんき》の至りでいたたまれなくなるようでした」

「……そうなのか」

「母親というのは、あのときああしてやればよかった、あんな言い方するんじゃなかったって、後悔を死ぬまで引きずるらしいです」

「それは大変だな」

「子育ての責任を一人で背負わされていると、そうなるんでしょうね」

「えっ？　そうか……そうなのか」

自分には知らない世界がたくさんあるらしい。想像したこともない感情がある。

やはり、百合絵の言うように世間知らずらしい。

12

和弘から電話がかかってきた。

まだ朝の七時半だった。

――オヤジ、悪い。今日は朝から漣を見てくれないかな。

「保育園には行かないのか？」

──熱が出ちゃってさ。といっても三十七度五分でたいしたことないんだけど、これくらいでも保育園は預かってくれないんだよ。本人は至って元気で食欲もあるんだけどね。葵は平熱だから今から保育園に預けに行くところだけど、オヤジ、すぐにこっちに来られる？

「ちょっと待て。葵が家にいてくれる方が助かるんだが」

漣と葵は一緒に遊ぶことが多いから、その間は子供たちから離れてソファで本を読むこともできる。しかし、漣だけなら一時も目を離せず気が休まるときがない。

──オヤジがそう言うなら、葵も休ませるよ。で、何時頃こっちに来られる？

電話の声を聞きつけたのか十志子がリビングに入ってきて、心配そうにこちらを窺っている。

「そうだな、あと十分くらいしたら家を出るよ」

──サンキュー、恩に着るよ。

電話が切れた。

まだ起きたばかりで顔も洗っていなかった。急いで洗面所に向かう。

「どうしたんです？　和弘のマンションに行くんですか？」

「漣が熱を出したらしい。たいした熱じゃなくても保育園は預かってくれないんだと」

「一日中となると大変ですね。お昼も用意できてないんだろうし」

「一緒に行ってくれるか？」

そう尋ねると、一瞬の間を置いて、「そうですね、そうしましょう」と答えた。

「そうか、助かるよ」

「あ、いえ、やはり、お昼を作ってからあとで持っていきますわ」

「そうか、じゃあそうしてくれ」


マンションに着くと、和弘は既に会社に出かけたあとだった。

麻衣が慌ただしく葵と漣に食事をさせている。

「お義父さん、急なことで申し訳ありません」

「いや、いいんだ。ご飯は俺が食べさせるから、もう出かけていいよ」

「ありがとうございます。では、あとはお任せします。それで、子供たちのお昼は……」

麻衣はそう言いながら台所へ走り、冷蔵庫を開け閉めしている。

「昼は十志子が何か作って持ってくるらしい」

「本当ですか？　それは助かります。何から何まで本当にすみません」

そう言って、麻衣は安心したような顔を見せた。

「じゃあ行ってきます。葵も蓮もジイジの言うことをよく聞くのよ」

「はあい、ママ、行ってらっしゃい」

麻衣が出ていくと、途端に漣が不機嫌になった。覚束《おぼつか》ない足取りで玄関まで歩いていく。母を慕う小さな背中が不憫でたまらなかった。しかも熱があるというのだ。

子供が病気のときくらいは母親がそばにいてやってほしいと思う。だが、そんなことを言っていたら、この日本では女性が働き続けることはできない。ジイジが力になってやろう。「イザ」というのは、こういった地味な積み重ねを言うのかもしれない。

「漣、ジイジのところへおいで」

涙を浮かべた漣が振り返り、こちらへふらふらと近づいてくる。思わずギューと抱きしめた。

昼前になると、十志子がやってきた。

「バアバだ」

葵が玄関まで迎えに出る。

「美味しい物を持ってきたわよ」

リビングに入ってくると、十志子はテーブルの上にいくつものタッパーを並べていく。

「これはね、葵ちゃんと漣くんのおやつよ」

久しぶりに見るデザートだった。百合絵や和弘が子供の頃、十志子がよく作ってやっていた。寒天で固めた牛乳の中に、缶詰の桜桃《さくらんぼ》やパイナップルが入っている。自分も大好きで、よく食べたものだ。

「こっちはお昼ご飯よ」

出汁巻き卵やら煮物やらポテトサラダなどがぎっしりと詰め込まれている。

「こんなにたくさん、葵、食べられるかなあ」

葵の問いかけに、十志子がフフフと笑った。

「これはママとパパの晩ご飯も入ってるのよ。ママは会社から帰ってからご飯を作るの大変だからね」

「ふうん、大変なんだ」

十志子は子供たちにご飯を食べさせ始めた。

「俺の分はないのか？」

「どうぞ、召し上がってください」

小皿と箸を並べてくれたので、適当につまんで食べる。

十志子は漣に食べさせ終えると、台所に入り、忙しそうに立ち働きだした。

ソファでぼうっとして見ていると、あとでまた上司から監視されていたようだと言われてしまう。だが、十志子は具体的な指示を出してくれない。

——見ていたらわかるでしょう。

ふとベランダを見ると、昨夜干したと思われる洗濯物が風に揺れていた。ベランダに出てタオルに触ってみると、既に乾いている。

「俺は洗濯物を取り込むよ」

そう声をかけると、間髪《かんはつ》を容《い》れず「お願いします」と返ってきた。

次々に部屋の中へ放り込む。

ベランダに面した和室で洗濯物を畳んでいると、十志子が襖《ふすま》を開けた。

「あなた、リビングで畳んでくださいな」

「どうしてだ？」

「私はお風呂の掃除をするので、子供たちを見ててください」

「わかった」

子供からは目を離せない。それだけでも本当に骨が折れることだ。

「あら？　あれは何ですか？　まだ乾いてなかったの？」

十志子がベランダにはためく洗濯物を指さした。

「いや、あれは麻衣の下着だから。男の俺が触るのもどうかと思って」

そう言うと、十志子は思いきり眉間に皺を寄せた。そして汚い物でも見るかのように、こちらを一瞥すると、何も言わずに部屋を出て行った。

どういうことなのだろう。何か悪いことを言っただろうか。まさか、麻衣の下着も取り込んで畳めということなのだろうか。

十志子はそのあとも本当によく働いた。風呂掃除のあとは、台所の流しを磨《みが》き、どの部屋にも掃除機をかけた。玄関の三和土《たたき》も、使い捨ての雑巾で水拭きした。そして、自宅の冷蔵庫から持参した食材で、夕飯の味噌汁も作り終えた。

「麻衣も幸せ者だなあ。十志子のような優しい姑は滅多にいないぞ」

「麻衣さんもしんどいんですよ」

「わかってるさ。パートに出ている上に、育児も家事も全部一人でやるなんて大変だもんなあ」

「パートじゃありませんよ。フルタイムですよ」

「時給で働いているんだからパートでいいんだよ」

十志子は横を向いてアイロンがけをしたまま返事をしない。

「ここまでやってくれる姑はいないぞ。麻衣も感謝しなきゃな」

そう言うと、十志子は手を止めてこちらに向き直った。

「こうやって舅姑に家の中に入られて掃除されるのも、しんどいんですよ」

「意味がわからん。助かるに決まってるじゃないか」

「自分の留守中に、夫の両親に家の中をあちこち見られるのは精神的にも嫌なもんですよ。プライベートな空間が侵食された気持ちになるものなんです。この世に自分の居場所なんてないと感じるお嫁さんもいるみたいですよ」

「そうか、そういうものなのか」

だが、勝手に鍵を開けて入ってきたわけじゃない。和弘が電話してきて病児保育を頼んだのだから。

「麻衣さんの実家が近ければ、私たちに助けを求めたりしないでしょ。実の親の方がいいに決まってますもの」

十志子はもくもくとアイロンがけを終えると、葵を膝に乗せて絵本を読んでやっている。漣は十志子の肩に手を置き、横から絵本を覗き込んでいる。立っている漣と座っている十志子の高さがほぼ同じだった。

絵に描いたような美しい光景だと思った。写真に収めたくなり、スマホで写した。

カシャッとシャッター音がすると、十志子がチラリとこちらを見た。

またもや上司の監視に思われたのだろうか。目つきが冷たいように思う。

「おしまい」と絵本を読み終えると、十志子は立ち上がった。

「私は、もうそろそろ帰りますよ」

十志子はやるべきことをやったという充足感に満ちた顔をして帰っていった。

ベランダを見ると、洗濯物はなかった。麻衣の下着も取り込んで畳んだようだ。

麻衣に誤解されたくなかった。麻衣が帰ってきたら、十志子がやったと言っておかなければまずいことになる。


七時を過ぎて家に帰ると、珍しく百合絵がリビングにいた。

ウィルキンソンを飲みながら、ポテトチップスを食べている。

「今日は早いんだな」

「疲労が溜まっちゃってさ、出先から真っ直ぐ帰ってきちゃったよ」

「そうか、みんな疲れてるんだな。今日の麻衣さんも疲れた顔をしていたよ」

「だろうね。会社から帰っても家事育児で座る暇もないらしいね。想像しただけで結婚したくなくなるよ」

「十志子は？」

「たぶん、お風呂だと思う」

「あっ、しまった」

麻衣に洗濯物のことを言うのをうっかり忘れてしまった。

「どうしたの？」

百合絵がたいして関心もなさそうに尋ねた。

「洗濯物を全部取り込んで畳んだんだが、麻衣さんの下着だけは十志子が畳んでくれたんだ。それを麻衣さんに言うのを忘れてしまったよ。俺が畳んだと思われたら嫌だなあ」

「キモ」

「だろ？　気持ち悪いジジイだと思われたら嫌だよなあ」

「そうじゃないってば。麻衣さんはアンタのことを男だと思ってないんだよ」

「え？　男じゃなくて何なんだ？」

「単なるジジイだよ。男でも女でもない老人だよ。枯れ木みたいなもんだよ。なのにアンタが気を遣ってること自体が気持ち悪いんだってばさ」

「……そういうものか」

自分は、今では一介のジジイなのだった。東北大出の大日本石油の部長だった庄司常雄ではなくて、葵と漣のジイジに過ぎないのだ。ジイジというのは決してギラギラした男であってはならないのだ。

バアバと呼ばれるようになった女は、どこから見たって、とっくに女ではないと思っていたが、ジイジもそうだったとは知らなかった。女はババアになるが、男はいつまでも男だと思っていた。どうして何でもかんでも自分の都合のいいように考えてしまうんだろう。

だが、会社での「退職後の心得講座」でも、そこまでは教えてくれなかった。

「俺はこれからも、洗濯物を全部畳んでもいいのかな」

「そりゃそうだよ。家事は思いつく限り何でも手伝ってあげるのがいいと思うよ」

「あら、百合絵、帰ってたの？」

風呂から上がったばかりなのか、十志子は頭にタオルを巻いている。

「あなた、お願いがあるんですけど」

十志子から頼みごとをされるなんて珍しいことだ。どんな願いでも聞いてやるぞ。ここで挽回しないと、今後の生活が危うくなる。荒木のところみたいに離婚を切り出されたらたまったもんじゃない。

「いいよ、なんだい？」

火星を爆破してほしいというような無理難題でもない限り、何でも叶えてやろうと心に決めた。

「パリ子とイタリア旅行したいんだけど」

「えっ？　パリ子と？」

パリ子というのは、十志子の短大時代の親友だ。大学生のときに、パリに二週間の語学留学をしたのがきっかけでフランス贔屓《びいき》になり、何かと言うとフランスを引き合いに出して日本を馬鹿にすることから、パリ子というあだ名がついたと聞いている。

「旅行って……」

俺が何度誘っても断わったくせに、パリ子とだったら行きたいということなのか。

さっきは何でも望みを叶えてやろうと思っていたが、猛然と腹が立ってきた。

十志子を見るが、目を合わせようとしない。

「パリ子のダンナは何て言ってるんだ？」

「どこでも好きなところへ行っておいでって、言ってくれたらしいわ」

本当だろうか。

俺もついて行きたいのだが……。

「だって、パリ子のご主人は男らしいもの」

「えっ？　男らしいっていうと？」

「女の後ろを金魚の糞《ふん》みたいについてきたがるような男じゃないもの」

それは皮肉なのか？

辛辣に響くとわかったうえで、わざと言ったのか？

問うように十志子を見るが、やはり目を合わせようとしない。

百合絵がじっと耳を澄ましているのが視界に入る。

「……そりゃあ、なんていうのかな、いいんじゃないか？　イタリアだろ？　もちろんいいよ、行っておいでよ」

「そう、ありがとう」

ホッとした顔を見せた。無邪気な笑顔を久しぶりに見た気がする。

旧友のパリ子と旅行に行きたいというそれだけのことでも、言い出しにくかったらしい。緊張が解かれたような表情をしている。自分で思っているより、自分はずっと嵩高い亭主なのかもしれない。

それまで考えたこともなかったが、十志子から見れば、やっと上司の許可を得られたという感覚なのか。

「早速パリ子にメールしなきゃ」

「だけど十志子、病気の方は大丈夫なのか」

情けないことだが、なんとか引き留めようとする未練がましい自分がいる。

「お医者さんに勧められたのよ。気の置けない人と旅行でもしてきたらどうかって」

気の置けない人。それは、夫ではなくてパリ子らしい。

パリ子はいつ会っても派手な色彩の洋服を着ている。ただでさえ背が高いのにハイヒールを履いている。目も鼻も口も大きすぎる上に化粧の濃いパリ子の顔が思い浮かぶ。

八つ当たりだとはわかっているが、パリ子が忌々しくてたまらなくなった。

13

荒木は、呷《あお》るようにビールを飲んだ。

「君江が口を利いてくれなくなったんだ」

他人事ではなかった。自分もそうなりかけていた。今のところ百合絵は憎まれ口とはいえ、一応は話をしてくれるし、嫁の麻衣もたとえ和弘に対する恨みをぶつけるという形であったとしても会話がある。

だが十志子のように、諦めきった顔をして何も言わなくなったら、再び心の扉を開けるのは容易ではない気がしていた。

「だけど荒木、この前は君江さんと毎晩のように話し合っているると言ってたじゃないか」

「あれが最後のチャンスだったみたいだ。それを俺はみすみす逃してしまったらしい」

この世の終わりとでもいうような暗い横顔を見せて、荒木は手酌《てじゃく》でビールを注いだ。

「今になって考えると、君江があれほど真剣に怒りを爆発させていたのに、それでも俺は君江を軽く見ていたのかもしれない。君江が言ったよ、たかが女のヒステリーだと思ってるんでしょう、そのうち収まると思っているんでしょう、だからいい加減な返事してるんでしょうってな」

「そうか、それで荒木はどう言い返してやったんだ?」

「言い返せなかった。図星だったからな」

「図星って……」

荒木を馬鹿にできるはずもない。つい最近までの自分も、似たようなものだった。

「それ以来、君江が口を利かなくなった。つくづく俺って頭が悪いと思ったよ」

「えっ、そんなはずないだろ。荒木ほど優秀な男は滅多にいないぞ」

「実は俺もそう思って自惚《うぬぼ》れてこれまで生きてきた。だけどな、家庭内においては、いつまで経っても懲《こ》りない男だったらしい。この前ここで庄司と飲んだときも君江との仲を何とかしていい方向へ持っていかないとまずいと肝《きも》に銘《めい》じたはずだった。だけどまたしてもヘマをしてしまった」

「ヘマなんていうレベルじゃないだろ」

「じゃあ何なんだ。ヘマじゃなくてなんなんだ？」

まだたいして飲んでいないのに、荒木の目が据わっているように見えた。

「荒木は君江さんをナメてるよ。俺が十志子をナメてたようにね。でも、まだ間に合うと思う。君江さんが口を利かないとは言っても、家を出ていったりはしてないんだろ？」

「もちろんさ。だって君江に言われたんだよ。出ていくのはアンタだ、とな」

荒木は大きな溜め息をつくと、「すいませーん、ウーロンハイふたつ」と、やけくそのように声を張り上げた。

「はいよっ、ウーロンハイふたつねっ」と威勢のいい返事が店内に響く。

「それで、どうするんだ。荒木は出ていくつもりなのか」

「なんで俺が出ていかなきゃならないんだよ。あの家は俺の名義なんだぜ。俺が稼いだ金で買った家なんだ。出ていくなら君江の方だろ」

「まさか……そのことを君江さんに言ったのか？」

「なんでまさかなんだよ。もちろんその場で言い返してやったよ。はっきりとな」

「そしたら君江さん、どうした？」

「黙ってじっとこっちを睨んでた。目に涙を溜めて変な顔になって……」

屈辱で顔が歪んだのではないか。腕白《わんぱく》な男の子を三人も育てるのは大変だったろう。そして、五十代の若さだった姑との何十年にも及ぶ同居、それなのに、金を稼いだのは俺だと夫に言いきられたら……。

百合絵が将来結婚してそんな状態になったとしたらと想像するだけで嫌な気持ちになる。今後はもう、百合絵に結婚を勧めるのはやめようか。

「なあ、庄司、俺はどうすればいいんだろう」

「どうって訊かれてもなあ」

お前は救いようがないよ。そう言いそうになった。荒木は自ら懲りない男だと言いながらも、実は今もまだ懲りていないのではないか。君江さんを今もナメきっているではないか。

——お前は自分の息子を改革しろ。国際標準に合うようにしてやれ。老後に嫁さんが夫源病にならないようにするには一刻も早く手を打たないとヤバイぞ。

この前会ったとき、荒木はそう言ったのではなかったか。だから自分も息子の手本になろうと決めたのだった。それが人生最後の大仕事だと勢い込んでいる。それなのに荒木はまだ長年に亘って苦労させた君江さんを見下している。そんな男にこれ以上何を言っても無駄としか思えなくなってきた。

ハッとした。

だから十志子は自分を諦めたのか。

諦めるとは、こういうことなのか。

君江さんの本心は、離婚に向かっていたのではなく、何としてでも夫婦関係を改善したかったのではないだろうか。だから果敢《かかん》に話し合いを持とうとしたのだ。しかし、荒木から見たら、長年の恨みつらみを訴えてくる君江さんは鬱陶しいだけだった。だが、まだそのときは修復の可能性はあったはずだ。それに、女は往々にして現実的だ。老後の資金や棲《す》み処《か》の確保を、男の荒木の何倍も真剣に考えたことだろう。だからこそ、離婚するよりも腹を割って話し合って折り合いをつけた方が得策だと踏んでいたのではないか。なんせ日本人の女は長生きなのだ。

「荒木、どう考えても離婚は避けた方がいいと思うぜ。君江さんを路頭に迷わせるわけにはいかないだろ」

こういうときは現実的な話をした方がいい。昔なら息子が三人もいれば、そのうちの誰かが母親の君江さんを引き取って面倒を見てくれたかもしれないが、残念ながら今の時代では考えにくい。

「俺も離婚は避けたいよ。離婚調停ともなると、家も年金も半分くらい持っていかれるだろうしな。だが口も利いてくれないんだから、取りつく島がないよ。なあ、どうすればいいのかなあ。庄司、何かいい案はないか？」

「そうだなあ、今後は君江さんを上司だと思って丁重に扱えばいいんじゃないか？　うん、それしかないよ」

そう言うと、ビールを飲んでいた荒木はいきなり噴き出した。その途端、ビールが気管に入ってしまったらしく、激しく咳《せ》き込み始めた。

「君江を上司だと思えって？」

「そうだよ。それまでの人間関係で得をしていた方は、今後もずっとそのままの状態でやっていきたいと思うもんだ。だけど損をしていた方は、何とか変えようと必死なんだよ」

「だから？」

「逆の立場に立ってみたらどうだ。そうしないと、君江さんの気持ちは理解できないだろ」

「馬鹿らしい」

そう言いながらも、荒木は宙を見つめた。

14

十志子はパリ子とイタリア旅行に出かけてしまった。

テーブルの上に便箋《びんせん》が一枚置いてある。

留守中の食事のことなどを、きれいな字で書き残してくれている。

「こんなことまでしないと、女は出かけられないのかあ」

百合絵が苦々しい顔つきで便箋を眺めている。

「一日目の夕飯は冷蔵庫に入っている南蛮漬《なんばんづ》けを食べてください、だってさ。えっ、もしかして母さんが作ったの？」

百合絵は椅子から転がり落ちるようにして降りると、台所へ早足で歩いていき、冷蔵庫を開けた。

「おやおや母さんの手作りじゃありませんか。久しぶりだなあ。私も食べていいよね？」

上目遣いでこちらを見る。

「ああ、ご自由にどうぞ」

「ラッキー。最近は手料理が少なくなってたのに、イザとなると母さん頑張るね。後ろめたかったのかな?」

「何が後ろめたいんだ?」

「本当は父さんだってイタリアに行きたかったんでしょう?」

「……まあな」

「でもありがたいことだよね。食事を用意して行ってくれるんだもの」

「そうは言うが、二日目は福《ふく》寿司から出前を取れって書いてあるぞ。三日目以降は何も書いてないが、俺は何を食えばいいんだ?」

「出前って、一人前でも届けてくれるもんなの?」

「さあ、どうだろ」

「ついでに私の分も取ってくれてもいいよ。一人前じゃあ寿司屋にも悪いじゃん」

「ちゃっかりしやがって」

「母さんが出かけたら、きっと父さんは不機嫌になると思ってたよ。でもそうでもないね。なんだか父さん、生き生きしてるじゃん」

十志子がいなくなった途端に、なぜだか解放感に浸るようになっていた。自分でも意外だった。

「たまには十志子がいないのもいいもんだな」

明るい十志子ならそばにいてほしいが、夫源病でどんよりした十志子が家の中にいると、自分はどうやら一瞬たりとも寛げていなかったらしい。勝手なことを言うようだが、私がこうなったのはあなたのせいよと、四六時中責め立てられているようで気が休まらなかった。そのことに気づいたのは、十志子がイタリアへ旅行に出かけてからだ。

夫婦であろうが親子であろうが、たまには離れてみることも大切らしい。

別居や離婚は深刻だが、旅行というのはちょうどいいのではないか。

明日は、昼間から一人で近場の神社でも巡ってみるかな。それとも、本屋に行って面白そうな本を買って、そのまま喫茶店に行ってゆっくり読むか。

考えてみれば、どれもこれも十志子がいようがいまいができることばかりだった。何しろ普段から十志子には相手にされていないのだから、自分はいつでも自由ではあるのだ。

いっそ、一人旅でもしてみるか。

いや、そんなことよりも……。人生最後の大仕事が待っているのだった。和弘を国際標準の男に仕立てなければならない。そのためには、まず自分自身が変わらなければ……。

その夜は、南蛮漬けを食べることにした。

どの棚を探しても白米のレトルトが見当たらなかったので、米を洗って炊飯器にセットした。十志子のヤツ、何を考えているのか、密閉容器の蓋を開けてみると、鯵《あじ》の南蛮漬けは食べきれないほど大量に作り置きしてあった。もしかして、これは一週間分なのか。つまり、毎日同じもので我慢しろということなのか。

以前は違った。十志子が親戚の用事などで家を留守にするときは、細々とした気遣いがあった。冷蔵庫の中には様々な惣菜が入った容器がびっしりと並んでいて、ラベルまで貼られていたし、寿司屋から出前を取るとしても、十志子が前もって電話しておいてくれたのに……。

気づけば、炊飯器をじっと見つめていた。

最近、動きを止めてぼうっとしていることが多くなった。保育園へ孫を迎えに行く仕事がなければ、自分は精神を病んでしまうのではないかと思うことがある。

ふうっと思いきり息を吐いてから、「よしっ」と気合いを入れた。

朱塗《しゅぬ》りの盆を出し、その上にご飯茶碗と箸を置き、南蛮漬けを皿に取り分けた。あとは炊飯器の電子音を待つだけだ。

テレビを点けた。退職してからは、テレビを見る時間が長くなった。点けっ放しだから、気づけば料理番組をぼうっと見ていることもある。最近は、男でも料理ができる方が良しとされているらしい。そりゃあ何だってできないよりはできる方がいいに決まっている。

チャンネルを次々と変えてみるが、面白い番組がなかった。だったら、飯が炊けるまでサラダでも作ってみるか。自分も学生時代は節約のために自炊していたのだ。そう思い立って冷蔵庫を開けると、レタスとトマトがあった。切って皿に盛るだけで完成だ。

しばらくすると、炊飯器の電子音とともに、玄関ドアが開く音がした。

「ただいま」と声がして、リビングに百合絵が入ってきた。「へえ、やればできるじゃん」と食卓を見渡している。「飯を炊いて、レタスをちぎっただけだ。一緒に食べるか」

「うん、食べる。母さんの南蛮漬けがあると思って、今日は何も買ってこなかったの」

百合絵が炊きたてのご飯をよそい、向かいに座る。何だか照れくさいような気がして、またテレビを点けた。

「何これ。酸《す》っぱすぎるし甘すぎる」

百合絵は心底残念そうだった。箸を止めて南蛮漬けを見つめている。「料理を作らなくなると、さすがの母さんも腕が落ちるのかな。あれ、父さんたらサラダにお醬油《しょうゆ》かけて食べてるの？　冷蔵庫にドレッシングがあるはずだよ。取ってこようか？」

「いや、要らない。俺は野菜には醬油か塩をかけて食べるのが好きなんだ」

「へえ知らなかった。夫も苦労するね」

「どういう意味だ？」

「だって、母さんが留守のときだけ、自分の好きなように食べるってことは、普段は母さんに遠慮してるってことなんじゃないの？」

「そうじゃないさ。大の男が食べ物にあれこれ文句を言うなんて、みっともないからだよ。男っていうのは出された物を黙って食ってりゃいいんだ」

考えてみれば、今まで何十年もの間、十志子が美味しいと勧める市販のドレッシングをかけて食べてきた。本当はフレンチドレッシングなんかより醤油の方が好きなのだ。

そうだ、明日はキュウリに味噌をつけて食べてみよう。幼い頃、三時のおやつといえば、いつもそれだった。

「父さん、このレタス、茶色くなってるじゃない」

「あ、ごめん。先っぽがちょっと茶色いな」

「何だか汚らしいわね。トマトだって、ほらここ、熟しすぎててグニャグニャだよ。なんか不潔っぽい」

「大げさだよ。嫌ならきれいな所だけ選んで食べればいいだろ」

百合絵は返事もせず、箸を置いて立ち上がった。「今日は卵かけご飯でいいや」

そう言うと、台所へ入っていった。

百合絵の背中を、ぼんやりと目で追いかけた。

料理というものは、人の分まで作るとなると、見かけの清潔感が大切らしい。石鹸《せっけん》で手も洗ったし、野菜は流水でよく洗ったし、包丁も俎板《まないた》もきれいだった。だから、自分は不潔でないことを知っている。だけど、食べる側の人間は、でき上がった物しか見ないから、作る工程はわからない。

人の分まで作るのは、どうやらかなり気を遣わなくてはならないらしい。

「私、明日から出張だから」と、器に割り入れた卵をかき混ぜながら百合絵が言う。

「どこに？　何日くらい行くんだ？」

「シンガポールに二泊三日。お寿司の出前を取るのは私が帰国してからにしてよ」

「ああ、わかった」

アツアツのご飯に、醬油で茶色くなった溶き卵を落とすのを見ていると、あまりに美味しそうで羨ましくなってきた。だが今さっき、男は出された物を文句を言わずに食べるものだと言ってしまった手前、俺もやっぱり卵かけご飯にしたいなどと情けないことを言うわけにもいかない。我慢しようと思えば思うほど、一層うまそうに見えてくるから腹が立つ。

「父さんが家に何日も一人でいるの、久しぶりじゃない？」

またしても、気づかぬ間に百合絵の卵かけご飯をじっと睨んでいた。

「うん、そうだな。久々に羽を伸ばすとするかな」

「え？」

「例えば何をして？」

「それは……これから考える」

妙な敗北感に襲われていた。

さっきまで、ウォーキングも兼ねて近場の神社でも巡ってみようと考えていた。だが、十志子がイタリアで百合絵がシンガポールなのに、自分は自宅から歩いていける神社なんて惨《みじ》めすぎる。やはりニューヨークくらいでないと、男として恥ずかしい。

いったい何をすればイタリアやシンガポールに行くよりも有意義な日々だと胸を張れるのだろう。


翌日はいきなり気温が上がった。

だからなのか、朝起きてリビングに行くと、生ゴミの臭いが立ち込めていた。

百合絵は既に旅立ったらしく、姿はなかった。

それにしても嫌な臭いだ。ゴミ出しの日は何曜日なのだろうと、冷蔵庫の横に貼ってあるゴミカレンダーを見た。

注意書きが目に飛び込んできた。

あ、今日だ。

――朝八時までにお出しください。

慌てて壁の時計を見ると、八時半を過ぎていた。だがゴミ収集車は地域を順に回ってくるのだろうから、まだ来ていない可能性は高い。今なら間に合うかもしれない。そうは思ったが、起きたばかりで顔も洗っていないし着替えてもいないから億劫《おっくう》だった。だが、今日を逃したら次は来週だ。

次の瞬間、ハッと憑《つ》かれたように寝室へ戻り、急いでパジャマを脱ぎ捨てると、昨日穿いていたズボンとシャツを着た。

いい歳をした男が両手にゴミ袋を持って走る姿を、近所の誰かが二階のカーテンの隙間から見ているような気がしてならなかった。

構うものか。

女房に逃げられたわけじゃない。イタリアに行かせてやっているのだ。この俺が四十年近く屈辱に耐え抜いて稼いできた金で女房が外国旅行をしているのだ。何か文句あるか。

気を取り直し、ゴミ置場を目指して坂道を上った。自分では走っているつもりだが、人が見れば早歩きくらいだとわかっている。そんな体たらくでも、なんせ運動不足なので、もう息が上がっていた。でももうすぐだ。次の角を曲がった所だったはず。

「あら庄司さん、ゴミ収集車、もう行ってしまいましたよ」

角を曲がろうとしたとき、エプロン姿の女性が角からひょっこり顔を見せた。斜向《はすむ》かいの家の奥さんだった。和弘や百合絵が幼い頃は、彼女のことをコリー犬のおばさんと呼んでいた。何代目か知らないが、飼う犬はいつもコリー犬だったからだ。

「もう行ってしまったんですか、こりゃ残念」とおどけて見せるしかなかった。コリー犬のおばさんの目に、いかに自分の姿が惨めに映っているかと思うと、そうせざるを得なかった。

「十志子さんが羨ましいわあ。うちの主人も庄司さんのような夫ならよかったのに」

そう言って、上品そうに微笑む。

「え？　それはまたどうして？」

彼女の夫は八十歳近いが、いつ会っても厳しい顔をしている。

「だってイタリアでしょう？　それもお友だちと。いいわねえ。十志子さんが言ってらしたわ。家のことは心配ないんです、うちの主人は家事は何でもできますからって。ほんと羨ましい」

「そう……でしたか」

なんで十志子はそんなことを言ったのだろう。家事は何でもできるなんて。

「庄司さんなら奥さんに靴下を穿かせてもらったことなんて、一度もないんでしょう?」

「靴下、ですか?　ええ、もちろんありませんけど」

「もしかして、お風呂に入るときも十志子さんは着替えを用意しておかないの?」

「着替え、ですか?　はい。タンスから適当に自分で出して着てますけど?」

「ふうん、そうなの。そういう家庭もあるのねえ」

世代の違いを感じていた。いや、世代のせいだけとはいえないのではないか。実家の親父だって、そんなことくらい自分でしていた。

自分は十志子に上司みたいだと言われたが、この女性はまるで奴隷《どれい》みたいだ。彼女の夫は、いつ見かけても苦虫を噛み潰したような顔をしているが、意外と家ではひょうきん者かもしれないなどと想像していたのに、そうではないらしい。

この奥さんの人生は苦労続きではないか。あの夫に比べたら、自分は何倍もマシではないか。そう思うと、気分がいきなり軽くなった。

「最近お会いしていませんが、ご主人はお元気にしておられますか?」

確か、ゼネコンを定年退職して既に二十年近くが経つはずだ。どうやって日々を過ごしているのか聞いてみたかった。

「えっ、宅の主人ですか?」と驚いたようにこちらを見る。「心臓を悪くして入院したんですよ。十志子さんにはお話ししたんですけどね」と疑うような目を向けてくる。十志子から聞いていないということは夫婦間に会話がないことを悟られてしまったかもしれない。

「ああ、そういえば聞いたんだった。最近物忘れがひどくなりまして」

「やだわ。庄司さんはまだお若いじゃないですか」と朗らかに笑う。「うちのはもう歳ですからね、そろそろお迎えが来てもおかしくないですわ」

奥さん、嬉しそうですね、と思わず言いそうになった。底抜けに明るい少女のような笑顔だった。

夫婦も色々だ。連れ合いに先立たれると、何年も立ち直れない妻や夫がいると、ドキュメンタリー番組で見たばかりなのに、コリー犬のおばさんは夫が死ぬのを心待ちにしているように見える。

「ゴミ袋を家に置いておくと臭いがすごくて」と話題を変えてみた。

「袋を二重にしてベランダに置いておくといいですわ」

「ありがとうございます。そうします。それじゃあ」と話を切り上げて家に戻った。

とりあえずコーヒーでも飲もうと台所へ行くと、テーブルの上にメモが置いてあった。

――父さんへ。トイレットペーパーの買い置きがないみたい。買っておいてね。

廊下にある観音開きの収納庫を開けてみた。ティッシュが一箱ポツンとあるだけだった。ペーパー類は常にストックしてあったのに、十志子はそういう目配りをすることも放棄したのだろうか。冷蔵庫の中にしたって、チーズも牛乳もあと少しでなくなりそうだし、食パンは一枚もない。以前の十志子なら、泊まりがけで出かけるときは、冷蔵庫の中にぎっしりと食品を詰め込んでいたものだ。それ以外にも、煎餅や饅頭《まんじゆう》が菓子盆の中に入っていたし、冷凍庫にはアイスクリームがいくつも入れてあって、ダイニングテーブルには菓子パンまで置いてあった。

それなのに……何もない。

「ええっと、それで、俺は朝ごはんは何を食べればよかったんだっけな」

独《ひと》り言《ご》ちながら、十志子の便箋を読み返す。だが朝食については何も書かれていなかった。

「トーストでいいとするか」とオーブントースターに一歩近寄ってから、食パンが一枚もないのを思い出した。インスタントコーヒーもあと少ししかない。

諦めて、その日はカフェでモーニングを食べることにした。帰りにスーパーに寄ろうと決め、車に乗り込む。どうせなら行ったことのない国道沿いの店にしよう。駐車場も広かったはずだ。

カフェのドアを入ると、驚いたことに、そこは男性老人の溜まり場のようだった。奥の方に、図書館で見たことのある顔もいる。それぞれが新聞や雑誌を読みながら黙々とモーニングセットを食べていた。みんな毎日ここに来ているのだろうか。そう思えるほどに、緊張感もなく自宅にいるかのように寛いでいて、だらしなくて汚らしく見えた。

いつも同じような顔ぶれであれば、女ならすぐに顔馴染《なじ》みになって親しくなるのだろうが、男はそうもいかないらしく、誰一人として話している者はいなかった。それでも自分だけが新参者であるようで、なんだか落ち着かず、食べ終えるとすぐに店を出た。

大型スーパーに着くと、まだ早い時間なのか客は少なかった。カートを引いて、トイレットペーパーの売り場を探し当てると、すぐ隣にティッシュも売っていたのでついでに買っておくことにした。そのあと食料品売り場へ行き、牛乳に食パン、チーズにハムと目についた物を次々に放り込んでいった。

慣れないことをしたからか、家に帰るとどっと疲れを感じた。

家の中はシンとしていた。

もしも十志子が先に死んで、百合絵が結婚するなり一人暮らしを始めるなりして家を出て行ったならば、今日のような生活がずっと続くことになるのだろうか。

そんなことを想像したからか、その日はいつになく保育園へ迎えに行くのが楽しみだった。三歳の葵でも構わないから、親しい誰かと話をしたくなった。


夜になると百合絵が出張から帰宅した。

「夕飯にカレーライスを作っておいたぞ」

「父さんが？　へえ、すごいじゃん」

百合絵が子供みたいに嬉しそうに笑った。

「トイレットペーパーも買っておいたぞ」

「ありがと。カレーのいい匂いがする。着替えてからいただきます」

鍋を火にかけ、ご飯をよそってやった。デザートに果物も買っておいたのだった。

「さっきトイレに入ったんだけど、ずいぶんと高級なトイレットペーパーを買ったんだね」

「そうか？　あれは高い方なのか？」

「セレブなんとかっていうだけあってフワフワじゃん。あんなのでお尻拭くのは貴族だけだと思ってたよ」

百合絵は向かいの席に着き、スプーンを手に取った。

「悪いけど、このカレー、薄すぎる。もしかしてスープカレー？　違うよね。カレー粉が足りてなくて味がない」

「そうか、それは悪かった」

さっき自分も食べたのだが、確かに美味しくなかった。

「父さん、悪いけどカレー粉を足してもいい？」

「ああ、もちろんだ。好きなように味付けして食べてくれ」

百合絵は台所へ行くと鍋を火にかけ、味を調節してからまた戻ってきた。

「うん、美味しくなった」と満足そうに食べている。

「デザートもあるんだぞ。ほら、すごく立派だろ」

「その枇杷《びわ》、いくらしたの？」と百合絵がなぜか顔を顰めた。

「いくらだったっけな。忘れたよ」と言うと、さらに百合絵の眉間の皺が深くなった。

「俺さっき食べたんだけど、すごく甘くて瑞々《みずみず》しかったよ」

「そりゃそうでしょうね。高い果物はほぼ間違いなく美味しいよ。だけど父さん、物の値段、わかってる？　その金銭感覚で老後は大丈夫なの？」

「えっ？」

喜んでくれるとばかり思っていたので、気分が一気に沈んだ。

「十志子のヤツ、南蛮漬けだけ作って出かけてしまうんだもんなあ。ひどいよ、全く」

自分が作ったカレーを否定され、いそいそと買ってきた枇杷まで否定された。そのショックから、つい愚痴を言いたくなってしまったのだった。

「父さん、いい勉強になったんじゃないの？」

「そうだな。ちゃんと味を見なきゃな。確かに薄すぎたな」

「カレーのことじゃないよ。家族が美味しいと思ってくれる食事を毎日作らなきゃならないプレッシャーのことだよ。私はそんな重圧に耐えられそうにない」

「確かに……そうかもしれない」

カレーの味はどうか、枇杷を褒めてくれるかどうか、そうやって知らない間に百合絵の顔色を窺っていた。これが毎日のように、それも何年も続くことを思うと、精神を病んでしまいそうだ。

百合絵はさっさと食事を済ませると風呂へ向かった。

と思ったら、すぐに風呂から出てきた。

「父さん、お風呂に入ったあと、ちゃんと窓開けたの？　黴《かび》だらけだよ」

「そんなことないだろ」

浴室を見に行くと、タイルのあちこちが黒ずんでいた。

「たった三日くらいでこんなになるのか?」

「だから母さんが北向きのお風呂はジメジメして嫌だっていつも言ってるじゃないの」

「そうだったか」

「それに、洗濯物が溜まってるよ」と百合絵が脱衣室に置かれた洗濯かごを指差す。

「そりゃ溜まるさ。毎日風呂に入って着替えてるからな。ズボンとポロシャツも毎日替えてるし。何だよ百合絵、そんな顔するなよ、大丈夫だよ。十志子が帰ってきたら洗濯してくれるからさ」

「アンタ、卑怯だよ」

「どうしてだよ」

「夫は外で働いて妻は家を守るっていう役割分担が今も続いてるじゃないの」

百合絵が何に対してそれほど怒っているのか、皆目わからなかった。

「夫が定年退職したあとはどうなの? 父さんは家にいるじゃないの。もう役割分担は終了でしょ。それでも母さんに家事を押し付けるってどうなのよ」

「それはそうだが、今さら家事なんて俺には面倒だよ。慣れた人間がやる方がいいんだ。人それぞれ得手不得手ってものがあるからな」

百合絵は途端に目を逸らして口を閉じた。これ以上バカと話してもラチがあかないとでも言いたげに。

だから、急いで話題を変えた。

「昨日の朝、掃除機をかけたのに、今日になったら床が埃っぽいんだよ」

百合絵は返事をしない。

「日当たりのいい部屋っていうのも考えもんだよな。埃が目立って困るよ」

「母さんは毎日掃除機をかけてるよ。今度リフォームするときは床の色をもっと薄い色にするか、照明を薄暗いものにすればいいよ。イギリスにホームステイしたときも、そこの奥さんは十日に一回くらいしか掃除機をかけていなかったよ。日本人は清潔すぎる」

「そうだな、本当にその通りだ」

百合絵が風呂に入っている間、ソファに座って、またもやぼうっとテレビを見た。料理番組をやっていた。

男性の料理研究家がにっこり笑って言った。

——食事なんていうのはね、味噌汁とご飯だけあればいいんです。

——先生、それはどうしてでしょうか。

——色んな具を放り込めば、それだけで十分に栄養は摂れるんですよ。今や共働きの家庭が増えているじゃないですか。昭和時代のお母さんが作ってくれたような、テーブルに載りきらないようなご馳走を作っていたら身体が保たないでしょう。

――ですよねえ。ほんと、そうですよねえ。

最近結婚したばかりという女性キャスターが何度も頷いて、嬉しそうに応えている。

時代は刻々と変わっている。なんとかしてついていかねばならない。

時代遅れのジジイになって、話が通じないと呆れられるのだけは避けたい。

それにはまず自立しなければ……。

そうだ、あの台湾人と仲良くなって、生活の工夫を教えてもらうのはどうだろう。

15

今日はいつもより一時間早く葵と漣を迎えに行った。

いつもなら六時に園に迎えに行くのだが、それだと麻衣が帰ってくるまでに一時間しかない。たった一時間では家事を手伝うといってもたかが知れている。もちろん手際のよい十志子なら驚くほどの家事をこなすのだろうが、自分は不慣れだからそうはいかない。

保育園からマンションに帰ると、すぐに紙パンツを漣に穿かせた。そのあと、洗面所で手を洗わせる。

「ジイジ、葵ね、お腹が空いた」

「よし、任せとけ」

リンゴを剝《む》いて小さく切り、プラスチックの皿二つに分けて入れる。リンゴを剝いたのはいつ以来だろう。高校を卒業して親元を離れ、大学時代は小さな台所のついた四畳半に下宿した。貧乏学生だったから自炊していて、飲みに行く金もなかったから剣道部の仲間を部屋に呼んで鍋をつついたものだ。幸運なことに、剣道部には地元の酒屋の息子がいて、いつもそいつが酒を持ってきてくれた。

「フォークはこれでいいのかな」

先の丸くなった子供用の小さなフォークを渡したが、漣は上手に突き刺せないでいる。

「漣は手づかみで食べなさい」

目を離した隙に椅子から転げ落ちたりしたら大変だ。その拍子にフォークが喉の奥に突き刺さるかもしれない。子供の周りには危険がいっぱいだ。

「ジイジは風呂場で洗濯してくるからな、しっかり嚙んで食べるんだぞ」

「うん、わかった」

葵が答えると、漣も隣で頷いた。

浴室に行き、持ち帰った漣の洗濯物をざっと洗い流して、桶に浸け置き用の洗剤を入れ、汚れ物を浸しておく。この一連の作業はもうお手の物だ。

園長の顔を思い浮かべるたびに腹が立つ。アイツさえマトモな考えの持ち主なら、こんな苦労は麻衣も回避できたはずなのだ。迎えに行くたびに色々な母親に出会う。年齢層が幅広く、十代から四十代までいるから時代は変わったものだとつくづく思う。自分の頃は、小さな子を持つ母親といえば、たぶん二十代と三十代前半しかいなかったのではないか。四十歳近い母親がいたとしたら、第三子か第四子といったところだったろう。服装も様々で、スーツ姿の女から破れたジーンズの女もいる。茶髪で蓮っ葉《はすっぱ》な感じの女もいるが、そんな女でも園長に歯向かっている様子はない。だから園長も我流の方針を打ち出し、自信満々な態度でのさばっているのだろう。

――女の浅知恵。

そんな言葉は死語だし、今どきは差別用語だと糾弾《きゅうだん》されるだろうから口には出さない。だが、園長のような女を見ていると、どうしてもその言葉が浮かんできてしまう。馬鹿が権力を持つとロクなことがないというのは、古今東西の共通認識だ。権力を持つのはたいてい男だから、男の浅知恵の方が手下の者が迷惑を被《こうむ》る数は比べものにならないくらい多い。それなのに、男の浅知恵という言葉は思い浮かんだことすらない。

何から何まで、生まれ育った時代の封建的な風潮が骨の髄まで沁み込んでいるらしい。だが現実はと見ると、結婚した直後から財布は十志子に握られ、少ない小遣いに我慢してきたし、退職後はなぜか十志子の顔色ばかりを窺っている。人生は矛盾だらけだ。

リビングを横切ってベランダへ向かう途中、葵と漣の様子を確認する。二人でおしゃべりしながらリンゴを頬張っている。二人のこの仲睦《なかむつ》まじい姿を見るたびに優しい気持ちになる。いつも不思議でならないのは、漣はまだほとんどしゃべれないのに、幼児同士だと何やら会話が成立していることだ。保育園に迎えに行っても、漣が同じクラスの友だちと頭を寄せ合ってひそひそと会話をしている光景を見かける。子供とは不思議なものだ。じっくりつき合えば、自分も漣と話が通じるようになるのだろうか。実験したら面白いかもしれない。

掃き出し窓を開けて、洗濯物を次から次へと家の中に放り込んだ。そしてリビングのソファの前にどさりと置き、子供たちを視界の隅に置きながら、洗濯物を次々に畳んでいった。和弘、麻衣、葵、漣と、それぞれに分けて部屋の隅に置いておく。誰の衣類かわからない物があれば、葵に尋ねるとたいていはわかる。夥《おびただ》しい数の漣のパンツやズボンを見ると、またしても園長に対する怒りの炎が燃え上がった。

それが終わると、再び浴室へ行き、桶の洗剤を流してから、熱湯を注いで消毒した。そしてやっと洗濯機に放り込んでスイッチを入れた。たかが洗濯ひとつのことで、働いている母親にこれほどの手間をかけさせる。そんな園長は、他人の生活を想像する力がないのだろうか。

園長への怒りを振り払うように、ほかにやることはないかと部屋を見渡した。十志子ならどうするだろうと考えつつ台所へ入ってみると、流しに汚れた食器が積まれていた。以前なら、なんとだらしない嫁だろうと腹が立った。だが今は違う。麻衣が疲れ果てていることも知っているし、食器洗いは麻衣の仕事と決まっているはずもなく、和弘が洗ってもよいのだとわかっている。

「葵、今からジイジはお皿を洗うからね。漣のお世話お願いだよ」

葵に声をかける。

「うん、いいよ」

やっと洗い終えると、「よっこらせ」と腰を伸ばした。

それにしても、この徒労感。

食器を洗っても、食事をすればまた汚れる。

掃除機をかけても、翌日には薄《うっす》らと埃が溜まる。

洗濯をしても、翌日にはまた大量の洗濯物が出る。

この無為な作業に、死ぬまでずっと耐えていかなければ、清潔な暮らしは保てない。

そういう暮らしをしていると無性にクリエイティブなことをしたくなってくる。絵心など欠片《かけら》もなかったはずなのに、絵手紙を書くようになった。書店で『絵手紙の描き方』を見つけたのがきっかけだった。下手の横好きだが、描きあがったときの達成感が何とも嬉しい。だがハガキは誰に出す当てもないのだから、自己満足以外の何物でもない。人間というものは、日々のルーチンワークだけでは、精神が健全に保てないのかもしれない。会社の同期や先輩の中にも、配属された部署によっては仕事にやりがいを感じられず、賭け事や酒に逃げたり、金のかかる趣味にハマってしまった輩もいた。

あ。

だから十志子は刺繍をするのだろうか。

十志子本人が、精神を安定させるためなどと意識しているかどうかはわからないが、達成感や満足感を求めているのかもしれない。

それなのに……。

――そんなもの買えばいいじゃないか。暇人だなあ。

手芸をしているのを見るたびに、何度そう言って十志子を笑ったことだろう。

ハッとして首を左右に振る。もう過去を振り返るのはよそう。自己嫌悪で頭が変になりそうだ。

「ジイジ、これ何て読むの？」

葵が絵本を持ってきて、開いたページを見せる。

「どれだ？　ああ、これはね、『ひつじさんはおひるね』だよ」

「葵も字が読みたい」

「字が読みたい？　字を読めるようになりたいってことか？」

葵が力強く頷く。

「よし、ジイジが毎日少しずつ教えてやろう」

「ほんと？」

あ、そういえば……。

百合絵や和弘の勉強を見てやった光景がふと頭に浮かんだ。家庭的な面も自分には確かにあった。嫌々ながらだったが、我慢して家族サービスをしたことはしたのだ。

何もかも忘却の彼方で、家庭を顧みなかったことを後悔ばかりしていたが、そうではない日々もあったことはあった。十志子から見れば、たったそれっぽっちと不満だろうが、今後は自分が家庭的だった場面を思い出すようにしよう。そうしないと精神の安定が得られない。

「ジイジ、明日も来る？」

「明日は来ないよ。土曜日だから葵も漣も保育園は休みだろ。パパとママも家にいるよ」

そう答えながら、やはり明日もここに来てみようかとふと考えた。家庭内で和弘がどういった夫であるのか、それを知りたかった。

人生最後の仕事として、自分が手本となり、我が息子を鍛《きた》え直してやらねばならない。

玄関の鍵が開く音がし、麻衣が「ただいま」と顔を見せた。

「お帰り」と麻衣に言いながら、自分も帰り支度を始める。

子供たちは、以前のように母親の帰りを待ちかねたように玄関に走り出すこともなくなった。少しはジイジを頼りにしてくれているのかもしれない。そう思うと嬉しかった。

「あらっ、お義父さん、お皿まで洗ってくださったんですか」

台所に入った麻衣が、両手で口を押さえてこちらを見る。

「そんなのお安い御用だよ」

「助かります。本当にありがとうございます」

口とは裏腹に、相変わらず目に親しみが込められていないように思う。

憎しみさえ感じるのだが、考えすぎというものだろうか。

「昨日ね、私、和弘さんに殺意を覚えちゃったんです」

茶目っ気のある目つきで言うが、殺意という言葉の強さに一瞬たじろいだ。

だが、瞬時に笑顔を取り繕《つくろ》う。

「そうか、それはそれは、殺意とはね」

麻衣は顔に似合わず、きつい冗談を言うこともあるらしい。

「あのう、お義父さん」

麻衣が笑顔を消した。「今の、冗談じゃないんですけどね」

ジャンパーに袖を通しかけた自分は、そのまま固まってしまった。

「だって和弘さんは、結婚しようが子供ができようが、独身時代のままの生活を送ってるんですもん。親になったのは私だけなんでしょうか」

「それは、えっと、どういう意味なの？」

尋ねながら、和弘が会社帰りにうちに寄ったときのスーツ姿を思い出した。すらりとして細身のスーツがよく似合っていた。まだ三十歳だが、見ようによっては更に若く見える。

「家のことは何にもしないんですもん。まるで私のことを母親か家政婦と勘違いしてるんじゃないかって本気で疑いたくなりますよ。私のお陰で、和弘さんはいつまで経っても所帯じみないしカッコいいままですよ。会社でも女の子にモテるみたいですよ」

言い方は軽いが、目の奥に怒りが燃えているように見えた。

「いったい、どういう育て方をしたらああなるんですか？　私の兄も男ですが、和弘さんみたいな男には育っていないですよ。兄は料理も得意だし、子育てもちゃんとやってます。育児休暇も取りましたしね」

麻衣の顔が強張っている。

びっくりして麻衣を見つめた。百合絵以外の若い女に言いたい放題言われたのは初めてだった。

そのとき、諺が頭に浮かんだ。

――坊主憎けりゃ袈裟《けさ》まで憎い。

つまり、和弘への腹立ちを、その父親である自分に向かってぶつけているのだろうか。そうでもしなければ、怒りが収まらないのか。

親の育て方が悪かったのだと、今まさに面と向かって言われている。

見ると、麻衣は追い詰められた人間の顔をしていた。

子育てや家事が、今やつらいもの、自分の自由を奪うものとなってしまったのだろうか。もしかして、それは今に始まったことではなく、太古からそうだったのかもしれない。兄や姉たちが話してくれたように、戦前は地域みんなで子供を見守ってきた。それは子育てのつらさを回避するものでもあったのだろうか。

いつだったか、百合絵が未婚の母になろうかと言っていたことがあった。家事育児をしない夫がそばにいるよりも、いっそいない方がマシだと、友人たちから散々聞かされているらしい。百合絵のように一流企業に勤める高給取りであれば、未婚の母という選択も今後は増えていくのかもしれない。

「うちは両親ともに教師ですから、男だから女だからと言われることなく育ってきたのに、結婚したら家事も子育ても押し付けられて、ほんとしんどいです。だけどお義母《かあ》さんはそれが当たり前で仕方がないという風潮の中で育ってこられたんでしょう?」

「それは、そうかもしれないな」

「私たちの時代は家庭科も男女共修でしたからね。男性は仕事をして女性は家事育児に専念するなんていう風潮で育ってきてませんからね」

「以前は女子が家庭科をやっているときに、男子は技術か体育をやっていたな」

「今ではそんな時代があったことが信じられないです。男性も家事ができないと将来苦しむことになるのに」

「独身の男はそうかもな」

「独身だけじゃないでしょう。お義父さんだって困るでしょう。もしもお義母さんに先立たれたら」

「でも今はコンビニに弁当も売ってるしね」

そう言いながらも、そんな問題ではないとわかっていた。十志子のいない家で一人で暮らすことになる。想像しただけで気分が暗くなった。それに、弁当さえあれば家事をしなくて済むわけでもない。

百合絵もそのうち家を出ていくだろう。十志子が死んだからといって、嫁の麻衣が世話をしに通ってくれるというような時代は終わった。

そして、子供も孫もバアバのいる家には遊びに行くが、ジイジの所へは滅多に来ないのではないか。

「そうか、そうだな。女子だけが家庭科をやるなんていうカリキュラムは、男子の将来を犠牲にしてたんだな」

和弘はそうならないようにしてやりたいと強く思った。自分自身は子育てにかかわってこなかったが、和弘ならまだ間に合う。そして和弘を鍛え直すことによって、自分の後悔も少しは晴れるのではないか。

だけど……「最近は専業主婦志向が強まっているって新聞に書いてあったが、あれはどういう意味なんだろうね」

「それは諦めたんでしょう」

「諦めた？　何を？」

最近は「イザ」という言葉に加え、「諦める」という言葉に敏感になっている。

「先輩女性たちを見てきて、男社会で働いたところでロクなことがないってわかってきたんじゃないですか？　会社の上層部は一見、働く女性に理解を示したようなふりをしてるけど、本心では苦々しく思っていますよ。私もそういうのを、以前の会社ではヒシヒシと感じていました。仕事の出来不出来よりも、誰がブスで誰が生意気だとか、陰で噂されているのも耳に入ってくるし、遣り甲斐のある仕事は男性がみんな取ってしまうし……」

「そうか、もしかして百合絵もそんな目に遭ってるのかな」

「百合絵さんは違うかもしれません。ああいった一流企業や外資系の場合なんかは空気が違うこともあるでしょうから」

「そうならいいのだが……」

自分に娘がいてよかったとつくづく思った。息子しかいなければ、会社での女性の立ち位置を真剣に心配することなど、生涯を通してなかったかもしれない。息子しかいない荒木なら、どう考えるだろうか。

「専業主婦の友だちは、小さい子を抱えて家庭に閉じ込められて、みんな窒息しそうだって言ってます。人生に焦ってるんですよ」

「焦りか……」

　そういえば自分も焦っていたのだった。

　定年退職してはみたものの、十志子に冷たくされるし、毎日やることはない。他人から見れば悠々自適だろうが、内心は焦っていた。何に焦っているのか自分でもわからなかったが、胸の奥の方では、常に焦燥《しょうそう》感が沸々と湧き上がっていた。

「家事育児だけの人生なんて、誰が考えても面白くもなんともないですよ。日ごとにオバサンになっていくだけなんて、生きてるのが嫌になるでしょう。それなのに母親なら育児に喜びを感じるべきだって言われてもね」

「和弘がそう言ったのか？」

「そうなんです。ひどいでしょう。私は和弘さんと大学の同級生なんですよ。和弘さんと同じように勉強して、夏休みには短期留学もしたし、テニスサークルでは軽井沢《かるいざわ》に行ったりして。あの頃がいちばん楽しかったなあ。それなのに子供を産んだ途端にカゴの鳥にさせられて……言いたくないけど和弘さんより私の方がずっと成績はよかったんですよ」

　――それだって、自分で選んだ道じゃないのか。何を甘えたことを言っているんだ。荒木なら、きっとそう言うだろう。以前の自分でも同じだ。

その閉塞《へいそく》感は、体験してみて初めてわかったことだった。葵や漣とマンションの一室で留守番をするのが、今は一時間だからいいようなものの、慣らし保育の時期は長時間だったからつらかった。時計ばかりを見ていた。解放されて自由になりたかった。あれが二十四時間、三百六十五日続けば、誰だって頭がおかしくなる。いつぞやのニュースが思い浮かんだ。幼い子供を家に置いて男と遊び歩いていた女。そんな女に同情する十志子の精神構造を疑ったのだった。でも、今ならあの母親の気持ちがわかる。

それに、育児と家事をこなすのは想像していたほど簡単なことではなかった。女なら誰だってできて当然と思っていたのが、今では信じられない。

「専業主婦であっても、何年か後には元の職場に正社員として復帰できるっていうんなら、子育てもすごく楽しいと思いますよ。希望が見えてますからね。だけど私みたいに、保育園に入れなくて職場復帰できないとなったときのあの絶望感と言ったら……私、いい歳して声出して泣いちゃいましたよ。もうこのまま歳を取っていくだけなんだと思うと、小学校から塾通いしてきた今までの人生って何だったんだろうって」

「だから百合絵は結婚しないのかな」

「百合絵さんは頭がいいから、周りの女性が幸せでないことをよくわかっているんでしょうね」

ふと黙った後、「今日もありがとうございました」と呟くように言う。早く帰ってくれと言われている。

上着に袖を通しながら玄関へ向かいつつ、ふと麻衣を見ると痩せたように思えた。

「麻衣さん、ちゃんと食べてる？　ほっそりしたんじゃない？」

「嬉しいっ。実はダイエットしてるんです」

「へえ、そうなのか」

「だって、和弘さんだけがかっこよくシュッとしてるの、腹が立つんです」

「なるほど、麻衣さんも、とてもママに見えないと人に言われたいのかな？」

「まあそんなとこですね。和弘さんがオジサンぽくなってくれたらおあいこですけど、自分だけ所帯じみたオバサンになるのはやっぱり嫌ですよ」

そう言って、寂しそうに笑った。

自分の時代は、既婚男性にとって若い女性社員との不倫は命がけだった。当時の上層部は戦前生まれで、自分の世代から見ても考え方が古かった。嫁入り前の娘を傷物にしたという噂が広まって、会社を追われた同期もいた。終身雇用の世の中だったから転職先もままならなかったと聞いている。

だが今はそういった時代ではない。不倫や離婚が珍しいことではなくなった。となると、妻だけが老けたオバサンになることに危機感を持って当然だろう。それぞれの生き方は、当時と比べたらどんどん自由になってきたが、それに付随《ふずい》して余計な心配も増えた。どう転んでも女にとって、この世は生きにくいということか。

「お義父さんは、一人で子供の面倒を見るのは不安ではないですか？」

靴ベラをこちらへ差し出しながら、麻衣は尋ねた。

「そりゃあ不安でたまらないよ。子供の世話には慣れていないから怪我をさせないようにと思うと気が気じゃないよ。やっぱり男は女には敵《かな》わないよ」

「そんなの男も女も関係ないですよ。小児科医じゃないんですから」

「それはそうかもしれないが」

「私だっていまだに不安でたまらないんです。和弘さんの帰りは毎晩遅いし、葵が生まれて病院から帰ってきたときからずっと独りぼっちで子育てしてきましたけど、あの当時はよく一人で泣いたもんです。小さな葵と二人きりで家にいると恐怖心みたいな不安に囚《とら》われてしまって……漣が生まれてからはもっとてんてこ舞いで、自分一人で子供たちの面倒を見るのは本当につらかったです。自信がなくていつもドキドキしてて、寂しくて自分が情けなくて涙に暮れていました」

過去形で言うが、きっと今もそうなのだろう。

目に涙が滲んでいた。

帰り道、車を運転しながら考えた。

それまで自分は、麻衣を単に「嫁」としてしか見ていなかった。「嫁」にも個性があり、自分と同様に社会で働き承認されたい一人の社会人なのだと考えたこともなかった。

和弘を叩《たた》き直す前に、まず自分のやっかいな洗脳を解かねばならないらしい。

16

土曜日になり、和弘のマンションへ向かった。

十志子が作った南蛮漬けが大量に残っていたので、お裾分《すそわ》けを口実にやってきたのだった。

「ジイジ、来たの？」

葵が嬉しそうに笑って出迎えてくれたので幸せな気分になった。

漣も葵の後ろを追いかけてきたので抱き上げて頬ずりをした。柔らかくてすべすべで大福みたいだった。あまりの気持ちよさに、いつまでも頬ずりしていたくなる。百合絵や和弘が幼かったときも、こんなホッペだったのだろうか。この感触をじっくり味わうことのなかった多忙なサラリーマン時代が、改めて恨めしくなった。

「こんにちは、お邪魔するよ」

「お義父さん、いらっしゃい」

「あれ？　和弘はいないの？」

もうすぐ昼になるというのに、和弘はまだ寝ていた。

「休日はいつもこうなんですよ。いいですよねえ、私も男に生まれたかったです」

麻衣の怒りと悲しみに満ちた目を見ていると、いてもたってもいられなくなった。

こうやって女は男を諦め軽蔑して、そして三十年後、同じ空間にいるだけで不快感でいっぱいになる。

「和弘を起こしてきてもいいかな？」

「もちろんです」

大股で寝室へ行き、ドアをノックしたが返事がない。

「和弘、入るぞ」

和弘は丸くなって眠っていた。

「おい、いつまで寝てるんだよ」

大きな声を出すと、和弘は薄らと目を開けた。「えっ、オヤジ？　どうしたの？　何かあったの？」

「何もないよ、麻衣さんは朝早くから洗濯に掃除に子供の相手にと働き通しなのに、どうしてお前は呑気に寝ていられるんだ？」

「仕方ないだろ。昨日も遅くまで残業だったんだ。疲れているんだよ」

「麻衣さんだって疲れてるんだぞ。この卑怯者が」

「そんなこと言われたって」

「いいから起きろっ」

こんな生活をしていたら、麻衣さんに恨まれるぞ、憎まれるぞ、長年それに気づかないでいると、どういう老後が待っているのかわかっているのか。

恋愛時代は一生涯《いっしょうがい》君を守るとかなんとかカッコいいこと言いやがって、結局は守るどころか面倒なことは全て妻に押しつけているじゃないか。つまり、妻を母親代わりにして守ってもらっているのはテメエの方なんだよ。

心の中で和弘にぶつける言葉のひとつひとつが、ブーメランのように自分の心臓に突き刺さってくる。

こちらの真剣な顔に、和弘は何かを感じ取ったのか、寝ぼけ顔がさっと引き締まった。

「わかった、起きるよ」

「パパ。起きたの？　遊ぼうよ」

葵の後ろから、漣もついてきた。姉に後《おく》れを取るまいと慌てていたのか、足がもつれて転びそうになる。そこをタイミングよく、ひょいと抱き上げてやった。そしてまたしても頬ずりする。百合絵が生涯独身だとすると、漣が自分にとって最後の孫となる。ということは、この餅みたいな頬に自由に頬ずりできるのは、あとどれくらいだろう。東北で育った昭和時代ならば、近所の子供の頬に触れることなど簡単だった。だが、今この物騒な時代にそれは不可能だ。しみじみ寂しい世の中になったものだと思う。

「漣も葵も今日はパパに遊んでもらいなさい」

こういう思い出が老後の自分を救うんだぞ、和弘、今はわからないだろうがな。

「あのう、すみません」

麻衣がエプロンで手を拭きながら寝室に顔を覗かせた。

「私は今からスーパーに行ってもいいでしょうか」

「いってらっしゃい。麻衣さん、帰りにコーヒーでも飲んできなさい」

「本当に？　本当にいいんですか？」

麻衣が弾けるような笑みを向ける。

「二時間でも三時間でも、デパートに寄ったりして、のんびりしてきなさい」

「いいなあ、俺も行きたい。麻衣だけなんてズルイよ」

「和弘、お前は救いようのない馬鹿だ」

「なんでだよ、オヤジ、どうしちゃったんだよ」

「麻衣さん、楽しんできなさい」

「嬉しい。お義父さん、ありがとうございますっ」

満面の笑みだった。今までどれだけ閉塞感の中にいたのかと思うと可哀想になる。

和弘は顔を洗って着替えたと思ったら、テレビの前に陣取り、ぼうっとしている。

「パパ、カルタやろうよ」

「ん？　あとでな」

「あとっていつ？」

「ママが帰ってきてからママとやりなさい。パパは毎日の仕事で疲れてるからできない」

まるで昔の自分を見るようだった。

疲れている……この言葉を十志子や百合絵や和弘に、自分はいったい何度言っただろう。だが、嘘じゃなかった。本当に疲れていたのだ。周りを思いやることができないほど疲れきっていた。そういう意味では、自分もまた犠牲者だった。

この国は豊かな国と言えるのだろうか。

真の豊かさとは何なのだろう。

「あっ、漣くん」

葵が突然、鼻をつまんだ。

「パパ、漣くんウンチしてるみたいだよ」

「えっ、嘘だろ。やめてくれよ。どうしてママがいないときにウンチなんてするんだよ」

苛々した声を出して、和弘は漣を睨んだ。漣は悪いことをして叱られたときのような顔をしている。

なんという父親だろう。

「おい、和弘、生理現象を叱るなどもってのほかだぞ」

「は？　叱ってないだろ」

声に出してはいなくても、漣は既に親の顔色を見ているのだ。小さいが、既に侮《あなど》れない心を持っている、いっぱしの人間なのだ。

「早く、紙パンツを替えてやりなさい」

「わかってるよ」と言いながら、和弘はポケットからスマホを取り出した。

「おい、和弘、どこに電話するんだ」

「麻衣に帰ってきてもらうよ。俺、ウンチだけはダメなんだよ」

「何を言ってるんだ。お前が紙パンツを替えなさい」

「だからさ、どうしても俺はダメなんだってば。見るのも耐えられないんだよ。もしも手にウンチがついたりしたらどうしてくれるんだよ」

「お前は馬鹿じゃないのか。自分が嫌なことを妻にやらせてどうするんだ」

「だから男には無理なんだってば」

「お前、そのうち麻衣さんに捨てられるぞ」

「何だよいきなり」

「いいか、俺からの忠告だ。大切なことなんだ。よく聞けよ。ウンチっていうのはな、誰だってくさいんだよ。麻衣さんだってくさいんだ」

「そうかなあ、そうは見えないけど」

「そうは見えないとしたら、麻衣さんは我慢しているからだ」

「我慢できるところが、そもそも俺とは違うじゃん。俺は我慢できないもん」

「他に誰も肩代わりしてくれないから麻衣さんは我慢しなきゃならないんだよ」

「あっそう。それで？」

親をからかっているのかと思ったら、和弘は真面目な顔をしていた。

思わず溜め息をついた。

ダメだ、この馬鹿は。

死ななきゃ治らない。

これ以上コイツに説明したって……。

ハッと息を呑んだ。十志子が愛想を尽かしたように、自分も早々に和弘を諦めようとしている。

いつだったか、百合絵にも言われたことがあった。

──父さん世代の男たちが全員死なないと日本は良くならないってことだよ。

あれは何の話をしているときだったか。

ああ、そうだ。幼い子供を預けて麻衣が働きに出るというので、聡明な女性は産休も育休も取らずに家庭に入るものだなどと、時代錯誤的な話をしたのだった。

しかも、偉そうに言った。

そんなことも知らないのか、俺が教えてやるよ、みたいな感じで言った。

百合絵に世間知らずだと言われても仕方がなかったかもしれない。

君江さんが荒木に愛想を尽かしたのも似たような状況なのだろう。話が通じない相手と不毛の会話を続けると、悲しくなってくる。いっそ自分が肩代わりした方がいいと思えてくるものだ。

こちらが黙ってしまったのを納得したと受け取ったのか、和弘はスマホを操作しだした。

「やめろっ」

和弘からスマホを素早く奪った。

「どうしたんだよ、オヤジ。今日ちょっとおかしいんじゃないの？」

まるで不気味なものでも見るように、こちらを見る。

「あのさ、俺がウンチの臭いに耐えられないって言ったら、麻衣はわかってくれたんだよ。だから葵が生まれたときから俺は一度もウンチのオムツ替えはやってないんだよ。麻衣がいいと言ってるんだからオヤジが口出しすることじゃないだろ」

思ったより重症らしい。麻衣さんは、とっくに夫源病予備軍の仲間入りをしている。

「まさか。オヤジ、ボケちゃったんじゃないだろうね」と呟きながら、和弘はテレビに向き直り、チャンネルを変えていく。

「面白そうな番組、ちっともやってないなあ」

「葵、パパに新しい紙パンツとお尻拭きを渡してあげなさい」

「うん、わかった」

「おい和弘、俺がウンチのときの紙パンツの替え方を指導してやるよ」

「えぇっ、マジかよ。俺マジで寝不足なんだよ。昨日は飲み会で終電だったんだから」

「お前、残業とか言いながら本当は酒を飲みに行ってるじゃないか」

言いながら、どんどん気分が落ち込んでくる。それは息子の和弘を責めているのではなく、過去の自分を責めているのと同じだった。

「飲みたくて飲んでるんじゃないよ。つき合いってものがあるだろ」

「十回中十回とも嫌々ながら行ってるのか？」

「そういうわけじゃないけど」

「本当に必要かどうかを考えてみるんだな」

「どうしてだよ。そりゃあ俺から誘って飲みに行くこともあるよ。それくらいの楽しみがなきゃ、サラリーマンなんてやってられないだろ」

「麻衣さんは帰りに本屋に立ち寄る時間もないんだぞ。つき合いなんて全部断わって帰ってきてるんだぞ」

「それは仕方ないだろ。アイツは母親なんだからさ。俺は後輩の悩みを聞いてやんなきゃならない立場なんだよ」

「そんなの昼休みに聞いてやれよ。内容によっては就業時間中でもかまわないはずだよ。それがダメならメールを利用しろ」

「オヤジ、何か誤解してないか？」

ムッとした顔を見せて、和弘はこちらに向き直った。「世間でイクメンとか言って騒いでいるのを真に受けてるんじゃないだろうな。あんなの一部の公務員や、若いヤツが起業したIT企業の社員ぐらいなもんだよ」

「そんなことはない。断じてない」

過去に戻れたらと考えてみた。自分はきっともっと早く帰宅できたはずだ。なんでもかんでも風潮や時代のせいにしてきたのではないか。その証拠に、同期の谷口《たにぐち》はいつも早く会社を退けた。病弱な娘がいたからだ。だが、ヤツは勤務時間内に効率よく仕事をこなし、出世のスピードは自分と変わらなかった。

「和弘は何度言ってもわからないんだな」

思っていたより、息子には荒療治が必要らしい。三十代にもなって、父親の言うことをハイハイと聞くとまでは期待していなかったが、百合絵と違って学生時代はたいして優秀でもなかったくせに、上から目線なのが猛烈に頭にきた。頭の悪いヤツほど威張りたがるというが、我が息子までそうだったとは情けない。

おい、和弘、お前には徹底的に思い知らせてやるからな。

むくむくと闘志が湧いてくる。つい数ヶ月前までの、何もすることがないどんよりした毎日が嘘のようだった。

もう俺は一介のジジイなんかじゃない。闘うジイジだ。葵と漣のジイジだ。

ジジイとジイジは似ているが、全然違うんだからな。

じっくり策を練ろう。効果的な方法を考えてやる。

とにかく今日の課題は、ウンチの紙パンツ替えだ。

こっちが本気でいることが伝わったのか、和弘は慎重な面持ちでオムツ替えをしたが、顔に不満が表れている。

――何で俺がこんな汚いことをやんなきゃなんないわけ？

「漣くん、気持ちがいいねえ。いい子にしてたねえ、偉いよ」

少し高い声を出してそう言うと、和弘はびっくりしたような顔で振り向いた。

「マジ？　オヤジがそんな声を出すの、俺、初めて聞いたよ」と、目を見開いてこちらを見る。

「お前もちゃんと話しかけてやんなきゃダメだぞ」

「俺が小さかった頃も、オヤジはこうやってくれたのか？」

「え？　そりゃあ……もちろんだよ」

これは自衛の嘘ではない。息子の手本となるための仕方のない嘘なのだと、自分に言い聞かせた。

　そのあと、和弘がスニーカーを買いたいというので、葵と漣を連れて四人で駅前の靴屋へ行くことになった。

「ベビーカーは邪魔になるから抱っこ紐《ひも》にするよ」

　そう言うと、和弘は慣れた手つきで装着し、漣を胸の前に抱っこした。

　自分はといえば、抱っこ紐など、ただの一度も使ったことはなかった。

「偉いんだな、和弘」

「何が？」

「抱っこ紐を使えるんだな」

　自分の時代は、抱っこ紐で赤ん坊を抱っこしている父親など皆無だった。男たるもの、そんなカッコ悪いことは断じてできないと思っていた。ベビーカーを押すのがせいぜいだった。

「別に偉くねえだろ。漣は体重が十キロもあるんだぜ。小柄な麻衣には抱っこさせられないよ」

「……そうか、そうだよな」

　おい和弘、お前は俺より立派だよ。

さっきも、麻衣が出かけたあと、和弘は自分で食パンにチーズを載せてオーブントースターで焼き、紅茶を淹れて飲んでいた。そのあと葵にせがまれると、手際よくミキサーでバナナジュースを作ってやり、栄養を考えてか、黄粉《きなこ》も入れていた。

和弘の世代は、父親として家庭人として、自分の世代よりはずっとマシなのかもしれない。

だが、自分と和弘の一世代間での変化にしては、あまりに小さすぎる。

17

今日も早めに保育園に迎えに行った。

「漣クンノ、オジーチャン、コンニチハ」

振り向くと、玲玲の父親がいた。赤ん坊を抱っこしている。

「久しぶりだね。あれ？　もしかして二人目が生まれたの？」

「ソーダヨ。コノ子、四ヶ月ネ」

「その子も、もう預けてるの？」

「当然ヨ。ソーシナイト、僕ノ奥サン働ケナイカラネ」

「だけど、まだ母乳の時期じゃないの？」

「母乳ヲ冷凍シテ持ッテキテルノヨ。奥サン、キャリアウーマンネ」

彼のラフな格好と角刈りから、夫婦で飲食店か何かを経営しているのだろうと勝手に想像していた。だが、聞けば玲玲の母親は日本の有名大学を出て大企業で働いているという。そしてこの軽薄な感じのする父親は大学の准教授だというから驚いた。彼は講義の合間を縫って、保育園の送迎をしているらしい。どうしても無理な日は、ベビーシッターを自宅に派遣してもらう契約を結んでいるという。

「女ハ会社ヲ辞メタラダメネ。日本ノ大企業ハ、二度ト雇ッテクレナイ」

麻衣も、前職は家電メーカーで消費者動向調査をやっていた総合職だったのだ。

――オヤジって、意外と世間知らずだな。いったん会社を辞めた女が調査みたいなインテリ仕事に就けるわけないだろ。

どこの保育園にも入れずに麻衣は新卒で勤めた会社を辞めざるを得なかった。今思えば、あそこで踏ん張るべきだったのではないか。どうしてもっと早く気遣ってやれなかったのだろう。家族総出で連携しあい、麻衣が仕事を辞めずにいられるように、なぜできなかったのだろう。その当時、和弘から相談を受けたような気もするが、なんせ興味もなかったからウロ覚えだ。だが、新卒でなければ就職できないという馬鹿げた風習は少しずつ変わっていくだろう。そうでなければ日本はダメになる。

そんなことをつらつらと考えていると、向こうから漣がパタパタと足音をさせて走ってきた。

蒲団カバーが汚れていたので外そうとすると、漣が「自分で、自分で」と引っ張って邪魔をする。

最近になって何でも自分でやりたがるようになり、「自分で」という言葉だけははっきり言うようになったが、漣にはまだ無理だ。子供用の蒲団でも漣には重くて大きい。

「ジイジがやるからどきなさい」

「自分で」と漣が声を張り上げて興奮気味に言う。

「おじいちゃん、ダメですよ。子供の自主性を育てるチャンスじゃないですか」

いつの間にか園長がそばに来ていた。

「そんなこと言われても……」

手助けしながら漣と一緒にやるとなると、時間がかかってしまう。

そのとき、「園長先生、お電話です」と奥の方から声がして、園長は「はい、はい」と返事をしながら奥へ消えていった。

「オジーチャン、要領悪イネ」

振り返ると、玲玲の父親がニヤニヤして立っていた。

「園長ガ見テナイトキニ、サッサト蒲団カバー剝《は》ガセバイイヨ」

「だって、自主性を育てろとか言われるとね」

「子供ガ小サイトキハ、大人ハ本当ニ大変ヨ。大人ノ都合ノイーヨウニシテイーンダヨ」

「そういうもんかな」

「ダッテ、オジーチャン、苛々シテルデショ。ソレガイチバン子供ニヨクナイノコトヨ。蒲団カバーノ交換ナンテ、大人ニナッタラデキルンダカラ、今デキナクテモイーノ」

「そう言われりゃ確かにそうだな」

——メシを毎日食べさせてもらって、寝る所があって、風呂さ入れでもらえる。そんだけで本当は十分じゃねのが？　そんだけだって大変なことなんだがらな。

実家の兄が言っていた言葉を思い出しながら頷いていた。親は生活に追われているのだから、何でもかんでも子供のためにできるわけじゃないのだ。

「ひとつ相談したいんだが」

「ドーゾ、何デモ訊イテチョーダイヨ」

「いないいないばあをやると、異様に喜ぶんだが、この前数えてみたら三十回もやら《や》されたんだ。もう嫌になっちゃってさ。あれ、どうにか途中で止める方法はないかな」

そう尋ねると、玲玲の父親はアハハと声に出してさも愉快そうに笑い出した。

それを見た葵と漣も、わけもわからず嬉しそうに微笑んでいる。

「アナタ、トッテモイイジイジネ。孫モ幸セヨ。僕ナラ三回シカヤラナイネ。適当ニゴマカシテ終ワリニスルヨ」

「それでいいのか。そうだよな。うん、そうしよう。ところでさ、お宅は掃除や洗濯もパパがやってるの？」

以前から知りたかったことを、この際だからと尋ねてみた。

「ソーネ、七割方ハ僕ガヤッテルヨ」

「七割も？　それは大変だね。嫌にならない？」

「オジーチャン、家事ハネ、奥深イノヨ」

常に三枚目的な雰囲気のある玲玲の父親が、珍しく真面目な顔で言った。

「手ヲ抜コートスレバ抜ケルデショ？　デモ、チャントスルカシナイカ、キレイナ部屋ニ住ムカ汚イ部屋カ、コンビニ弁当カ手作リカ、ソーユーノハネ、自分ノ子供ダケジャナクテ子々孫々マデ影響スルノ」

「そうなの？」

「ダッテネ、キレイ好キノ人ハ、汚部屋《おべや》ノ人ト結婚シナイヨ」

「なるほど。確かに子々孫々まで生活習慣は続くかもしれないな」

汚部屋の住人は、それに慣れてしまい汚いと感じなくなっているのだろう。もしも葵や漣がそういう親のもとで育てば、それを普通と感じるようになる。食事にしても同じだろう。

何を普通と感じるかは、葵や漣の今後の人生で大切なことだ。

「工夫ガ大事ヨ。紙皿ヤ紙コップヲ使ウノ。ソレガ嫌ナラ食器洗浄機ヲ買ウコト。ソシテ、ロボット掃除機」

「なるほどね。うん、そうだな、それは息子夫婦にも勧めてみるよ」

玲玲の父親とひとしきりしゃべってから、その日も大量の洗濯物を持ち帰った。

子供たちにおやつのリンゴを食べさせている間に洗濯物を浸け置きする。もうマゴマゴすることもない。我ながら要領が良くなってきたと思う。そのあとすぐにベランダへ行き、乾いた洗濯物を取り込む。そして台所に行き、流しに山と積まれた食器を洗った。

ふと、味噌汁でも作っておいてやろうかと思った。

それとも、余計なお世話だろうか。

いつだったか十志子が言っていたように、舅や姑に家の中をあれこれ触られるのは、嫁としては嫌なものなのだろうか。だが、麻衣はあまり料理が得意ではないのだ。仮に得意だとしても、気が向いたときに作るのなら楽しいだろうが、毎日となると苦行以外の何物でもないのではないか。あんなに料理上手だった十志子も、今ではスーパーの惣菜を買ってくるほどだ。

「葵は何の味噌汁が好きなんだ？」

「葵ね、お味噌汁は何でも好き」

「じゃあ、豆腐とわかめの味噌汁なんてどうだ？」

「うん、大好き」

「漣もわかめは食べられるのか？」

「わかんない」

「そうか、じゃあ冷蔵庫に茄子《なす》があるから、茄子の味噌汁にするか」

「だめ。パパが茄子嫌いだもん」

「ああ、そういえばそうだったな」

和弘は好き嫌いが多かった。百合絵はピーマンがだめだし、自分は牛蒡《ごぼう》が苦手だ。家族全員が食べられるものを作ろうと思えば、全員の好き嫌いを常に覚えておかなければならない。そうしないのであれば、個々に何品かを作ってやらなければならなくなる。

十志子はそれを念頭に置いて料理を作ってきたのか。なんて面倒なのだろう。

「だったら、玉ねぎとじゃがいもの味噌汁なんてのはどうだ？」

「うん、大好き」

「ママも漣も好きかな？」

「うん、大好きだよ」

和弘もそれなら食べられるはずだ。

台所に置いてある調味料を適当に使った。独身時代は、世の中にコンビニも弁当屋もなかった。味噌汁だけは冷蔵庫の残り物を入れて毎日のように作ったものだ。それに海苔の佃煮《つくだに》か納豆さえあれば満足だった。米は定期的に実家から送られてきた。簡単だったが栄養は足りていたのだと思う。

麻衣の味付けを知らないので、少し薄めにした。物足りなかったら後で味噌を足せばいいと考えた。葵に味見をしてもらうと、本当かどうか「すごく美味しい」と笑顔で応えてくれた。

三十数年ぶりに作ってみたが、想像以上に楽しかった。

「ただいまあ。あれ？　味噌の匂いがする」

玄関を入ってくるなり、麻衣が言った。

「ええっ、お義父さん、お味噌汁を作ってくださったんですか？　本当に助かります。ありがとうございますっ」

麻衣が涙を流さんばかりに感激してくれた。無理して言っているのではないかと、顔色を窺ってみたが、どう見ても手放しで喜んでいるとしか思えなかった。今後もいろいろな料理に挑戦してみようか。スマホを見ればレシピが載っていると聞いたことがある。

「お義母さんが料理が得意だとね、嫁が苦労するんですよ」

茶目っ気たっぷりに言うが、目が笑っていない。

「和弘さんはきっとお義母さんの美味しい料理を食べて育ってきたんでしょうねえ」

今度は打って変わって、皮肉たっぷりの言い方だった。

「だって、料理を作る腕も育児能力も、女には生まれつき備わってるみたいに和弘さんが言うんですよ」

「そりゃ困ったもんだな」

「まともな家庭の娘なら、料理くらい作れるように躾《しつけ》を受けているはずだって」

「和弘のヤツ、そんな失礼なことを言うのか。時代錯誤も甚《はなは》だしいな」

「そんなことを言われたら、ものすごいプレッシャーなんです。ただでさえ得意じゃないのに萎縮してしまって……」

本当につらそうに顔を歪めている。

「いやあ、ほんと、どうして和弘はそんな考え方になってしまったのかなあ」

子供は親を見て育つのだ。自分は決して亭主関白ではないと思っていたが、和弘に多大な影響を与えてしまっている。時代は加速度的に変わっているというのに。

「和弘は料理は全くやらないのか？」

「食パンを焼いて食べるくらいのことはしますけどね。家事能力はほぼゼロに近いです」

十志子にも責任があるのではないか。百合絵にしたって毎日コンビニ弁当だ。どうして十志子はきちんと子供たちを躾けてやらなかったのか。

「和弘さんとの結婚が決まったとき、私は料理教室に通ったんです。でも、どうして私だけが通わなくちゃいけないんだろう、なんで和弘さんは俺は関係ないって顔していられるのかなって腹が立ちました」

「えっ？　ああ……そうなの」

麻衣が言わんとしている意味がよくわからなかった。

結婚前に男が花婿修業として料理教室に通うなんて、聞いたこともない。

こちらの気持ちを察したのか、麻衣は言った。「私だって子供の頃から習い事と部活と受験勉強でいっぱいいっぱいの毎日でしたからね。恥ずかしながら卵を割ることすらできなかったんですよ」

ふっと高校時代の百合絵を朧《おぼろ》げながら思い出した。日に焼けて真っ黒だった。百合絵の通う私立の中高一貫校は部活にも力を入れていて、百合絵もテニス部で頑張っていた。帰宅して夕飯を食べるとぶっ倒れるようにしてソファで眠ってしまい、自分が帰宅すると同時くらいに起きだして、シャワーを浴び、それから夜中まで勉強していた。

確かに、母親から料理を学ぶ暇などなかったかもしれない。

「私が馬鹿だったのかも。婚約してからすぐ、和弘さんがどういう人かわかったのに勢いで結婚しちゃったから」

「え？」

麻衣は冷蔵庫から出した大根を洗って刻み始めた。

「あのとき結婚をやめればよかったんですよね。でももう式の日取りが決まってたし、招待状も出しちゃってたから……」

啞然として麻衣を見た。相変わらず大根を刻む横顔を見せている。

夫の父親の前でここまで言ってしまうとは、どういうことだ？

ついこの前までの自分なら、この嫁はいったいどういう神経をしているのか、なんと常識がないのだろうと頭から決めつけて呆れ返るだけだっただろう。だが今は違う。そんな一言で片付けてはならないとわかっている。こういうサインを見逃すから妻は夫源病になる。

麻衣が手を止めて、正面の花柄のタイルを睨んでいる。

銀婚式を終えた自分から見ると、和弘夫婦はまだ新婚の部類のように思っていたが、麻衣はもうとっくの昔に和弘を嫌いになっているのかもしれない。

もしも和弘との間に子供がいなければ、麻衣は離婚を申し出ているのではないか。それほど不満を溜め込んでいる。そして、今後何十年とその不満は大きく膨らみ続けていき、麻衣の神経を蝕《むしば》んでいく。

十志子や、荒木のところの君江さんのように……。

なんとしてでも自分の代で断ち切らねば。

時代は変わったのだ。いや、もうずっと前から変わっている。

それなのに、庄司家の男どもは揃いも揃って時代から取り残されている。

実家の父がコーラを飲まなかったように……。

「麻衣さん、和弘に子育ての大変さを思い知らせてやる方法はないだろうか」

そう尋ねると、大根を鍋に入れる手を止めることなく麻衣は即答した。「ありますよ」

いつになく低い声だった。怨念《おんねん》が籠っているようでゾッとした。

「……そうか、それはどんな方法だね」

「簡単なことですよ。私が一週間、家を空けるんです。家事も育児も和弘さんに一人でやってもらいたいです。そうでもしなければ、この苦しさはわからないと思いますから」

そう言いながら冷蔵庫からトマトを出して洗い、櫛形《くしがた》に切り始めた。

「いい案だが、問題は和弘の会社だ。一週間連続で定時に帰ることができるだろうか」

「無理でしょうね」

そう言って、麻衣は大きな溜め息をついた。

「定年まで四十年も会社で働くのに、たった一週間でさえ定時で退けるのは無理なんですよね。それって日本だけじゃないですか？」

麻衣の手は完全に止まってしまった。

「よく知らないけど、そんな国はたぶん……少ないんだろうなあ」

ふと、実家の兄のドイツ賛美を思い出した。

「あ、いい考えがあります。和弘さんの夏休みに合わせたらどうでしょう。あの人、毎年有給休暇と組み合わせて一週間の休みを取るんです。いつもなら家族で海水浴に行くんですけど、今年は福井の母が病気だということにして私一人で帰省したらどうかな」

「このマンションで一週間も、和弘と孫二人だけで過ごすとなると……十志子が孫を心配してちょくちょく顔を出すかもしれないいな」

「それだと意味がありません。お義母さんの耳には入らないようにしてもらえませんか」

「俺からは言わないとしても、和弘が十志子に泣きつく可能性はあるな」

「だったら、お義母さんもその時期に旅行してもらえるといいんですけどね。そううまくはいきませんよね」

まだ三十歳という若さなのに、諦観《ていかん》の微笑を浮かべていることがショックだった。

「麻衣さん、まだ諦めるのは早いよ」

どうか、和弘を見捨てないでやってくれないか。本当はそう言いたかった。

「あのね麻衣さん、これはどうしても成功させなきゃいけないプロジェクトなんだよ」

「え？」

フライパンに胡麻油《ごまあぶら》を引きながら、驚いたようにこちらを見る。

「お義父さん、プロジェクトだなんて大げさな」

大げさなんかじゃない。ここで和弘を叩き直してやらなきゃ自分と同じ老後を過ごすことになる。いや、今の若い嫁は十志子の世代ほど辛抱強くはないから、定年まで保《も》たないだろう。

「旅行のこと、十志子に勧めてみるよ。ただね、和弘が俺に助けを求めてきたら、俺は駆けつけてやりたいと思う。たいして役に立たないが、葵や漣が心配だから」

「そうですね。お義父さんなら大丈夫です。それでお願いします」

ベテラン主婦の十志子の助けはだめだが、家事育児に素人の舅レベルの助けなら許容範囲ということだろう。

十志子も麻衣もいない日常はどんなものだろうと、想像した途端に不安に襲われた。百合絵も女ではあるが、家事能力は一人暮らしの若い男とさほど変わらない。それに育児経験もない。

今更だが、女の存在、特に主婦の存在とは、なんと頼もしいものだろうと思い知らされた。そんなことは、今まで意識したことすらなかった。家にいて家庭を仕切り、何でもやってくれて当然だと思っていたし、誰にでもできる取るに足らない仕事だと思ってきた。

「和弘さんはきっと怒るでしょうね」

せっかくの夏休みが台無しになる。夏休みと正月休み。年に二度しかない貴重な休みの一方を、どこにも行かずに子供の世話をして過ごし、日頃のストレスを解消できないまま休み明けに出社することになる。

同じサラリーマンの先輩として見ると、可哀想だと思わないでもなかったが、それで家庭に対しての考え方が一変すれば大成功だ。そうすれば、定年退職後も麻衣と仲良くやっていける夫に成長できるのではないか。

考えてみれば、子供と過ごすことを「台無し」とする感覚が変ではないか。子煩悩《こぼんのう》な男からしたら、きっと理解できないだろう。

18

十志子がイタリア旅行から帰ってきたので、留守中に考えたことを言ってみた。

「俺の食事はもう用意してくれなくていいよ」

「えっ、朝昼晩、全部ですか？」

「ああ、そうだよ」

十志子がイタリア旅行中に、台所の棚に小さな土鍋を見つけたのだった。土鍋に水を入れ、そこに適当に野菜も肉も豆腐も冷やご飯も放り込んだ。味付けとしては味噌を入れただけだが、野菜や肉からエキスが出て、想像以上にうまかった。翌日は味噌をコンソメに変え、肉をソーセージに変えた。これもなかなかのものだった。洗い物が少なくて済むのもいい。

「十志子、今まで本当にありがとう。おいしかったよ」

照れるので明後日《あさって》の方向を見て言った。

返事がないのでチラリと見ると、驚いたように目を見開いている。

考えてみれば、今まで一度たりとも料理を褒めたことがなかった。

「あなた、どこか悪いんですか？」と深刻な顔で尋ねてくる。

「なんで？　特にどこも悪くないけど？」

「ありがとうなんて言うから遺言《ゆいごん》かと思ったんですよ」

「悪いが、俺は長生きするかもしれない。だから今後は自分の分だけ勝手に作って食べることにするよ」

「助かりますわ。お願いしますね」

「十志子の分は作れないから」

ほんの一週間だったが、十志子や百合絵の分を作るのは難しいと悟ったのだった。最初は十志子が帰国したら作ってやろうと考えていたのだが、十志子が作る鍋料理は見た目もきれいで清潔感があることを思い出した。だが自分のはまるで闇鍋《やみなべ》みたいなのだ。人のために作るとなると、なんと気を遣わなければならないのだろう。

「私の食事のことまで考えてくださったんですか？」

呆れたような、驚いたような、軽蔑したような、複雑な顔つきに見えた。

「そうだよ。それがそんなに変なことか？」

「私が熱を出して寝込んでいるときでも、あなたは家のことは何もやってくれませんでしたよ」

「……そうだったかな」

「ええ、そうですよ。結婚以来ただの一度も」

それは忙しかったからだ。喉まで出かかった言葉を飲み込む。

「子供が小さかったときは本当につらかったです。高熱の中、フラフラになりながら子供の世話をしました。そんなときでもあなたは『俺は外で食べてくるから大丈夫だ』なんて言って、それが最大限の優しさだと思ってらした」

「そうか……それは本当にすまなかった」

自分の人生においては、自分が主役だと思って生きてきた。そして、妻を自分の脇役だと思っていたのではないか。十志子を補佐役だと決めつけていなかったと言えるだろうか。十志子の人生は紛れもなく十志子のもので、十志子自身が主役だという当たり前のことを忘れていたのではないか。逆の立場なら、自分はそんな屈辱に耐えられないだろう。長きに亘って、自分は十志子の自尊心を傷つけてきたのだ。

「お医者様がおっしゃったのよ。恨みつらみを吐き出しなさい、そうでなければ病気は良くならないでしょうって。昔のことでもかまわないから相手にぶつけてみなさいって。あなたには迷惑でしょうけど」

「いや、聞かせてくれた方が助かるよ。なんでも言ってくれ」

「本当は呆れてるんでしょう？　女っていうのは昔のことをいつまでも恨みがましく言って、執念深いって」

「いや、そうは思わないよ。それどころか、俺は十志子を寛大な人間だと思うよ」

「私が寛大、ですか？」

「ああ、そうだ。俺ならそんなヤツとは二度と口を利かないと思う。顔も見たくないからすぐに離婚するよ。それなのに、十志子は甲斐甲斐しく世話を焼き続けてくれた」

「離婚したら食べていけませんからね」

「それだけじゃないだろうと思う。それだけのことなら、必要最低限の家事でもよかったはずだよ。だけど十志子はいつも細々と気を遣ってくれていたよ」

「どうしてかしら。あなたを愛していたからと言いたいところだけど、でも……」

「違うだろうね。もともと十志子は優しい人間なんだと思う。善人なんだよ」

「それはありがとうございます」

「苦労をかけてすまなかった」

「私はあなたと結婚してよかったと思ってますすよ」

「え？　俺をからかってるのか？」

「いいえ、本心ですよ。あなたは真面目に定年まで会社に勤めて、長い間、少ない小遣いに文句も言わずに黙々と働いてくれました。そしてギャンブルもせず借金も作らず、穏やかな性格でしたもの」

「それだけのことだろ？」

「それだけのこととおっしゃるけど、そうじゃない男性が世の中には多いと聞きますから。私の同級生なんかもご主人の怠け癖や借金で苦労している人が少なくありませんもの」

「そうか……喜んでいいのかどうか、わからんが、今後もよろしく頼むよ」

「ええ、こちらこそ」

　久しぶりに荒木に会った。

　前回より表情が少し明るくなったように見える。

「君江さんとは仲直りしたのか？」

「まさか、それはもう無理だよ」と答えながら、荒木は苦そうにビールを飲んだ。

「そうなのか、やっぱり離婚するのか」

「いや、どうにか離婚は避けられた。君江と契約を交わしたからね」

「契約って？」

「君江は二階で暮らす。俺は一階だ。台所は共有にする。お互いに干渉しないが、何日も留守にするときはひとこと声をかける。そう取り決めた」

「早い話が家庭内別居ってことか。お前はそんな生活で寂しくないのか」

「それが、そうでもない。なかなか快適だよ。契約のお陰で気持ちも落ち着いたしな。なんといっても、今後も同じ家に住めるし、離婚しなければ経済的にもなんとかやっていけるわけだし」

「そうか、経済的に安心なのが精神的には一番大切かもな」

「同期の松尾《まつお》を覚えているか？　ヤツは田舎暮らしに憧れて信州に家を買ったんだが、土壇場《どたんば》になって奥さんが行かないって言い出して今は別居状態らしい」

「時代は変わったんだなあ。昔と違って暮らし方は千差万別だよな」

「俺の場合はまだ恵まれてる方じゃないかと思うよ。同じ屋根の下に同居人がいると思うだけでも安心だしな」

「荒木が離婚せずに現実的な方法を選択したのはさすがだと思うよ」

「だろ？　最近なぜだか君江の表情が和《やわ》らいできたしね」

「ほう、それはどういった心境の変化なんだろうな」

「夫婦じゃなくて、昔からの知り合いだと思うことにしたと言ってたよ」

「そうなると、気が楽になるのかな」

「俺の態度も威圧的と感じなくなったと言ってたよ」

「そうか、とりあえず聡明な大人の決着というところだな」

「庄司、お前のところはどうなんだ。十志子さんは相変わらずか？」

そう尋ねながら、荒木はピザを小皿に取り分けた。

「ちょっとずつ元気になってきたよ。女友だちと旅行するようになったからかな」

「俺は悔しいよ。息子が三人もいるのに誰一人として俺に親しみを抱いてないもんなあ。俺ってそんなにひどい親父だったのかなあ」

「俺だって同じようなもんだぜ」

「そんなことないだろ。だって庄司は息子の家に出入りしているし、娘ともちょくちょく話すんだろ？」

「息子の家に行くのは孫の世話のためだよ。それに、娘は嫁に行かずにいまだに家にいるから、リビングですれ違ったときに、ほんの二言三言話す程度さ。仕方ないよ。そもそも俺たちは政府に弄《もてあそ》ばれたのさ」

「政府に? 急にいったい何の話だよ」

帰省したときに聞いた兄の持論を話して聞かせた。

「なるほどな、家事育児を女に一手に引き受けさせて男を会社で過労死するまでこき使おうって政府の魂胆だったのか。だから俺は父と子の絆を結べなかったってわけだ。チクショウ。俺と息子たちの絆を返せっ」

小さく叫ぶと、荒木は焼き鳥にかぶりついた。

「最近になって、俺には娘がいてよかったとつくづく思うようになったよ。荒木みたいに息子ばかりだったら、なかなか女の立場に立って物事を考えられなかったと思う。親バカだと思うだろうが、うちの娘はなかなか優秀でね。アイツが息子の嫁みたいに家事育児のために嫌々会社を辞めてパートに出て、何の展望もなく夫に恨みを溜めていく姿を想像しただけで、すごく嫌な気持ちになるんだ」

「意味がわからん。女の立場って何だよ。君江や十志子さんは、政府の方針のお陰で、三食昼寝付きの楽ちんな人生を送れたわけだろ?」

「荒木、お前はまだ全然わかってない」

荒木はガタイがいい。背も高いし肩幅も広くて声もデカイから、どこから見ても男らしい。痩せっぽちの俺とは対照的だ。だが、そんな自分でも男らしさを常に求められてきた。男は強くてへこたれないものだと刷り込まれてきた。本当は手先が器用で、細々した仕事が好きだった。母が縫い物をするのを見て楽しそうだな、自分もやってみたいと思った。だが、こんなのは男の仕事じゃないとピシャリと言われた。男はもっと大きな仕事を成し遂げなければならないと言われ続けた。でも、もう男じゃなくてジイジなのだ。いや、一介のジジイなのだ。だからもう男らしさという重荷を下ろさせてもらいたい。

「おい、庄司、俺が全然わかっていないって、いったいどういうことだよ」

「荒木が納得するまで説明しようと思ったら、たぶん、ひと晩かかるよ」

「ひと晩か。大いに結構じゃないか。俺もお前も自由の身だろ。女房に見放されたってことは何時に帰ってもいいんだし、朝まで帰らなくたって、たとえ野垂れ死にしたって、君江は心配しないぞ。そういうのが真の自由じゃないか」

　荒木はヤケになっているのか、それとも本気で言っているのか。

「そうか、じゃあじっくり説明してやるとするか。だけど、今日は俺と一緒に飲んでるから遅くなるってメールは入れておけよ」

「どうしてそんなことをしなきゃならないんだ」

「同居人への気遣いだよ」

「そうか。そういうものか」

荒木は胸ポケットからスマホを出してメールを打ち始めた。

自分は手を上げて店員を呼び、焼酎《しょうちゅう》のボトルを入れた。

19

和弘の夏休みが始まった。

麻衣は計画通り、実家の母親が病気になったと嘘をついて故郷に帰っていった。

――イタリア旅行から帰ってまだ一ヶ月なのに、本当に行っていいんですの?

十志子はこちらの勧めに驚きと喜びを隠しきれないような嬉々とした表情で、パリ子と九州一周旅行へ出かけていった。

麻衣は和弘に子供の世話を任せることに不安があったのか、子供たちの食事については初日の分は作り置きをし、幼児用のレトルト食品も買い込んでから帰省したようだ。

一日目は、和弘から電話はなかった。

和弘は会社を休んでいるが、子供二人はいつも通り保育園に預けている。それでも大量の洗濯物があるし、食事の世話もしなければならないし、風呂にも入れなきゃならないから奮闘したことは間違いない。

だが三日目からはそうもいかないだろう。保育園も三日間の盆休みに入る。そうなると、一日中子供たちの面倒を見なければならない。作り置きの惣菜もなくなっているはずだ。

案の定、三日目の午後に電話がかかってきた。

——もしもし、オヤジ？　いま何してる？

こんな電話は初めてだった。和弘は用があるときしか電話をかけてこないし、そもそも十志子の携帯にかけるのだ。

「今、家で寛いでいるところだよ」

——ちょっとこっちに来てくんないかな。

「何しに？」

——体力の限界なんだよ。ストレスが溜まって気が狂いそうだよ。

「何かあったのか？」

——葵も漣も俺の言う通りにしてくれないんだよ。朝、保育園に連れていこうと思って起こしても、「まだ、ネンネするぅ」とか言って漣が大泣きするし、着替えさせるだけでも嫌がって暴れて十五分もかかるんだぜ。朝ご飯だってなかなか食べないし、気に入らないと放り投げる。頭にきて、もう少しで引っ叩《ぱた》きそうになっちゃったよ。風呂に入るのも嫌がって大騒ぎするし、夜は添い寝してやっても何時までも起きてやがる。やっと一人になれたと思ったらもう十時過ぎだぜ。もうヘトヘトだよ。こんなことなら会社で働いていた方がずっと楽だよ。やっぱり母親じゃなきゃダメだよ。

「いま和弘が言ったこと、麻衣さんも言ってたけどな。ヘトヘトだって」

——えっ、そうなのか？　いや、そんなことないだろ。だって女には母性愛ってものがあるじゃないか。

「そんなのは神話だよ」

——そうかなあ。まっ、どっちにしても父親の出番はイザというときだけにしてもらいたいよ。

「イザというときなんて一生ないよ」

——そんなことないだろ。

「実際、俺には一度もなかった」

最近になって、「イザというとき」がどんなときかわかったのだ。

イザというとき……それは、女たちができないことをカッコよくやってみせて、十志子に褒められたかっただけなのだ。

さすが、あなただわ、すごいのね、と。

例えば、勇敢《ゆうかん》に火事の中から子供を助け出すとか、凶器を持った強盗から妻子を守るとか……。だがそれは、滅多にあることではないし、実際に自分がその場で妻子を助けるのは難しい。

仮に十代の頃の和弘が不良グループにどっぷり嵌《はま》ってクスリをやるようになったとしたら、自分は和弘の目を覚まさせて更生させることができたのか、仮に百合絵が変な宗教にひっかかって身を滅ぼしそうになれば、自分は百合絵を助け出せたのか。幸か不幸か、そんなことは一度もなかったし、救い出す自信もない。子供を説得して足を洗わせるのならば、日頃から子供たちのことをよく知っている十志子の方がまだマシだろう。

イザというときが父親の出番であって、それ以外は何もしなくていいと、長い間本気で思っていたのが今では信じられない。

取るに足らない日常の些事《さじ》は女にやらせておき、イザというときに自分は颯爽とカッコよく登場する。そんなことを夢見てはいなかったか。まるで漫画の世界じゃないか。なんと浅はかで子供っぽいのだろう。玲玲の父親が知ったら、きっと腹を抱えて笑うだろう。

――ところで、オヤジ、俺は喫茶店で息抜きしたいから、うちで一時間ほど子供たちの面倒を見てくれないか？

「嫌だね」

――なんでだよ、暇なんだろ?

「そうでもないよ。今から市役所主催の絵手紙教室に行くところだ」

嘘だった。だが、一人になりたくてもなれない、そして外へ出たくても出られない。そういう自由にならない閉じ込められた生活を我が息子は経験してみる必要がある。もう遅すぎるくらいだ。だが自分のように六十歳を過ぎてから経験するよりは百倍マシだ。

息子を可哀想に思う気持ちが、ふとした拍子に湧き出てきそうになる。だがそのたびに、これも「息子再生プロジェクト」と勝手に名付け、仕事の一環として割り切ることにした。

「明日ならそっちに行けるがね」

――そうか、だったら俺は明日どこかに出かけてもいいかな?

「それはダメだ。葵や漣にとっても貴重な夏休みなんだから、市民プールに連れてってやろう。俺も一緒に行くよ。帰りに美味しいもんを食べて帰ろう。きっといい思い出になる」

――葵や漣は大きくなっても覚えていてくれるのかな?

「覚えてないだろ」

――だよね。だけど、潜在意識としては残るのかもしれないね。

そんなことが目的じゃない。良い思い出として頭の片隅に残すのは、和弘、お前の老後のために必要なのだ。

「じゃあ、明日の朝八時に行くから、それまでに朝ごはんを食べさせておけよ」

──ああ、わかったよ。

「紙パンツや着替えや、おやつも車に積んでおけよ」

──そうか、そういうのも要るな。いつも麻衣が用意するから忘れるところだったよ。

翌日になり、予定通りプールに連れていった。

最初は楽しそうだったが、そのうち何が気に入らないのか、漣だけでなく葵までが機嫌が悪くなった。葵もいつもお姉ちゃんぶってはいられない。まだ三歳なのだから、当たり前のことだ。家に大人がジイジしかいないときは、きっと自分を抑えて我慢していたのだろう。

帰りの車の中でも二人とも泣き叫んでいたが、さすがにプールに入って疲れたのか、そのうち二人ともスヤスヤと眠ってしまった。

「眠いなら、さっさと寝りゃいいじゃん。どうしていちいち大泣きするのかなあ」

マンションの駐車場に帰り着くと、和弘は後部座席で眠っている漣の頭をそっと撫でてから、腰を屈めて頬ずりした。

「オヤジ、今日は助かったよ。サンキュー」

和弘は、子供のように無邪気な笑顔を向けた。

我が息子はもう三十歳を過ぎている。だが、今からでも親子の絆を取り戻せるような気がしてきた。

和弘はどう考えているかわからないが。

20

木枯しが吹く夜、十志子が言った。

「久しぶりに孫たちに会いたいですから、明日は私も保育園のお迎えに行きますわ」

「そうか、葵や漣も喜ぶよ」

翌日になって保育園に行くときに驚いたのは、十志子が助手席に座ったことだ。

少しずつ閉所恐怖症が治りかけているのだろうか。

俺に対する嫌悪感が薄れてきたということかもしれない。

そのことを夜になってから百合絵に話してみた。

「父さんが、母さんにまとわりつかなくなったからだよ。それまで鬱陶しいと思ってたのに、素《そ》っ気《け》なくされてみると逆に気になってくるのかもね」

「そういうものかな。ところで百合絵、お前は結婚しないのか」

「またその話か。そのうちするかもしれないし、一生しないかもしれない。結婚してもすぐ離婚して、子供を連れて実家に戻ってくるかもよ。もしもそうなったら、父さんも育児を手伝ってよね。私は会社を辞めないから」

「わかった。できるだけのことはしてやるよ」

「えっ、本当？　父さん、意外なこと言うね。頭ごなしに反対すると思ってたよ」

「最近気づいたんだが、俺はやはり頭が古いらしい。今は様々な生き方があっていいんだ」

「ほう、心境の変化アリだね。この前まで母性愛だとか三歳までは母親の手でとか馬鹿なこと言ってたけど、それはどうなったわけ？」

「実家の兄貴に言われたんだ。そういうのは自然発生的なもんじゃなくて、政府の意向で始まったんだって。資本主義体制と近代家族の維持に必要な理念として普及させたって」

「なるほど。男を会社に縛りつけて長時間労働させるためか」

「驚いたのはそれだけじゃない。三歳児神話を作り上げたのも政府なら、後になって、そんな神話は合理的根拠がないって断言しやがったのも政府なんだよ。少子化になって慌てて否定したんだぜ」

「やれやれだね。庶民は翻弄されちゃうね」

「全くだ。お前は翻弄されないようにしろよ」

「できることならそうありたいもんだけどね。でも私は父さんのこと尊敬してるよ」

「えっ？」

百合絵は真正面からこちらを見つめている。

「何だよ、急に」

「だって会社に定年まで勤めるなんて本当にすごいことだもん。私なんて十二年目でもう心底ヘトヘトなんだから、やっぱり父さんて偉いなあって思うよ」

「そうか、それは……どうも」と照れ隠しのために目を逸らした。

「私も和弘も、父さんの実直な背中を見て育ってきたのよ。だから私たち、少々のことではくじけずに頑張れるんだと思う」

「そういえば、麻衣さんの話によるとだな」と慌てて話題を変えた。なんだか急に胸が熱くなってきて、込み上げてくる何かを誤魔化すのに必死だった。「和弘のヤツ、最近ちょっとマシになったらしいぞ」

「そうなの？　どんな風に？」

週に何度かは早く帰宅し、子供を風呂に入れるようになったのだという。麻衣不在の一週間が効いたのだろう。やはり何事も経験してみなければわからないらしい。そんな当たり前のことを、自分は六十歳を過ぎてから初めて身を以《もっ》て知った。知るのが遅すぎた。

だって、自分はあと何年生きられる？

葵や漣が成人式を迎える頃まで元気でいられればいいが……。

その頃の世の中はどうなっているだろうか。

想像もつかない。

21

「ジイジ、パン屋さんごっこしようよ」

「よし、やるか」

「葵がパン屋さんで、ジイジがお客さんだよ」

「わかった」

「いらっしゃい」

「クロワッサンください」

「えっ、クロワッサン？」

葵が驚いたようにこちらを見た。

どうだ、参ったか。

「ジイジ、今日は食パンじゃないの？」

「いつまでも食パンばかり買ったりしないよ。ジイジだって日々賢くなってるんだから」

「ふうん、何個ですか？」

「三つください」

「ジイジ、三つじゃダメだよ」

「なんでだ？」

「パパとお、ママとお、葵とお、漣くんとお、ジイジとお、バアバの分を買わなくちゃ」

指を折りながら数える姿がいじらしかった。そしてジイジの分も入っているのが嬉しい。

「そうか、じゃあ、えっと六個ください」

「ジャムもいかがですか？」

「要りません。虫歯になりますから」

「……そうなの？」

そのとき、背後から生温かい息遣いの気配を感じた。

「ジイジ」

漣が肩に手を置いた。数日前から「ジイジ」と言えるようになったのだ。

「どうしたんだ、漣」

漣を膝に乗せてやる。温かくて柔らかい。

「ギューギュー、ボブ」

「よし、わかった。ジイジが今コップに入れてやるからな」

解説——極私的世界のスリルとサスペンス

ジャーナリスト・和光大学名誉教授　竹信三恵子《たけのぶみえこ》

垣谷美雨《かきやみう》の作品はどれも、さりげない平穏な日常生活を描いていて、それなのにスリルとサスペンスに満ちている。中でもこの作品は、超極私的とも見える家事の世界での波乱万丈のストーリーだ。

まず、冒頭に登場する「定年オヤジ」、庄司常雄《しょうじつねお》とその娘との会話は、のっけから、不吉な緊張感へと私たちを誘《いざな》う。「どうして結婚しないんだ」という庄司の言葉に、特に女性読者は、「あ、それ、まずいですよー」と、ドキドキすることだろう。「だったら何？　悪い？」とそっけなく答える庄司の娘。あちゃー、やっぱり来ちゃったか、とさらに手に汗握る読者たち。垣谷ワールドの始まりである。

女性たちはこれまで、職場では年配の上司から、家庭では父から、この種の言葉をかけられ続けてきた。だが、いまや、多くの女性たちは、腹を立てることもなくなりつつある。それ以前に、「そんな化石みたいなこと言い続けていたら、これからの時代を生き延びられないよ、大丈夫？」と、気の毒めいたあきらめ気分に駆られるだけになっているからだ。

この作品の妙は、こんなあまりにも「あるある」の男女間の決定的な会話のズレが、連続パンチのように繰り出されていくことだ。それが読者の緊張感を生み出し続ける。

そうしたリアルな会話の緊張感は、『ニュータウンは黄昏れて』や『女たちの避難所』など一連の作品を通じ、今起きている戦後社会の大転換が、普通の人々の日々の生活に及ぼした変容を的確にすくい上げてきた垣谷ならではのものだ。

ただ、社会の変化をさほど体感していない人々にとって、庄司の「当たり前の質問」に対する、その娘や妻、息子の妻などの女性たちの反発は、過剰に思えるかもしれない。そこで、まずは、この作品の背景となっている私たちの社会のこの間の変化について、説明しておこう。

私は新聞記者として四十年以上、日本における働き方と家庭の接点をめぐって現場の取材や、後の大学での研究生活で、その構造について分析してきた。成果として二〇一三年に出版したのが、『家事労働ハラスメント――生きづらさの根にあるもの』（岩波新書）だ。

「家事労働ハラスメント」とは、私の造語だ。人間の営みに不可欠なはずの家事や育児・介護などについて、「スキルのない主婦が家庭の中で、タダでやっている価値の低い仕事」

として蔑視《べっし》・軽視し、こうした仕事を引き受けつつ働いている社員を職場から排除していこうとする嫌がらせ的な行為を指す。

そうした偏見の結果、家事や育児、介護は低賃金で構わない仕事とみなされ、保育士も介護ヘルパーも、その仕事の重さやスキルに比べ、大幅に低い待遇に置かれている。

また職場では、母親社員や育児をする男性社員への嫌がらせとしての「マタハラ」「パタハラ」が大きな社会問題となっている。

「でも、やっぱり会社に家庭のことを持ち込む方がおかしいんじゃないのか？」というあなたは、その発想が、会社、社会や家庭の存立そのものを脅かすものに転化してしまっていることを自覚されているだろうか。

戦後の「男性が会社で働き、女性が家庭内で家事をするのが普通」という仕組みは、「家族を養わなければ」と考える男性たちに極端な長時間労働を負わせることになった。

それは、女性たちに過酷な「ワンオペ育児」を負わせると同時に、長時間労働のために正社員として働けず、経済的自立が難しくなるというもう一つのマイナスをも負わせることにもなった。

一九八五年に制定された男女雇用機会均等法は、女性であることを理由にした職場での差別を禁止した点では大きな前進だった。だが問題は、女性保護を段階的に撤廃し、男性並みの長時間労働に合わせることができる女性だけを「均等」の対象にするという、そのつくりにあった。

家庭を顧みることが許されない男性型の長時間労働職場に適応しなければ、安定した長期雇用や生活できる賃金は保障されない、という構造の中で、均等法以後、不安定で低賃金のパートなど、非正社員に転換していく女性は激増していく。正社員として働き続けようとする女性は、結婚を避けるか出産を先延ばしにするかの選択を迫られ、電通の女性総合職、高橋《たかはし》まつりさんのような、女性の過労自死や過労死も目立っていく。

こうして、一九八〇年代以降、少子化は急速に進み、三十年後のいま、労働力不足が顕在化するに至る。

一方、一九九七年の山一證券《やまいちしようけん》の破綻などに見られるように、日本社会はバブル崩壊後の深刻な不況にも見舞われ、女性を中心に進んでいた非正社員化の波は、男性にも及び、若い男性の貧困化が問題になっていく。その中で、二人で働かないと家計を支えられない家庭が大半を占めるようになるが、働く女性の六割近くは低賃金の非正社員で、働いても家計の補塡《ほてん》程度にとどまる例が少なくない。

これを乗り越えるには、女性が正規雇用で働けるよう、家事や育児を男女で分け合える労働時間規制と保育・介護施設の充実が不可欠になる。つまり、企業は仕事と家庭を両立できる労働時間を確保し、政府は女性の家庭内の負担を支える介護・保育施設へ向けた財源の大幅な切り分けを行い、そして男性は女性が抱えてきた家事の分担を引き受け、こうして生まれた時間を生かして、女性たちがまともに金銭を稼ぐ労働に就《つ》けるようになることで豊かな家計が生まれる。これが、本来のこの社会への処方箋《しょほうせん》だったはずだ。

「家庭のことを職場に持ち込むな」「企業や政府に迷惑をかけず家庭のことは女が自己責任で引き受けろ」として、両立が難しい仕組みを維持させてきた企業や政府の「オヤジ」たちへの社会的な批判が強まっていったのは、こうした変化の末だったのである。

このような「家庭のことを職場に持ち込むな」という鉄則は、男性にも多大な生きづらさをもたらしてきた。

「家族を養え」と世間に求められ、「会社」に閉じ込められて「社会」とのつながりを失った男性たちの問題については、実は一九八〇年代から再三指摘されてきている。たとえば評論家の樋口恵子《ひぐちけいこ》は、定年後の男性を、「会社に食い尽くされた挙句に家庭に吐き出された産業廃棄物」と呼んだ。こうして、定年後に会社以外の行き場を失い、地域の女性同士の交流の場へ出かけていく妻についていこうとする夫は、「払っても払ってもついてくる濡《ぬ》れ落葉」と呼ばれるに至る。ちなみに、「濡れ落葉」という言葉は一九八九年の新語・流行語大賞新語部門・表現賞を受賞した。

こうした、再三にわたる女性たちからの指摘にもかかわらず、バブル崩壊後の不況の二十年間、変化は容易に進まなかった。不況を人件費削減で乗り切ろうとした企業は正社員の削減を進め、長時間労働の中での過労死が続発し、働き手たちは男女ともに、「家族」「地域」どころではなくなったからだ。

女性記者比率がいまなお二割にとどまるマスメディアや、女性議員比率が国際的に最低水準の政界も、意識の転換を促す根本政策を主流化できないまま推移してきた。

一方、グローバル競争の中で、同様に少子化や男性を含めた低賃金化に見舞われた先進各国は、その間、女性が働きやすい社会システムづくりを急速に進め、女性活躍度を表す世界経済フォーラムの「ジェンダー・ギャップ指数」で、日本の順位は二〇一九年、百五十三か国中、過去最低の百二十一位にまで転落するに至る。

そうした「失われた二十年」への女性たちのいらだちとうんざり感の上に、この作品は成立している。ただ、その新しさは、それを女性の側の被害感から描くのでなく、庄司など、会社人間の男性たちの戸惑いと悲哀から描いている点だ。二十年にわたる事態の放置の弊害が、ついに男性にまで及んできたことを、この作品は、ユーモアをこめつつ、淡々と仮借なく描き出す。

会社に閉じこもってきた庄司は、妻が病気で家事ができない状態のときもそれに気づか呆然《ぼうぜん》とする。

「夫源病《ふげんびょう》」に苦しむ妻に、老後は一緒に「のんびりした田舎暮らし」をしたいと提案して断られるなど、定年組の友人たちも似たような憂《う》き目に遭《あ》い、苦闘を強《し》いられている。憂さ晴らしのはずの定年仲間の飲み会での体験談の数々は、樋口が指摘した「産業廃棄物」になりおおせた定年男性の現実を映し出す。

彼らは、実際には会社以外の生活のほぼすべてを妻に頼っている。そんな依存的な存在であるにもかかわらず、自らを自立した優位な存在と考え、彼女たちを支援してきたと思い込んでいる。そうした人々が定年によってその基盤を失い、人生のどんでん返しともいえる逆境に直面していく姿は、まさにスリルとサスペンスだ。

しかも、この作品は、それを定年後の夫婦の間の問題だけでなく、次世代における悲喜劇の再生産へと広げていく。

庄司の娘は、「夫源病」に苦しむ母を見て育ち、その二の舞を恐れて結婚を避けている。少子化は止まらない。庄司の息子は、父と同様の妻への鈍感さを繰り返す。息子の妻は、庄司の妻と異なり、外で働いている。だが、家事と育児を一身に引き受けつつ働くダブルワーカーとして、形を変えた犠牲者になろうとしている。

ただ、この作品の真骨頂は、ようやく自らの位置を自覚し、危機感を覚えた庄司が、本当の社会の主役として改革に踏み切る点にある。庄司は、自分たちが犯した過ちから娘や息子を救い出そうと、説教ではなく、若い世代の暮らしに協力することを通じて社会を変えようと動き始める。

つらくても、変化する社会条件から目を背けず、その問題点を自身の課題として受け止めること。そして、そのツケが次世代に及ぶことを、責任ある大人として防ごうと立ち上がること――。それは、高齢社会の中で、多数派となりつつある年配者たちが進むべき希望の道を、私たちに示してくれているように見える。

「定年オヤジ改造計画」は、極私的世界から始まる私たちの社会改造計画でもあるのだ。

（この作品『定年オヤジ改造計画』は、平成三十年二月、小社から四六判で刊行されたものです）

一〇〇字書評

切り取り線

購買動機（新聞、雑誌名を記入するか、あるいは○をつけてください）

☐（　　　　　　　　　　　　　　　　）の広告を見て
☐（　　　　　　　　　　　　　　　　）の書評を見て
☐ 知人のすすめで　　　　　　　　☐ タイトルに惹かれて
☐ カバーが良かったから　　　　　☐ 内容が面白そうだから
☐ 好きな作家だから　　　　　　　☐ 好きな分野の本だから

・最近、最も感銘を受けた作品名をお書き下さい

・あなたのお好きな作家名をお書き下さい

・その他、ご要望がありましたらお書き下さい

住所	〒				
氏名		職業		年齢	
Eメール	※携帯には配信できません	新刊情報等のメール配信を 希望する・しない			

この本の感想を、編集部までお寄せいただけたらありがたく存じます。今後の企画の参考にさせていただきます。Eメールでも結構です。

いただいた「一〇〇字書評」は、新聞・雑誌等に紹介させていただくことがあります。その場合はお礼として特製図書カードを差し上げます。

前ページの原稿用紙に書評をお書きの上、切り取り、左記までお送り下さい。宛先の住所は不要です。

なお、ご記入いただいたお名前、ご住所等は、書評紹介の事前了解、謝礼のお届けのためだけに利用し、そのほかの目的のために利用することはありません。

〒一〇一-八七〇一
祥伝社文庫編集長　坂口芳和
電話　〇三（三二六五）二〇八〇

祥伝社ホームページの「ブックレビュー」からも、書き込めます。
www.shodensha.co.jp/bookreview

祥伝社文庫

定年《ていねん》オヤジ改造計画《かいぞうけいかく》

令和 2 年 9 月20日　初版第 1 刷発行
令和 2 年10月10日　　　第 2 刷発行

著　者　垣谷美雨《かきやみう》
発行者　辻　浩明
発行所　祥伝社《しょうでんしゃ》
東京都千代田区神田神保町 3-3
〒101-8701
電話　03（3265）2081（販売部）
電話　03（3265）2080（編集部）
電話　03（3265）3622（業務部）
www.shodensha.co.jp

印刷所　萩原印刷
製本所　ナショナル製本
カバーフォーマットデザイン　芥 陽子

Printed in Japan ©2020, Miu Kakiya ISBN978-4-396-34659-1 C0193

祥伝社文庫の好評既刊

垣谷美雨
子育てはもう卒業します
就職、結婚、出産、嫁姑問題、子供の進路……ずっと誰かのために生きてきた女性たちの新たな出発を描く物語。

垣谷美雨
農ガール、農ライフ
職なし、家なし、彼氏なし――。どん底女、農業始めました。一歩踏み出す勇気をくれる、再出発応援小説！

朝倉かすみ
玩具《おもちゃ》の言い分
こんな女になるはずじゃなかった⁉ ややこしくて臆病なアラフォーたちの姿を赤裸々に描いた傑作短編集。

井上荒野
もう二度と食べたくないあまいもの
男女の間にふと訪れる、さまざまな「終わり」――人を愛することの切なさとその愛情の儚《はかな》さを描く傑作十編。

恩田　陸
不安な童話
「あなたは母の生まれ変わり」――変死した天才画家の遺子から告げられた万由子。直後、彼女に奇妙な事件が。

恩田　陸
puzzle〈パズル〉
無機質な廃墟の島で見つかった、奇妙な遺体！　事故？　殺人？　二人の検事が謎に挑む驚愕のミステリー。